ars vivendi

UMBERTO MATINO

DIE TOTEN VON CONTRADA BRUNELLI

Kriminalroman

Aus dem Italienischen von Anna M. Rossi

ars vivendi verlag

Titel der Originalausgabe: »La valle dell' Orco«

1. Auflage Januar 2014

www.arsvivendi.com

Lektorat: Philipp Bobrowski
Korrektorat: Eva Elisabeth Wagner
Umschlaggestaltung: Philipp Starke, Hamburg
unter Verwendung eines Fotos von © plainpicture/Rui Camilo
Druck: Appel & Klinger, Druck und Medien GmbH,
Schneckenlohe
Gedruckt auf holzfreiem Werkdruckpapier der Papierfabrik Schleipen. Das eingesetzte Material stammt aus ökologisch und sozial verantwortungsvoller Forstwirtschaft.
Printed in Germany

ISBN 978-3-86913-418-5

DIE TOTEN VON CONTRADA BRUNELLI

Als vor den Blicken der Menschen das Leben schmachvoll auf Erden
Niedergebeugt von der Last schwerwuchtender Religion war,
Die ihr Haupt aus des Himmels erhabenen Höhen hervorstreckt
Und mit greulicher Fratze die Menschheit furchtbar bedräuet

(Lucretius, *De Rerum Natura*, Buch I, 63)

In Contrà Brunelli war die Sonne noch nicht aufgegangen. Die Äcker und Gemüsegärten auf dem kleinen Plateau glitzerten im Morgengrauen. Noch warf der Berg Sengìo seinen Schatten über den engen Taleinschnitt sowie die Ansiedlung am Waldhang und ließ die Sonnenstrahlen nicht durch. Während die Hausdächer noch im Dunkeln lagen, färbten sich die höheren Berggipfel rund um das Dorf allmählich weiß und rosa und zeichneten sich gegen den stahlblauen Himmel ab.

Der Winter war nicht mehr weit, die Luft am frühen Morgen schon ziemlich kühl.

Romilda Brunelli trat aus dem Holzschuppen, den Schal um die Schultern gelegt, und verschränkte die Arme enger um die Brust, als wolle sie das Frösteln abschütteln, das ihr den Rücken hinunterlief.

Es war helllichter Tag, als sie sich auf den Brunnen zubewegte. Da gefror ihr herbes Gesicht zu einer Grimasse, während ein sonderbar röchelnder Laut – weder Schrei noch Schluchzer – ihrem Mund entwich.

Als wäre sie gerufen worden, stand jetzt auch Rosetta Brunelli in der Haustür und schaute zum Brunnen.

Der Leichnam hing reglos am Schutzdach über dem breiten Becken. Die Totenstarre hatte den Körper des Doktors längst erfasst. Das Gesicht blau angelaufen, der Ausdruck gleichwohl friedlich. Die Kleider waren völlig durchnässt vom Tau.

I Universalerbe

Die Nachricht traf Carlo Zampieri schwer. Er hatte mit Aldos Tod gewiss nicht gerechnet, schließlich war sein Freund erst vierzig Jahre alt.

Selbstmord, so wie es aussah. Angeblich hatte Aldo sich an einem Balken erhängt. Das Ganze war in einem nichtssagenden Bergkaff geschehen. Weiß der Henker, wo es liegt, dachte Carlo. Er hätte sich eigentlich daran erinnern müssen, Aldo hatte lange und ausgiebig darüber berichtet, als sie sich zuletzt trafen, im vergangenen Sommer. Aber Carlo hatte kaum zugehört, hatte selber viel zu erzählen. Immer wieder geduldig den Moment abgewartet, da Aldo einen Satz zu Ende sprach oder eine Atempause einlegte, um seinerseits mit einem langen Vortrag loszulegen, das Atmen nahezu vergessend. Hielt er kurzzeitig inne, so setzte Aldo wieder an und schwärmte von seinem Weiler aus Naturstein nahe den Wäldern, der von *wahren* Menschen bewohnt … und so weiter und so fort.

Aldo hatte erklärt, weshalb er im reifen Alter beschlossen hatte, alles stehen und liegen zu lassen und sich in die Berge zurückzuziehen. Gelandet war er in einem Nest, das aus ein paar einsamen Häusern mitten im Wald bestand. *Stehen* gelassen hatte Aldo das städtische Krankenhaus von Padua, *liegen* gelassen etliche Kollegen, Chefärzte und sonstige Mediziner. Besagter Fleck im Wald hatte sogar einen Namen: Contrada Brunelli, Gemeinde Torrebelvicino, in der Provinz Vicenza.

Wie Carlo später feststellen sollte, war selbst Torrebelvicino ein elendes Dörfchen, richtig finster und schief, eingekeilt in einer engen Talsohle, deren Name ebenso unangenehm klang: Val Leogra. Leogra ist auch der Fluss, der durch das Tal fließt.

Eigentlich floss, denn er war umgeleitet und kanalisiert worden, um die Betriebe im Flachland mit Strom zu versorgen. Doch schon um das Jahr 1100 hatte ein gewisser Graf Uberto dei Maltraversi erste Bauarbeiten veranlasst. Durch die Umleitung hatte der Leogra sich in ein bescheidenes, plätscherndes Rinnsal an glitzernd weißem Kies verwandelt.

Ganz fröhlich hatte Aldo im vergangenen Sommer vom baulustigen Grafen erzählt und von der Contrada, die weit ab von den Wohngebieten lag – »Hoch im Gebirge, in den Wäldern und Tälern aus Gold«, wie das alte Lied so schön singt. Dort wollte Aldo als medizinischer Inspektor oder praktischer Arzt oder – verflixt, wie hieß es eigentlich richtig? – Familiendoktor arbeiten. Worum es genau ging, hatte Carlo nicht verstanden. Familien?, fragte er sich jetzt. Die Contrada hatte elf Einwohner, darunter fast nur ältere Bauern. Wollte man die Volkszählung auf die übrigen sieben oder acht Ortschaften erweitern, die in den benachbarten Hügeln aus den Wäldern hervortraten, käme man nicht einmal auf fünfzig Patienten, meist im fortgeschrittenen Alter und schon mit einem Bein im Grab. Dort standen also – das zweite Bein erwartend – mehr offene Gräber als überall sonst auf der Welt. So viel zu Doktor Manfredinis »Familien«.

Aldo hatte es richtig genossen, seinem besten Freund Carlo endlich von der neuen Umgebung erzählen zu können – er wirkte unbeschwert, strahlte nahezu, während er sprach, seine Augen leuchteten.

Dann hatte er sich erhängt.

Nein, so etwas hatte Carlo ganz bestimmt nicht erwartet – sein Freund tot, und er, Carlo, sein Erbe. Ja, denn der Notar, der am 16. November 1984 anrief und die Nachricht von Aldos plötzlichem Ableben überbrachte, verkündete zugleich, Carlo Zampieri sei zum Universalerben ernannt worden.

Unfassbar. Das hörte sich richtig kurios an, so kurios, dass er sich auch schon ein wenig tot fühlte: der liebe Verstorbene und sein Alleinerbe, welch ein Gespann!

Die Erbschaft umfasste das Haus – drei Zimmer übereinander –, das sein Freund in Contrada Brunelli gebaut hatte, dazu einen Gemüsegarten sowie ein noch zu tilgendes Darlehen: Etwa fünfzig Millionen Lire, zu zahlen an die Cassa di Risparmio von Verona, Vicenza und Belluno, Geschäftsstelle Torrebelvicino.

Das war also – laut Notar – die Hinterlassenschaft.

Eigentlich eine verdammte Schererei, dachte Carlo. Sollte er das Haus verkaufen und den Kredit bei der Bank tilgen? Oder auf die Erbschaft verzichten und die Güter der Bank überlassen? Oder aber das Haus behalten, den Immobilienkredit über fünfzig Millionen Lire übernehmen und sich in der Contrada Brunelli, Gemeinde Torrebelvicino, niederlassen? Nein, dort zu leben, war wahrscheinlich keine gute Idee, aber der Besitz eines Wochenendhauses in den Bergen hatte auch gewisse Vorzüge. Obwohl er das Gebirge und vor allen Dingen die Wochenenden hasste – wenn Millionen von Mitbürgern die Stadt verließen und die Luft mit Abgaswolken verpesteten. Andererseits konnte er sich nicht mit dem Gedanken anfreunden, das Haus aufzugeben, das Aldo so geliebt hatte, es war schließlich die einzig verbliebene Erinnerung an den Freund.

Ich sollte wenigstens mal hinfahren, dachte Carlo, mir das Grundstück ansehen und auch den Ort – oder eigentlich Friedhof –, in dem Aldo gelandet ist. Blumen mitbringen, damit mein armer Freund dort nicht ganz verlassen liegt wie ein Penner. Denn einsam war er wirklich gewesen in den Wäldern da oben, unter alten Bauern und schweigsamen Bergleuten.

Sie – Carlo, der Freundeskreis, Aldos Verflossene – waren in der Stadt geblieben. Nie hatten sie ihn besucht, nie hatten sie an seinem Abenteuer in der neuen, wunderbaren »kleinen Heimat« teilhaben wollen. Vermutlich war er deswegen traurig geworden und hatte sich erhängt.

Der Gedanke machte Carlo richtig zu schaffen. Ganz bestimmt war Aldo traurig geworden, bevor er starb – jenes Leuchten in den Augen allmählich erloschen. Bis eines Tages der Tod folgte.

Nach ein paar weiteren, von Unentschlossenheit und Zweifeln getrübten Tagen – soll ich hinfahren oder nicht? – traf Carlo endlich eine Entscheidung und fuhr los. Er ging auf Pilgerschaft, so seine unangenehme Empfindung, es würde sich um eine wehmütige Wallfahrt handeln.

Aldo lag auf dem Friedhof von Valli del Pasubio, einem Dorf oberhalb von Torrebelvicino im Leogratal. Warum man ihn dort und nicht direkt in Torrebelvicino begraben hatte, wollte Carlo nicht begreifen. Höflich darauf angesprochen, hatten Einheimische eine hastige Erklärung geliefert, als hätten sie Angst, der Fremde könnte sonst ein Riesentheater aufführen. Von Baustellen war die Rede gewesen, von reservierten Grabnischen, vom Vorrang der Anwohner und sonstigen bürokratischen Hürden. Ihm war's egal: Der Friedhof von Valli del Pasubio war nämlich klein, hell und luftig, der Ausblick auf die umliegenden Berge großartig. Aldo hätte es zu schätzen gewusst, da war Carlo sicher.

Am Grab lag eine Platte aus grobem Naturstein, äußerst schlicht. Carlo gab Anweisungen zur Eingravierung von Namen, Geburts- und Todesdatum. Aber bitte kein Bild aus Porzellan, viel zu kitschig. Es schien sich wohl um Pflichtangaben zu handeln, denn als er angedeutet hatte, der Grabstein gefalle ihm, so wie er sei, blank, hatten ihn lauter entgeisterte Gesichter angestarrt.

Carlo legte einen hübschen Blumenstrauß hin und ging. Ohne Gebet, ohne nachsinnende Andacht.

Doch wenn er schon mal hier war, würde er auch die so gepriesene Contrada Brunelli besichtigen.

Der Ort lag am Ende einer unheimlich steilen, vier Kilometer langen Straße, die sich den Berg hinaufwand. In jeder Kurve musste Carlo in den ersten Gang hinunterschalten, dann wieder beschleunigen. Es ging immer weiter nach oben, wie im Flugzeug beim Abheben. Auf siebenhundert Metern Höhe trat er aus dem dichten Wald hervor, der die Straße säumte, und erreichte ein kleines, lichtdurchflutetes Plateau.

Ein merkwürdiger Winkel, diese Contrada. Die Häuser standen sehr eng beieinander, alle aus Naturstein, alle gleichermaßen baufällig. Einige davon waren nicht mehr bewohnt, Unkraut wuchs vor der Haustür, anstelle der Fenster waren nur noch gespenstisch schwarze Öffnungen zu sehen, die Dächer hingen schief.

Die Ansiedlung lag am äußersten Rand der winzigen Hochebene, flankiert rundum von dichtem Forstwald. Weiter hinten, nach Osten hin, ragte ein steiler, felsiger Berg auf (der Sengìo, wie er später erfuhr), der die Sicht auf die Ebene versperrte. Dafür konnte der Blick nach Norden, Süden und Westen frei schweifen und die Sicht auf die Lessiner Berge und die Piccole Dolomiti genießen.

Vielleicht lag es daran, dass die unzähligen Orte, Straßen, Produktionsstätten und Bahnstrecken der Ebene von dort aus nicht zu sehen waren; oder es war eben dem kinoreifen, noch kostenlosen Bergpanorama zu verdanken: Jedenfalls hatte Carlo den Eindruck, völlig abgeschnitten von der gemeinen Welt zu sein – tausend Kilometer von der nächsten Stadt entfernt. Er stand auf einer gigantischen Naturbühne. Fantastisch.

Von einer Hochebene konnte nun wirklich kaum die Rede sein, das hier glich schon eher einem Liliputanerplateau, mit

Wiesen, gepflegten Gemüsegärten, daneben Bäumen und vereinzelten Weinstockreihen. An der Nordseite neigte sich der Boden zu einer Senke, sie lag im Schatten zweier erhabener Kastanienbäume. Ja, Carlo wusste mit Sicherheit, dass es Kastanienbäume waren, Aldo hatte sie vergangenen Sommer erwähnt.

Ob er sich dort erhängt hat? Carlo wollte es lieber nicht wissen, und überhaupt – solche Gedanken sollte er besser gleich wieder verscheuchen.

Sein Zeitplan stand bereits: Übernahme der Hausschlüssel von einer Ansässigen, einer gewissen Romilda Brunelli; kurze Besichtigung des besagten Hauses, dann rasch nach Torrebelvicino, wo er mit Notar und Bankdirektor verabredet war.

Carlo stellte das Auto ab. Die Contrada war menschenleer. Nur in der Ferne, da wo das Plateau endete, waren zwei Gestalten bei der Feldarbeit zu sehen.

Aus einem Haus kam Radiomusik (oder es ist ein Fernseher, vermutete Carlo, oder vielleicht eine Frau). Eine Fistelstimme, sie sang ein Kirchenlied, etwas in der Art. Also ist doch jemand da, dachte er, und lief entlang der schmalen, steinigen Gassen, die wie ein Strahlenkranz vom kleinen Platz abgingen, an dem er den Wagen geparkt hatte.

Nach wenigen Minuten war der Rundgang zu Ende. Dabei hatte er festgestellt, dass in Contrà Brunelli kein Mensch ein Namensschild an die Türklingel anzubringen pflegte, kein Mensch eine Klingel an der Haustür hatte, und dass insgesamt fünf Heiligenhäuschen vorhanden waren – zwei davon am Platz in der Ortsmitte.

Wo bin ich bloß gelandet! Wo finde ich nur diese Signora Brunelli, die die Schlüssel hat?

Wie gerufen stand plötzlich eine Gestalt unbestimmten Alters vor ihm (wird sie sechzig, siebzig oder gar achtzig sein?, fragte sich Carlo), kräftig gebaut aber nicht übergewichtig – eher robust und groß, Adlernase, dunkelfarbige Kleidung, ganz nach der saloppen Bergvolkmanier.

»Signora Brunelli?«

»Jawohl, Signore, das bin ich, buongiorno, sind Sie der Herr aus Padua?«

»Ja, genau, mein Name ist Carlo Zampieri, mich schickt der Herr Notar Bonato.«

»Ach so, genau, hier, da haben Sie die Hausschlüssel vom armen Dottore.«

Gesagt, getan. Signora Brunelli übergab ihm einen Bund farbenfroher Schlüssel, drehte sich um und ging.

Ach wie schön, es ist richtig nett hier, dachte Carlo. Aber wo ist das Haus? »Signora, verzeihen Sie, wo finde ich das Haus vom Dottore?«, fragte er laut.

»Da drüben, am Brunnen vorbei, das letzte Haus, das gelbe.«

Der Brunnen war in Wirklichkeit ein mit Holz überdachtes Steinbecken. Dort angelangt, erblickte Carlo schon das gelb angestrichene Gebäude am Ende einer Reihe niedriger Spelunken, die recht verwahrlost aussahen. Carlo zögerte eine Sekunde lang, er fühlte sich ganz fremd, fehl am Platz an einem Ort, den er nicht kannte und der ihm recht feindselig vorkam. Seit er in Contrà Brunelli angekommen war, wurden Erinnerungen wieder wach, er konnte in dem Weiler die Anwesenheit des Freundes beinahe noch spüren, der ihm zu Lebzeiten so vertraut gewesen war.

Aber ich, was will ich hier, fragte er sich. Am besten sollte ich gleich wieder gehen. Carlo beschloss, ins Tal zurückzufahren, zu essen, und danach Notar und Bank aufzusuchen. Sollte noch etwas Zeit übrig bleiben – und Lust –, würde er nochmals zur Contrada fahren, um sich das Haus kurz anzusehen. Aber nur, wenn ihm Zeit bliebe. Und Lust.

Der Notar war ein kleinwüchsiger, kahlköpfiger Kerl. Freundlich, flink und wortkarg. In dieser Gegend schien ja der Großteil der Bevölkerung wenig zu sprechen. Er zeigte Carlo das Testament, eine maschinengeschriebene Seite, in der Herr Doktor Aldo Manfredini ihn, Carlo Zampieri, zum Erben seines gesamten Vermögens ernannte – bestehend aus dem mit Hypothek belasteten Haus und sonstigen Gegenständen des Verstorbenen. Nur wenn Carlo das Erbe annahm und die entsprechenden Papiere unterzeichnete, nur wenn er ferner die Notargebühren samt den Kosten für Bestattung und Grabnische erstattete, könne er Alleineigentümer besagter Güter werden. Nur so.

»Sie sollten sich das schnell überlegen«, sagte der Notar, »dann kann ich die Unterlagen in Ordnung bringen. In der Zwischenzeit dürfen Sie die Schlüssel behalten.«

Der Bankdirektor war zwar ein großer Mann, ansonsten ebenso kahlköpfig, freundlich und flink. Aber alles andere als maulfaul: Ein Wortschwall ergoss sich über Carlo, er solle das Erbe unbedingt annehmen und den Kredit in Raten an die Bank zurückzahlen. Es lag auf der Hand, stellte Carlo fest, die Bank interessierte sich auf keinen Fall für das Haus in Contrada Brunelli, einem richtig »schrägen« Ort. Der Weiler lag an der nördlichen Talseite – erklärte ihm sein Ansprechpartner –, war demnach dem Nordwind ausgesetzt und lag im Winter meist im Schatten. Deshalb nannte man jene Gegend im lokalen Dialekt rovèrsa, schräg. Und »schräg«, ahnte Carlo, waren auch ihre Bewohner, die eben den Ruf hatten, eigenartig zu sein.

Nun fuhr er nochmals die steile Straße entlang, die zur Contrada führte, und beim Hinauffahren hatte er wieder das Gefühl, abzuheben, über den Wiesen, Häusern und Flüssen im Tal zu fliegen. Er ließ wieder den Wald hinter sich und kam oben auf dem bewirtschafteten Plateau an. Wie beim ersten Mal fiel ihm das eisige Licht im Ort auf.

Jetzt waren allerdings keinerlei Geräusche zu hören, es war womöglich noch ruhiger, stiller als am Morgen. Weiß-bläulicher Rauch stieg hier und da aus den Schornsteinen und hing in dichten Ringlagen über den Hausdächern. Carlo roch verbranntes Holz – ein altertümlicher, geradezu verdrängter Geruch.

Und dort hinten stand das gelbe Haus, am Ende des Schotterweges, der schief vom Brunnentrog abging. Um das Haus herum waren unzählige, liegen gelassene Gegenstände, ein Gewühl an Farben und Materialien: Eimer, Tontöpfe, breite Wannen, Holzscheite, verrostetes Blech, Ziegelsteine, Zementsäcke, eine Schubkarre. Aldos Bauarbeiten mussten wohl aufwendig und verheerend gewesen sein, wenn solche Spuren zurückblieben.

Mitten im Schutt saß ein Mann – ein älterer, was sonst – auf einem Steinblock. Carlo nickte zur Begrüßung, doch der Mann rührte sich nicht. Idiot, dachte Carlo, eher sich selbst meinend als den Unbekannten.

Carlo schloss auf und ging hinein. Das Zimmer lag im Halbschatten, roch muffig und verraucht. Nach und nach konnte er einzelne Gegenstände im Raum ausmachen: wenige Möbelstücke aus massivem Holz, einen großen Kamin, in dem die Feuerstelle vor Asche überquoll, einen Tisch mit Marmorplatte, vier Stühle mit strohgeflochtenen Sitzflächen. Eine steile, fast senkrechte Holztreppe führte nach oben.

»Ist da jemand?«, fragte er laut. Er war aber auch ein Trottel, zum Glück hatte ihn niemand gehört.

Dann sah er den Telefonapparat auf einem Hocker und wählte gleich die Nummer von zu Hause. Der Anschluss funktionierte noch.

»Hallo, ich bin's«, sagte er.

»Hallo, wo bist du?«, antwortete Giulia.

»Ich bin noch da, bei Aldo im Haus.«

»Wie geht's dir?«

Schlecht ging's ihm nicht, nur ein wenig niedergeschlagen fühlte er sich. Was durchaus verständlich war, schließlich kam er nicht gerade von einem Picknick im Wald. »Ich bleibe hier und mach mal Inventur … Übernachte auch. Morgen gegen Mittag bin ich wieder zurück.«

Warum er beschlossen hatte, zu bleiben, wusste er nicht genau. Irgendwie hatte er das Bedürfnis, oder es war eher die Notwendigkeit, sich dringend mit dem Haus zu befassen, sich den Ort, diese Gegenstände anzueignen. Aldo hatte ihm das alles vermacht, und Carlo nahm das Geschenk an, er wollte sich darauf einlassen. Wenigstens für einen Abend.

Die Sonne war längst aufgegangen, als Carlo aufwachte. Die Verwirrung hielt nur einen Moment an, dann war die Welt wieder in Ordnung, und er befand sich mitten im Leben.

Es war Dienstag, der 20. November 1984, am Vormittag. Den Abend und einen Teil der Nacht hatte er damit verbracht, das Haus aufzuräumen, drei Stockwerke mit jeweils einem Zimmer. Hundertmal war er die Treppe hinauf- und hinuntergegangen, noch dazu mit leerem Magen.

Wohnlich war es hier allemal, das Haus hatte dicke, feste Wände, und sehr schöne, helle Holzbalken. Der Raum im Erdgeschoss diente als Diele, Wohnzimmer und Küche zugleich. Dort standen ein großer Elektroherd und ein Kühlschrank. Im ersten Stock waren Schlafzimmer und Bad; im zweiten, direkt unter dem Dach, befand sich Aldos Arbeitszimmer, mit vier breiten Fenstern, auf jeder Seite eins, und einem großzügigen Balkon an der Südseite. In der Mitte stand ein langer Tisch, auf dem sich Papier, Bücher und Zeitungen türmten. Das war aber gar nichts im Vergleich zu den Dutzenden durcheinandergestapelter Bücher in den Regalen aus honigfarbenem Holz, die alle vier Zimmerwände verkleideten und die Fenster umrahmten. Kleidungsstücke lagen überall, nur nicht im Schrank.

Carlo hatte sich bisher nie gefragt, ob sein Freund ein ordnungsliebender Mensch sei – das Haus hatte er jedenfalls in einem unbeschreiblichen Zustand zurückgelassen, schlimmer als nach einer Polizeidurchsuchung. Doch andererseits, überlegte Carlo, denkt wahrscheinlich jemand, der beabsichtigt, sich das Leben zu nehmen, nicht gerade daran, aufzuräumen; es kümmert ihn wahrscheinlich nicht, was sein Universalerbe von der Unordnung hält.

Mit Hausfraueneifer arbeitete Carlo bis tief in die Nacht hinein. Er faltete, legte oder hängte sämtliche Kleidungsstücke in den Schrank – ich werde sie verschenken, nahm er sich vor –, sortierte die Bände ins Bücherregal, räumte Teller, Kochtöpfe und Besteck in die große Anrichte – komisch, es ist kein schmutziges Geschirr da, stellte er fest –, fegte den Fußboden und reinigte das Badezimmer gründlich.

Das war eine Macke, fremde Badezimmer machte Carlo immer mit größter Sorgfalt sauber. Wenn die Hausherren abwesend waren, versteht sich. Zum Beispiel wenn er ein Ferienhaus mietete. Aldo kannte diesen Tick und mokierte sich oft über den Hygienefimmel des Freundes: »Du solltest mal in Therapie, Carlo«, hatte er geraten. »Ganz normal bist du nicht. Ein wenig Schmutz kann gar nicht schaden, die extreme Reinlichkeit ist es, die Infektionen und Allergien verursacht.«

Und so einer war Arzt!

Gerade in dem Moment, als er über die Badreinigung und die sonst erledigte Arbeit am Vorabend sinnierte (und ich hab überhaupt nichts gegessen!), fielen ihm blitzartig zwei wesentliche Fakten ein: Erstens, er hatte mit dem Haus Kühlschrank und Vorrat geerbt, also hätte es irgendwelche Nahrungsmittel geben müssen – verschimmelt oder eingetrocknet, aber immerhin. Zweitens, er hatte beim Saubermachen im Badezimmer einen Blätterstapel gefunden, er steckte zwischen Balken und Holzlatten. Carlo war auf einen Stuhl gestiegen, um Staub zu wischen, und wollte gerade die langen Spinnweben aus den Ecken entfernen – da hatte er die beige Plastiktüte entdeckt, perfekt getarnt, mit Kopierpapier darin.

Er hatte sich zuerst sehr über den Fund gewundert, hatte es dennoch vorgezogen, die dringende Reinigungsaktion zu Ende zu führen; später hatten ihn Hunger und Müdigkeit vom ungewöhnlichen Paket abgelenkt. Jetzt ging er aber rasch hinauf, sah den Stapel auf einem Stuhl neben dem Bett liegen, steckte ihn unter den Arm und stieg wieder nach unten, auf der Suche nach verwertbaren Lebensmitteln. Erfolglos. Immerhin hatte er das Nötige aufgetrieben, um sich einen Kaffee zu kochen, und er trank ihn jetzt, schön heiß.

Der Kühlschrank war leer, jemand musste wohl die verderbliche Nahrung entfernt haben. An haltbaren Lebensmitteln war in der Küche wenig zu finden gewesen, ein paar Nudelpackungen im Vorratsschrank, aber keine Soßen.

Etwas betrübt ging Carlo aus dem Haus, den Blätterstapel noch unter den Arm geklemmt. Er wollte einen Blick auf den Gemüsegarten werfen, Ausschau halten nach allerlei verzehrbaren Gewächsen. Es war zwar ein recht kaltes, regnerisches Jahr, doch in den letzten Tagen hatte sich die Wetterlage gebessert. Womöglich war noch nicht alles vergammelt.

Aldos Gemüsegarten sah leider richtig öde aus, das Beet unordentlich und zusammengestampft, das übrig gebliebene, noch nicht verfaulte Gemüse von gefräßigen Insekten angeknabbert. Schmeißfliegen brummten an Carlo vorbei.

»Die Reh'! Die Reh' sind's gewesen, die haben alles weggefressen.«

Carlo hätte beinah einen Herzinfarkt bekommen, als er plötzlich die Stimme hinter sich hörte. Er drehte sich um und erblickte den älteren Herrn vom Vortag.

»Rehe? Gibt's hier Rehe?«, nuschelte er.

»Anca màssa, aber hallo!«, erwiderte der Alte knapp. Und leise, wie er sich angenähert hatte, entfernte er sich wieder.

Im Garten gab es also nichts bis auf den Schlamm, ein paar verdorbene Teile und einen übel riechenden, grünen Kunststoffbehälter mit der Aufschrift »Kompost«.

Aldo hätte jetzt über die Enttäuschung seines Freundes ganz bestimmt gelacht, er wusste nämlich über Anbau und Jahreszeiten einfach alles, hatte einen grünen Daumen, oder als Beidhänder sogar zwei. Niemals wäre Aldo mitten im November zum Beet geeilt – nach einem nächtlichen Überfall durch hungrige Rehe erst recht nicht –, um nach Essbarem zu suchen, eher wäre er würdevoll im Haus verhungert.

Entgeistert lehnte sich Carlo an den Kompostbehälter und nahm die Blätter aus der Plastiktüte. Mal sehen, ob ich in den Unterlagen die Wegbeschreibung zum Lebensmittelgeheimdepot finde. Oder zum Luftschutzkeller für den Kriegsfall – einen bakteriologischen Krieg, so wie es hier aussieht.

Der Stapel setzte sich aus rund fünfhundert Blättern in der Originalverpackung zusammen; sie waren wieder hineingelegt worden, nachdem jedes einzelne davon in zierlich feiner Handschrift bekritzelt worden war – ohne Zweifel Aldos Schrift, gänzlich untypisch für einen Arzt. Dem Papier war ein großer, gelber Umschlag beigelegt. Darauf stand: »An Carlo Zampieri.«

Carlo krampfte sich der Magen zusammen, und diesmal nicht vor Hunger, sondern vor Rührung – heftig, schmerzhaft. Er hielt in seinen Händen ein Tagebuch. Aldos Tagebuch.

Fassungslos – er konnte sich nur schwer auf den Beinen halten – starrte Carlo auf die Zeilen. Als hätten sie auf ihn gewartet. Es war, als hörte er wieder die Stimme seines Freundes. Auf der ersten, zerknitterten Tagebuchseite standen nur wenige Worte:

So bis ans Ende geführt wirst leicht du unsere Lehre
Fassen; denn eins wird klar aus dem andern, und finstere Nacht wird
Nie dir den Pfad so verdunkeln, daß nicht auch das Letzte sich klärte
In der Natur; so zündet das eine dem andern ein Licht an.

1114

Licht? Was für ein Licht? Und welche Lehre? Was bedeutete die Zahl 1114?

Carlo weigerte sich, weiterzulesen. Er wollte Aldos Stimme nicht mehr hören, er wollte nicht den Brief lesen, das Tagebuch auch nicht. Der Schmerz, den er vom ersten Moment an verdrängt hatte – dieser Schmerz überkam ihn jetzt. Sein Herz raste, verworrene Gedanken, Bilder, Erinnerungen wirbelten hoch.

Bald tauchten auch erste, dringende Fragen auf: Wieso hatte Aldo sein Tagebuch unter der Badezimmerdecke versteckt? Etwa in der Annahme, Carlo würde es finden? Weshalb hatte er im Alter von vierzig Jahren sein Testament geschrieben? Warum hatte er seinen Selbstmord mit solcher Sorgfalt geplant? Aus welchem Grund hatte er sich das Leben genommen?

Carlo befand sich mitten in Aldos Gemüsegarten, die Sonne stand hoch am Himmel. Aus dem Wald kam der Gesang vielerlei Vogelarten, der Wind malte mithilfe der Wolken wunderbare, stets wechselnde Bühnenbilder, die sich zusammenfügten und allmählich wieder auflösten.

Und eben in dem Augenblick, angesichts der Berge, die ihn seit zwei Tagen streng und still beobachteten, beschloss Carlo, in Contrada Brunelli zu bleiben. Wie lange, konnte er noch nicht sagen; auf jeden Fall für die Zeit, die erforderlich wäre, eine Antwort auf all seine Fragen zu bekommen. Nur wenn er da blieb, würde es ihm gelingen.

Noch eine Woche verging, bevor Carlo mit Rucksack und zwei Kartons Vorrat in die Contrada Brunelli zurückkehren konnte. Er hatte vor, sich mindestens vierzehn Tage dort aufzuhalten. Zu dem Zweck hatte er genau planen müssen. Als einigermaßen angesehener Bauingenieur auf dem Gebiet Brücken und sonstige Infrastrukturen betrieb er in Gesellschaft mit Giovanni Azzolini, aus der Romagna zugewandert, Maurizio Zaltron, Vicentiner im Auswärtsspiel, und dem sesshaften Paduaner Stefano Bisello eine kleine, durchaus aktive Engineeringfirma. Die lässige Art, wie seine – ganz im Gegensatz zum Rest der Bevölkerung – sprachtalentierten Kollegen das Wort »Engineering« aussprachen, sorgte immer für Verunsicherung in den Telefonzentralen, wenn die Damen eine Nachricht entgegennehmen sollten (»Intschi… was? Wie? Entschi-Ring?« – »Schon gut, vergessen Sie's, könnten Sie bitte ausrichten, Azzolini hat angerufen?«). Die Firma florierte, die Gesellschafter waren auch miteinander befreundet, und dank der zwanzig Mitarbeiter war man durchaus in der Lage, eine Weile ohne Carlo auszukommen.

Viel schwieriger hatte sich der Abschied von zu Hause gestaltet. Carlo Zampieri war verheiratet; zu der Gütergemeinschaft mit der Gemahlin gehörte ein sechzehnjähriger Sohn, ein Prachtexemplar von pubertierendem Jugendlichen auf dem

Höhepunkt der Nervensäge-Phase. Auch hatte Ehefrau Giulia zwar seit einer wissenschaftlich nicht rekonstruierbaren Zeit die Jugend hinter sich gelassen, doch in Sachen Nervenstrapazieren blieb sie unbesiegte Meisterin. Aber nicht immer, nur wenn ein Entschluss von Carlo zusätzliche Hausarbeit mit sich brachte. Ging es um Haushalt und Familie, gab sie nicht nach und biss bei Drückebergern männlichen Geschlechts grausam zu.

Diesmal wusste sie gleich, es handelte sich nicht um den nächsten, wie üblich als Studien- oder Geschäftsreise ausgegebenen Ausflug unter Saufkumpanen. Sie wusste es und rümpfte die Nase. »Bist du dir sicher? Wieso tust du das? Was interessiert dich an der Contrada so sehr, Carlo?«

»Ich hab nichts Besonderes vor, glaub es mir. Ich fahre hin, spreche mit dem Notar und der Bank, zahle die Strom- und Wasserrechnungen, lasse die Zähler überschreiben. Ansonsten werde ich lesen und Aldos Freunde kennenlernen, mich erkundigen …«

»Erkundige dich ja nicht zu sehr, am Ende stellst du was Dummes an.«

»Keine Sorge, sollte sich Merkwürdiges ergeben, komme ich sofort zurück, und wir entscheiden alles weitere zusammen. Ich werde schließlich nur sechzig Kilometer von dir entfernt sein.« Ungefähr vierzig Meilen, hätte Azzolini gesagt.

»Wir verbleiben aber so, du rufst mich immer an, das heißt *jeden Tag*, vor dem Abendessen, zwischen 19.30 und 20 Uhr«, sagte Giulia am Ende.

Jawohl, mein General, hätte Carlo gern erwidert, aber die Ironie sparte er sich, um das rasch getroffene Abkommen nicht gleich wieder infrage zu stellen.

Mit Marco ließ sich alles mit einer kleinen Geldgabe und darauffolgendem, zustimmendem Grunzen lösen. Dann brachte der Sohn doch den Mund auf: »Fahr nur hin, Papa, versuch herauszufinden, was passiert ist. Aldo war ganz sicher kein Idiot, der sich an einen Ast hängt.«

Innerhalb von vier hektischen Tagen übertrug Carlo sämtliche Pendenzen an Stefano Bisello, den jungen Fachingenieur für Tragwerksplanung, der die Arbeit fortführen würde. Ferner gab er seinen zeichnenden Assistenten detaillierte Anweisungen, damit sie für mindestens zwei Wochen selbstständig arbeiten konnten (diese waren eigentlich der Meinung, die aufgetragene Arbeit reiche für mehr als sechs Monate, aber das war ohnehin ihre Masche: in einer Tour zu jammern). Anschließend rief er die wichtigsten Kunden an, um sie über seine kurzzeitige Abwesenheit zu verständigen. Anders als bei den Ehefrauen, ging bei Kunden die Studienreise als Ausrede immer durch. Denn die Kunden, ob sie es dir abnehmen oder nicht, halten wenigstens höflich den Mund.

Er telefonierte auch mit einer gewissen Marta, der letzten in der endlosen Reihe von Aldos Ex-Freundinnen. Es wurde ein kühl distanziertes Gespräch: Carlo kannte sie kaum, und sie verstand wiederum nicht, was er ihr zu sagen habe. Ja, so genau wusste er das selber nicht.

Er packte in den Rucksack die Kleidung, die er für einen herbstlich-winterlichen Aufenthalt in mittlerer Gebirgshöhe für angemessen hielt. Es wurde ein kunterbuntes Durcheinander an Teilen, die zu einem finnischen Wanderschäfer gut gepasst hätten.

Er fotokopierte Aldos Tagebuch, ließ es binden, verschloss dann das Original im Firmentresor. Die Kopie würde er mitnehmen. Des Weiteren füllte Carlo zwei riesengroße Kartons mit Gegenständen und Lebensmitteln, die vierzehn Tage lang ein ganzes Dorf hätten ernähren können.

Zuletzt vereinbarte er telefonisch je einen weiteren Termin mit Notar Bonato und dem Bankdirektor. Er bat um Bereitstellung sämtlicher Unterlagen zwecks Hausüberschreibung und Übernahme des Immobilienkredits.

Am Montag, den 26. November 1984, ging Carlo Zampieri, bevor er in die Contrada Brunelli gelangte, zu Notar und Bank. Nun war er Besitzer von Aldos Haus.

Um die Mittagszeit kam er schließlich im Weiler an, bereitete sich ein Panino vor und öffnete Aldos Brief, den er bisher nicht zu lesen gewagt hatte.

II Der Brief

Lieber Carlo,

wenn Du diese Seiten gerade liest, heißt das, mir ist etwas Schreckliches zugestoßen. Was ich zunächst nur vermutet oder vorgeahnt habe, hat sich wohl als richtig erwiesen.

Du hast das Tagebuch zusammen mit diesem Brief gefunden. Ich habe vor ungefähr einem Jahr angefangen zu schreiben, nachdem ich wochenlang meine stillen Winterabende mit Lesen am Kamin verbracht hatte. Die Ereignisse der letzten Monate waren dabei, mein Leben zu verändern, und ich wollte alles in Ruhe aufzeichnen; ich wollte versuchen, mir alles zu merken und zu verstehen. Ich habe mich für ein Tagebuch entschieden, weil es mir leichter fällt, in kurzen Berichten zu beschreiben, was um mich geschieht. Ich habe mich bemüht, jeden Gedankengang, jede gefallene Bemerkung, jedes Gespräch mit meinen neuen Freunden hier zu Papier zu bringen. Ich wollte möglichst genau festhalten, was vor sich ging.

Als Du und ich uns zuletzt in Padua trafen, erklärte ich Dir bereits, was mich zu der »Flucht aus der Welt« – so Deine Bezeichnung – bewogen hat. Eine Flucht ist es nicht. Die Welt, in der ich jetzt lebe, ist eine ganz konkrete, handfest wie Deine, und ganz gewiss um einiges besser. Davon bin ich nach wie vor fest überzeugt, obwohl die Sorge um die jüngsten Vorfälle in der Contrada Brunelli meine einsamen Abende mit Zweifeln und düsteren Gedanken füllt.

Ich habe daher beschlossen, entsprechende Maßnahmen zu treffen, damit Du – sollte ich jemals daran gehindert werden, mich mit Dir in Verbindung zu setzen – mein Tagebuch erhältst. Meine täglichen Aufzeichnungen lege ich diesem Brief bei. Du sollst mehr über diesen Ort und seine Einwohner erfahren. Nur so wirst Du vielleicht die Fakten verstehen, die mich in dieser trostlosen Zeit – so wie es scheint – zu überwältigen drohen.

Wie Du weißt, lebe ich schon bald ein Jahr in diesem winzigen Bergdorf, zusammen mit elf weiteren Eingeborenen und einer unbestimmten Zahl an Haus-, beziehungsweise wilden Tieren. Ein gewundenes, asphaltiertes Sträßchen verbindet die Contrada mit der Talsohle und den Hauptverkehrsadern – ein ehemaliger Saumpfad, der 1975 in die Gemeindestraße umgewandelt wurde. Bis dahin konnten die Einwohner der Contrà Brunelli den nächstgrößeren, weiter unten liegenden Ort nur zu Fuß erreichen, über einen vier Kilometer langen, stark abfallenden Waldweg und nach weiteren vier Kilometern bergauf – so steil, dass einem die Puste ausgeht und dieselbe Strecke zurück kaum zu schaffen ist.

1975 zählte die Contrada an die vierzig Einwohner, also mehr als jetzt, doch wesentlich weniger als in der unmittelbaren Nachkriegszeit, als über einhundert Menschen hier ansässig waren.

Es scheint schier unmöglich, dass so viele Menschen hier in den Bergen leben konnten, ohne Straßen und Autos, ohne Geschäfte, Radio oder Fernsehen. Die Stromleitungen waren zwar längst verlegt, doch die felsigen Ausläufer des Berges Sengìo, der sich über die Siedlung neigt, verhinderten jeglichen Rundfunk- und Fernsehempfang. So ist es noch heute.

Dies ist mit ein Grund, warum ich ab dem Tag meiner Ankunft im Weiler eine besondere Atmosphäre wahrnahm, eine Unberührtheit wie in früheren Zeiten; es war, als sei der Ort vom Wind der Geschichte ausgespart worden, als hielte er stur an einer noch lebendigen, pulsierenden Vergangenheit fest, die allerdings kurz vor dem endgültigen Untergang steht. Das Sonnenlicht bestimmt hier nach wie vor den Tagesablauf, man steht bei Sonnenaufgang auf, um vier oder fünf Uhr; das Mittagessen ist um Punkt zwölf, das Abendessen um achtzehn Uhr. Spätestens um zwanzig Uhr hüllt sich die Contrada in dunkle Stille. Man hört in der Nacht die Hasen durch den Wald huschen. Die Rehe kommen vom Berg herunter und machen sich über die Gemüsegärten her. Alle Fenster sind zu, die Lichter aus. Die alten Leute schlafen.

Solch rustikale Verlassenheit, diese altertümlich ländliche Ruhe bezauberte mich vom ersten Moment an; so sehr, dass ich unbedingt hierherziehen wollte.

Hauptinformationsquelle zu der Contrada und ihrer Geschichte ist Piero Ongaro, ehemaliger Straßenhändler, derzeit Mundartdichter und leidenschaftlicher Laienmineraloge. Weitere Angaben habe ich von Bortolo Sterchele erhalten, dem »Historiker« der Contrà Brunelli, einem rüstigen, trotz seiner siebzig Jahre scharfsinnigen Mann. Als Kennerin alter Sagen steht Romilda Brunelli zur Verfügung, sie wird »Bürgermeisterin« genannt – eine wahrhafte Matriarchin, Oberhaupt der ehemals größten, wichtigsten Dorffamilie, der Brunellis eben. So bedeutend, dass auch der Ort ihren Namen trägt. Romilda gehört das Waldgebiet bis hin zu den Hütten auf der Alm und weit über die Weiden hinaus bis ins Agnotal in der Gemeinde Recoaro.

Nach und nach lernte ich diese nicht mehr jungen Bauern kennen. Ich musste mich nicht anstrengen dabei, denn ihre sprichwörtliche Widerspenstigkeit, das schräge Wesen, das man ihnen nachsagt, ist pures Gerede. Natürlich handelt es sich um ältere Menschen, die sich Fremden gegenüber eher misstrauisch verhalten; das sind Bergleute unzureichender Schulbildung, die fast nur Einsamkeit und Stille kennen. Mit der komplizierten Sprache der Städter tun sie sich schwer, besonders mit dem in ihren Ohren scharf und fremd klingenden Italienisch. Doch verwildert sind sie keinesfalls. Umso wilder sind jene Sonntagsspaziergänger, jene Ausflügler, die sich an den Wochenenden in der Contrada umtreiben, schwätzend und kreischend, als wären sie bei sich zu Hause. Sie wollen einfach nicht wahrhaben, dass das kleine Dorf einzig seinen Bewohnern gehört, wie ein großes Haus mit lauter Eigentumswohnungen, das sich statt in die Höhe in die Länge entwickelt – zwar ohne Portier und Sprechanlage, aber nichtsdestoweniger privater Lebensbereich der Familie.

Die Städter strömen also ins Grüne, und jedes Mal besetzen sie im groß angelegten Wohnhaus den Flur und die Treppe; ohne um Erlaubnis zu bitten, gehen sie ein und aus. Sie fahren mit ihren Wagen bis hier oben und parken überall, als gebe es hier keine Äcker, als sei dies Niemandsland. Sie picknicken und zünden Feuer, kochen in jedem Wäldchen und brüllen dabei wie im Stadtpark oder auf dem Volksfest. Alles, was sie auf dem Boden und an den Pflanzen finden, wird aufgelesen, gepflückt, herausgerissen – Pilze, Kastanien, Waldbeeren; wie grunzende Wildschweine, die nicht fragen und sich ebenso wenig bedanken. Wenn dann ein Bergbewohner meckert, ihnen die Tür vor der Nase zuschlägt oder sie einfach ignoriert, um all das Elend überhaupt ertragen zu können, kommt er als schwieriger, grober, primitiver Zeitgenosse auf die Anklagebank.

Da die Anwohner der Contrà Brunelli ihre Umgebung sehr lieben, und darüber hinaus schlagfertig sind, hatten sie irgendwann den Ruf, unhöfliche, störrische Leute zu sein, was dazu führte, dass die eher spärliche Zahl an dort auftauchenden Wanderern und sonstigen Faulenzern weiter abnahm. Zur vollen Zufriedenheit der Einheimischen.

Das erste Mal erreichte ich die Contrada zu Fuß. Ich hielt ein Kaninchen an den Ohren, das ich ein paar Kilometer weiter unten am Straßenrand aufgelesen hatte. An jenem Tag hatte ich eigentlich nicht vorgehabt, bis hier oben zu kommen, denn der Ort war mir als schattig und deprimierend beschrieben worden. Ich wollte auf einem Pfad auf halber Höhe am Berghang entlangwandern, oberhalb der Staatsstraße, die ins Tal führt, mein eigentliches Ziel die Valle dei Mercanti genannte Gegend westlich von Torrebelvicino. Ortskundige hatten mich auf das ehemalige Schürfgebiet verwiesen, ich war auf der Suche nach seltenen Mineralexemplaren. Stattdessen begegnete ich dem schwarz-weißen Kaninchen mit prächtig langen Ohren. Es war dem regelrechten Terror eines widerlichen, streunenden Katers ausgesetzt: Dieser starrte das arme Tier an und bewegte dabei den Schwanz rhythmisch hin und her.

Ich kann nicht sagen, ob es zu einem Blutbad gekommen wäre, den Ausgang der Waldschlacht wollte ich jedoch auf keinen Fall abwarten, also schnappte ich mir das Kaninchen und lief auf die Contrada zu, den einzigen Ort, aus dem es entflohen sein konnte. Der Kater folgte in einem gewissen Abstand.

Bortolo Sterchele begegnete ich genau in der Ortsmitte, auf dem kleinen Platz, auf dem die kleine Kapelle mit dem Heiligenbild der Jungfrau vom Berge Karmel steht, Schutzpatronin von Contrà Brunelli. Er trug einen schwarzen Anzug und einen Strohhut – seine gewohnte Aufmachung, wie ich bald erfahren sollte –, der lange Schnurrbart war schneeweiß.

»Buongiorno!«, begrüßte ich ihn freundlich. »Habe den Landstreicher hier aufgelesen. Wissen Sie vielleicht, wem er gehört?«

»Heilige Mutter Gottes, es wurde aber Zeit, ich hab's den ganzen Vormittag gesucht, und fast gedacht, ein Fuchs hat's geschnappt. Romilda! Romildaa!«, rief er. »Ich hab den Hasen wieder!« Und zu mir: »Kommen Sie mit, wir gehen zur Romilda und trinken einen Roten, ich bin doch richtig froh.«

Eine Hand packte mich am Ärmel, die andere hielt das arme Tier. So näherten wir uns einer kleinen Holztür mit Glaseinlagen, gestützt von zwei breiten, zu Blendsäulen verarbeiteten Türpfosten. Wir gingen hinein und standen in einer gemütlich warmen, blank geputzten Küche. Dort wurde ich einer Walküre vorgestellt, ihr Kopf reichte bis an die zugegebenermaßen nicht sehr hohe Decke.

»Schau her, Romilda, der Herr da hat mein Kaninchen gefunden und war so nett und hat's hierhergebracht, bevor der Fuchs es frisst – oder am End' der Schweinekater vom Mario Vegnàle.«

»Buongiorno«, sagte ich zu Romilda Brunelli, »mein Name ist Aldo Manfredini.«

»Buongiorno, ja, buongiorno«, meinte sie. »Danke fürs Karnickel. Hier, nehmen Sie ein Glas Rotwein; der ist zwar net von uns, passt aber trotzdem, der wird aus Verona hergebracht.«

So machte ich also die Bekanntschaft von Romilda Brunelli. Sie ist auch meist schwarz gekleidet und trägt das weiße Haar im Nacken geknotet. Ihr Haus steht wie gesagt im Ortskern, am kleinen Platz, auf den zwei Schotterwege münden. Die Einwohner nennen diese Stelle Salizo. Von den Küchenfenstern überblickt man die Contrada: Da sind der Brunnen, an dem noch vor wenigen Jahren die Kühe getränkt wurden; die Holzschuppen und die Scheune am krummen Sträßchen, an dessen Ende jetzt mein Haus steht; der Weg, der zu den Fondi, den Gemüsegärten, führt; die noch bewohnten, aneinandergereihten Natursteinhäuser mit Holzbalkon und Laubengang.

Wie ich später entdeckte, dreht sich das gesamte Leben in der Contrada um Romildas Küche. Dort finden zu allen möglichen

Anlässen gesellige Treffen statt; man sitzt zusammen, diskutiert, trinkt. Oft werden zum Wein Kekse serviert, Gebäck, Kastanien oder eben das, was die unermüdliche Romilda je nach Laune und Jahreszeit aus dem Backofen hervorzaubert.

In dieser Küche begegnete ich später dem Straßenhändler Piero Ongaro, dem Holzfäller und Zimmermann Mario Vegnàle, Rosetta und AdaMaria Brunelli, Romildas Nichte beziehungsweise Cousine, und Caterina, Bortolo Stercheles Frau, die deshalb häufig mit »Bortoletta« angeredet wird.

Die vier übrigen Bewohner der Contrada gehören einer weiteren Brunelli-Familie an; sie werden »Barbastrìji« genannt. Die Brunellis Barbastrìji bewohnen einen kleinen, von Häusern umgebenen Hof, der sich am Ende der Contrada befindet, direkt am Wald. Sie leben getrennt von der Dorfgemeinschaft. Man trifft sie nur in den Fondi beim Arbeiten oder in den Wäldern, wenn sie Holz sammeln gehen.

»Buongiorno.«

»Buongiorno« – das ist alles, was man sich mitzuteilen hat.

Ich habe festgestellt, dass die Beziehungen zwischen den Brunelli Barbastrìji und dem Rest der Contrada nicht besonders herzlich sind, obwohl mir bisher niemand einen Grund dafür nennen konnte oder wollte.

»Alte Geschichten, die ich fast vergessen hab«, deutete Romilda Brunelli einmal an, »und trotz demselben Namen sind's keine Verwandten von mir.« Damit war das Thema für sie endgültig abgeschlossen.

Bortolo Sterchele wird nach zwei Glas Wein sehr geschwätzig, so konnte ich durch ihn Näheres in Erfahrung bringen. Da sind Mutter Ines, Tochter Sonia – die mittlerweile auch als älteres Huhn zu bezeichnen wäre – und die Söhne Alfredo und Lino. Ihr Spitzname »Barbastrìji« bedeutet im hiesigen Dialekt

»Fledermaus« und rührt von ihrer Angewohnheit her, sich nachts in den Gemüsegärten der anderen Dorfbewohner herumzutreiben – einfach um die Nachbarn zu ärgern. Romilda meint, so was können nur böse Zungen behaupten, denn die Pflanzen werden von den Rehen beschädigt, die in der Nacht aus dem Wald herausspaziert kommen.

»Ganz klar sind's die Rehe«, grinst da Bortolo immer und zwinkert. »Zweibeinige!«

Es blieb nicht bei der ersten Zufallsbegegnung; wann immer ich mich zur Mineraliensuche in die Gegend aufmachte, traf ich diese Menschen wieder. Sehr bald übernahm Piero Ongaro die Vorbereitung und Leitung meiner Wanderungen. Er freute sich riesig, endlich jemanden gefunden zu haben, der seine Vorliebe für die »Steine« teilte.

So kam es, dass ich, teilweise dank Piero, Bortolo und Romilda, den Entschluss fasste, hierherzuziehen.

Du sollst aber wissen, es war gar nicht einfach, eine Bleibe in der Contrada Brunelli zu finden. Die zahlreichen, angeblich verlassenen Häuser im Dorf werden in Wirklichkeit hartnäckig von den Eigentümern gehütet – ehemaligen Bewohnern, die mittlerweile irgendwo in der Ebene leben. Zu keinem Preis – so attraktiv auch das Angebot sein mag, selbst wenn übertrieben hoch im Verhältnis zum Immobilienwert – lassen sie sich zum Verkauf ihres alten Hauses überreden. Schlägst du ihnen dann einen Mietvertrag vor, sehen sie dich an, als würde ein Vollidiot vor ihnen stehen, und antworten gar nicht.

So bleibt es leer, das Haus der Familie, und verkommt von Jahr zu Jahr. Ab und zu stürzt ein Dach ein. Doch nichts und niemand kann sie dazu bewegen, diesen Ballast abzuwerfen: Die letzte Verbindung zu den Vorfahren wird niemals abreißen.

Selbst meine neuen Bekannten unter den Anwohnern waren diesbezüglich kaum ansprechbar. Anhand von Grundbuchauszügen hatte ich nämlich entdeckt, dass einige der unbewohnten und ziemlich verfallenen Häuser Romilda Brunelli gehörten, dazu mehrere, mittlerweile unbenutzte Scheunen. Als ich ihr ein Angebot unterbreitete, stammelte sie Vages über entfernte Verwandte aus dem Posinatal, Recoaro, Rovegliana und weiteren Orten im Gebirge nördlich von Vicenza. »Die haben auch ihre Rechte …«, murmelte sie vor sich hin. Verkaufen wollte sie mir also nichts.

Ich drängte, nahm erneut Anlauf, doch ihre Antworten fielen mit jedem Mal schroffer aus: Romilda ist sehr gastfreundlich und liebenswürdig, aber binnen weniger Sekunden wird sie kurz angebunden und kann recht abweisend wirken, vor allem wenn es darum geht, das Familienvermögen vor den Absichten eines Forèsto, eines Fremden, zu schützen.

Piero Ongaro und Bortolo Sterchele, selbst Eigentümer diverser verfallener Heuschuppen, taten so, als würden sie meine Anfragen erst gar nicht als Kaufangebote verstehen. Auf der anderen Seite bemühten sie sich sehr, mir bei der Suche zu helfen, aus Angst, irgendwann doch auf mein Anliegen eingehen zu müssen.

Bald wiesen sie auf eine zum Verkauf stehende Immobilie hin. Es war ein moosbedeckter Steinhaufen – immerhin archäologischer Beleg für das frühere Vorhandensein eines Hauses –, das Grundstück hierzu von einem dschungelartigen, undurchlässigen Gewirr an Waldreben und Sträuchern überwuchert. Besitzer des Anwesens war der missratene Urenkel eines gewissen Herrn Smiderle; Letzterer war in der Contrà Brunelli geboren und dreißig Jahre zuvor nach Kanada ausgewandert, wo er auch starb. Seit Langem versuchten die Dorfbewohner reihum, besagten Urenkel zum Abtreten des Grundstückes zu bewegen, und zwar zu einem dem eigentlichen Wert entsprechenden Preis – was in diesem Fall dem Betrag der Notarkosten gleichkam, fünfhunderttausend Lire. Alle waren sich darüber einig, auch nur tausend Lire mehr wären angesichts einer solchen Eidechsenhöhle weggeworfenes Geld. Bislang hatte der Eigentümer der stummen Erpressung jener scheinbar sanftmütigen Alten nicht nachgegeben. Sie waren ganz offensichtlich von einer urtümlich listigen Habsucht getrieben.

Der Betrag über zehn Millionen Lire, den ich auf sein Verziehen des Gesichts hin sogleich auf zwanzig erhöhte, war wohl das erste ernst zu nehmende Angebot, das ihm jemals unterbreitet worden war. Wahrscheinlich auch das letzte. Des Weiteren reichte eine von Romilda Brunelli telefonisch ausgesprochene Empfehlung aus, um den Urenkel von meiner Anständigkeit zu überzeugen. Er nahm an.

Dank dem Kauf von Steinhaufen und beiliegendem Gestrüpp wurde ich also ordentliches Mitglied der exklusiven Dorfgemeinschaft – nicht so sehr aufgrund des Erwerbs eines kleinen Anteils derselben, sondern vielmehr angesichts des Investitionsbetrags: Piero, Bortolo und Romilda stimmten wohl stillschweigend überein, dass derjenige, der dazu bereit wäre, all seine Ersparnisse einzusetzen, um sich in der Contrà Brunelli niederzulassen, durchaus ihren Respekt verdiente, zumal seit über fünfzig Jahren die Menschen eher in die entgegengesetzte Richtung zogen.

»Ist doch ein Zeichen vom Herrgott, unsere Contrada soll weiterleben«, sprach Romilda in ihrer Küche und schenkte uns drei Gästen nach. Wir tranken feierlich auf das geschichtsträchtige Ereignis.

Der großzügige Umtrunk in Romildas Küche am Tag der Ruinenübernahme hatte meinen Kopf ganz bestimmt vernebelt.

Wäre ich nüchtern und bei Sinnen gewesen, so hätte ich gleich geahnt, dass ich mich gerade auf eine Unmenge Probleme und Arbeit einließ, wenn ich aus jenem Trümmerhaufen ein richtiges Haus machen wollte.

Wie dem auch sei, ich habe es vollbracht.

Ich verpflichtete verschiedene Bauunternehmen aus Torrebelvicino, die aufgrund niedriger Produktivität nacheinander verjagt wurden, und zuletzt Mario Vegnàle, der wie gesagt Holzfäller und Zimmermann ist.

Mario heißt eigentlich gar nicht Vegnàle, sondern – welch ein Zufall! – Brunelli; seinen Spitznamen verdankt er einem kleinen Weinberg, Vegnàle im hiesigen Dialekt, der seit Urzeiten seiner Familie gehört: den Brunellis Vegnàle eben. Nicht zu verwechseln mit den Brunellis Barbastrìji. Oder mit den Brunellis ohne Beinamen. Sie alle sind nicht miteinander verwandt.

Mario ist ein klein gewachsener, vierschrötiger Kerl. Man könnte ihn manchmal für einen Trottel halten, so wortkarg, wie er sich gibt, doch er ist alles andere als dumm – ein behänder, geschickter und unermüdlicher Handwerker. Zwanzig Jahre verbrachte er als Bauarbeiter in Frankreich, bevor er in die heimatlichen Berge zurückkehrte.

So gut wie allmächtig und allwissend, kann Mario einfach alles. Wir haben zusammen die Hausmauern hochgezogen, Dachstuhl und Dach gebaut, die Treppe errichtet, die Wasser- und Stromleitungen verlegt; mit seiner Hilfe habe ich den Mörtel gemischt und die Wände verputzt.

Knurrend erteilte Mario Befehle, während ich, sein Handlanger und Arbeitgeber, andauernd Fragen stellte, Vorschläge machte, über dies und das schwätzte. Eines Tages gestand er mir – wahrscheinlich durch Romildas Wein redselig gestimmt –, es mache ihm Spaß, in meiner Gesellschaft zu arbeiten, es sei, als ließe man den ganzen Tag das Radio an.

Binnen vier Monaten war mein Haus fertig, eine Rekordzeit allemal. Während dieser Zeit übernachtete ich in einem Igluzelt neben der Baustelle auf meinem Grundstück.

Das Zelt erweckte das Interesse der Ansässigen. Alle kamen nacheinander vorbei, um sich ein Bild von meiner prekären Unterkunft zu machen. Zunächst kamen die Damen zu Besuch, und nicht nur, weil sie im Allgemeinen neugieriger sind: Sie hatten tatsächlich noch nie ein Campingzelt gesehen. Die Herren ließen sich zu einem späteren Zeitpunkt blicken und gaben ihre Kommentare ab; Zelte hatten sie beim Militär gesehen und fühlten sich somit kompetent genug, um Vorträge zum Thema zu halten. Die Brunellis Barbastrìji kamen erst in der Nacht vorbei: Immer wieder hörte ich Getrampel um das Zelt. Oder aber es waren zweibeinige Rehe, ganz nach Bortolos Theorie.

Mario und ich arbeiteten pausenlos, einschließlich der Wochenenden und der Feiertage. Nur einmal, am Karfreitag, mussten wir die Arbeit abbrechen. Wir wählten gerade passendes Holz für den Laubengang aus, als AdaMaria Brunelli auf der Baustelle erschien. Romildas Cousine ist ein Frauchen mittleren Alters, das recht ungewöhnlich schaut; oder sagen wir, dass sie schielt. Als fromme Kirchgängerin wohnt sie jedem Gottesdienst bei – umso lieber, wenn Musik und Gesang geboten werden. In der Tat hat sie eine Vorliebe für Kirchenlieder und singt zu jeder Tageszeit Hymnen aus voller Kehle. Da sie allein wohnt, glaubt sie, niemanden zu stören, doch draußen hört man ihre quietschende Stimme sehr wohl, wenn sie von morgens bis abends Gott den Herren und seine himmlischen Weiden lobt. Genauer gesagt ist die Jungfer AdaMaria Tochter einer Cousine von Romilda, Cecilia, die bei der Geburt ihres Kindes starb. Hinter ihrem Rücken wird sie AveMaria genannt, doch bisher hat es niemand gewagt, sie über diesen Kosenamen aufzuklären.

»Buongiorno, AdaMaria, was führt Sie denn hierher?«, fragte ich fröhlich.

»In alle Ewigkeit sei er gelobt!«, erwiderte sie etwas unstimmig. Sie war sehr aufgeregt, ihre Augen rollten in alle Richtungen. »Heut' darf man aber net schaffen!«, sagte sie dann.

»Und wieso denn nicht?«

»Du bist Forèsto und kannst es net wissen … Aber der Mario, der Mario weiß es schon, warum man heut' net arbeiten darf!«

»Va ben, Ada, schon gut, hab verstanden«, murmelte Mario, und legte das Holz auf den Boden. Während AveMaria sich entfernte, ein Auge auf den Himmel gerichtet, das andere auf die Erde, bat ich ihn, mich über diese recht ungewöhnliche, ja kategorische Aufforderung aufzuklären.

»Wir haben heute Karfreitag, also darf man nicht mit der Feldhacke arbeiten.«

»Feldhacke? Hacken wir hier etwa? Und wieso sollte man nicht dürfen?«

»Du sollst nicht hacken, solang der Jesus unter der Erde liegt, denn du könntest ihn treffen. Man muss bis Ostersonntag warten, wenn er aufersteht.«

»Na so was! Diese Sitte kannte ich nicht. Wir hacken aber gar nicht.«

»Ja, aber bei all dem Lärm, den wir grad' machen, stören wir bestimmt jemand, der unter der Erde schläft!« Er legte das Werkzeug weg und ging grußlos nach Hause.

Obwohl er lange im Ausland gelebt hat, ist Mario an die Bräuche und die teilweise abergläubischen Ansichten der Contrada sehr gebunden. Er verbringt die meiste Zeit im Wald und pflegt den Kontakt zur Außenwelt kaum, da ihm keine Angehörigen geblieben sind. Viele Jahre sind vergangen, seit er sich zuletzt ins Tal begab, nach Torrebelvicino.

Mario und dem redseligen Weltenbummler Piero Ongaro habe ich zu verdanken, dass ich diese Gegend näher kennenlernte. Du hättest uns sehen sollen, Carlo, wenn wir uns bei Sonnenaufgang am Salizo trafen – unrasiert, in alten, zerschlissenen Pullovern eingemummt – und über das Fondi-Gelände in den Wald gingen. Wir wanderten den Hang hinauf zur großen Sojo-Felswand oder liefen talabwärts am Weinenden Felsen vorbei, dann stiegen wir wieder hoch zu den Hütten in Richtung Camondapass.

Hier hat jeder Stein, jedes Feld einen Eigennamen. Man glaubt sich im wilden, verlassenen Heideland, dabei spazieren hier Mario und Piero wie andere es in der Stadt tun. Denk mal zum Beispiel an Paduas Altstadt: Auch dort hat jedes Haus, jeder Winkel eine Art Kosenamen – ganz anders als die offizielle Bezeichnung und um einiges einfallsreicher.

Wir wanderten zu dritt durch die Wälder und fühlten uns zu Hause, setzten uns auf die Wiesen im Schatten der Tannen und unterhielten uns über Mineralien, Bäume, Vogelarten. Oder besser gesagt, Piero Ongaro und ich redeten, während Mario, über das eingeschaltete Radio erfreut, sich nur wenige Minuten ausruhte und sogleich dazu überging, einen Baum zu fällen, das Gras zu mähen oder ein Waldstück zu säubern.

Jetzt weißt Du mehr über Contrada Brunelli und ihre Einwohner, lieber Carlo.

Doch, wie ich nach und nach entdeckte und im Tagebuch festgehalten habe, scheint die Geschichte dieser Gegend um einiges komplexer und unheimlicher zu sein.

Aldo Manfredini

Komplex und unheimlich? Welche Geschichte meinte Aldo? Was bedeuteten all die Anspielungen auf »düstere Gedanken«, auf Dinge, die Aldo »vermutet und vorgeahnt« hatte?

Beim Lesen spürte Carlo all das Gewirr finsterer Empfindungen wieder wach werden, die Vorahnung, die ihn dazu bewogen hatte, wieder in die Berge zu fahren und den Todesumständen seines Freundes nachzugehen. Es war nun ziemlich sicher, Aldo hatte die Nase in manch eine heikle Angelegenheit gesteckt. Oder aber er war in allzu Ernstes verwickelt und am Ende überwältigt worden. Aber was? Was war geschehen?

Die Ansiedlung machte einen eher friedlichen Eindruck. Es schien sich um einen weitgehend idyllischen und in Carlos Augen ungemein langweiligen Ort zu handeln. Tja, an Langeweile kann man in der Tat auch sterben – aber man erhängte sich ganz gewiss nicht. Vielleicht war Aldo doch depressiv geworden vor lauter Einsamkeit in den Bergen, oder eben in Gesellschaft eines Kerls wie Mario, der sich dumm stellte. Das stand ja im Tagebuch: »Stille Winterabende mit Lesen am Kamin verbracht.«

Ganz furchtbare Abende im verrauchten Haus stellte sich Carlo vor, an denen der arme Aldo – dieser Narr – sich höchstwahrscheinlich mit langatmigen Beiträgen zur Gebirgsökologie befasst hatte.

Nun schnürte sich Carlo vor Sorge die Kehle zu; am liebsten wollte er Aldos Tagebuch gleich lesen, fürchtete sich andererseits vor seinen Enthüllungen. Ihn plagten Schuldgefühle, denn er hatte den Freund im Stich gelassen, hatte ihn den Unbekannten in den Bergen ausgeliefert.

Es war Zeit für einen kurzen Spaziergang, die frische Luft würde ihm guttun. Nach der Beschreibung aus dem Brief wirkte die Gegend jetzt vertrauter. Aldo hatte ihm genaue Angaben zu den Einwohnern geliefert, Carlo kannte inzwischen Namen und Geschichten, die Leute waren längst keine Fremden mehr. Carlo ging in Richtung Fondi, das sozusagen produktive Herz der Contrada. Und dort mitten auf dem Feld traf er – gebückt am niedlichen, sorgfältig gehackten und aufgelockerten Gemüsebeet – ausgerechnet Romilda Brunelli, die »Bürgermeisterin«, die einzige Dorfbewohnerin, mit der er bisher irgendwie richtig zu tun gehabt hatte. Die alte Bäuerin rammte gerade lange Stangen in die Erde.

Bohnen!, dachte Carlo mit einem gewissen Stolz. Also war er nicht so ganz unbeholfen, hin und wieder verstand selbst er etwas von Landwirtschaft.

»Buongiorno, Signora Brunelli!«

»Buongiorno, buongiorno … Aber sagen Sie ruhig Romilda zu mir, Brunelli heißen hier selbst die Steine.«

»Schön, Romilda. Was machen Sie gerade, pflanzen Sie Bohnen?«

»Ehrlich gesagt sind das Stangen; die Bohnen habe ich letztes Frühjahr gepflanzt und auch schon geerntet. Ich will einen Zaun bauen, hoch und dicht, damit die Reh' draußen bleiben. Die haben mir fast den ganzen Wirsing weggefressen.«

Die Sonne wärmte zur fortgeschrittenen Stunde die Luft. Die Alte war verschwitzt und offensichtlich in Atemnot.

»Soll ich Ihnen helfen?«, bot Carlo an.

»Nee, nee, um Himmels willen, brauchen Sie net, die Rosetta kommt gleich und macht's fertig.«

Und da kam sie schon, die Nichte – angekündigt vom rollenden Geräusch des Handkarrens, den sie vor sich herschob.

Rosetta Brunelli war jünger als die Tante, ansonsten genauso groß, breitschultrig und robust; ihre Haare kurz, ein männlicher Schnitt; alles an ihr deutete auf Kraft, auf massive Wucht.

Ein Bund Stangen lag im Karren; Rosetta hob sie sichtlich ohne Mühe und warf sie Carlo vor die Füße.

»Pass auf!«, wies Romilda sie zurecht, »das ist der Herr Zampieri, der aus Padua …«

»B'ngiorno«, brummte Rosetta mit einem etwas schiefen Lächeln, bei dem spärliche, dunkle Zähne zum Vorschein kamen.

Romilda hatte ihren Teil der Arbeit beendet und lud Carlo auf eine Erfrischung im Haus ein.

»Auf die brauchen's net zu achten«, sagte sie im Gehen. »Die ist einfach so, die ist net bös, aber verstehen tut sie wenig. Sie ist ›von der Kreuzotter gebissen worden‹, sagt man bei uns.«

»Von einer Schlange gebissen?«, fragte Carlo besorgt.

»Ach wo«, lachte die alte Landwirtin laut, »sie ist nur ziemlich dumm. Schon immer, die ist so geboren! Aber brav, schuftet wie ein Tier. Die Rosetta ist meine Nichte, die Tochter von meiner Schwester Regina, die ist schon vor langer, langer Zeit gestorben.«

Über Rosetta Brunellis Krankengeschichte so weit beruhigt, kam Carlo wieder auf die Bohnen zu sprechen. Romilda entpuppte sich als Expertin für Saatzeiten und sonstige Arbeiten, einschließlich Anbau und Bewässerung. Einmal zu Hause angelangt, zeigte sie auf einen Beutel auf der Anrichte: »Das ist meine Saat. Ich lege jedes Jahr bei der Ernte ausreichend Bohnen beiseite, die säe ich im nächsten Jahr wieder, dann kriege ich dieselbe Sorte. Die Sorte, die hier in den Bergen gut wächst.«

»Und was sind diese kleinen schwarzen Kugeln?«

»Pfefferkörner. Bohnen tut man mit Pfeffer aufheben, sonst kommen die Würmer, und dann musst du alles wegschmeißen.«

Nun stand Carlo also in Romildas berühmter Küche, die Aldo so geschätzt hatte. Die Decke hing recht niedrig, alles darin war blitzblank poliert. Trotz der vier Fensterchen, die die Contrada überblickten, war sie nicht besonders hell.

Romilda schenkte ihm ein großzügiges Glas Rotwein ein, wunderbar kühl wie eben aus dem Keller geholt. Dann, wie von einer plötzlichen Eingebung heimgesucht, ging sie zur Tür und schrie: »Mariooo! Komm her, wir haben Besuch!«

Kurz danach erschien Mario Vegnàle. Carlo stellte fest, dass es sich um den älteren Mann handelte, den er beim ersten

Gang zur Contrada in der Nähe von Aldos Haus gesehen hatte. »Komm her, Mario, da, trink ein Glas Rotwein, das ist der Herr Zampieri, der aus Padua, der Verwandte vom armen Dottore.«

»Buongiorno, ich hab zusammen mit dem Doktor sein Haus gebaut«, teilte Mario prompt mit, als wolle er seine Anwesenheit rechtfertigen.

»Ich weiß, Aldo hat es mir gesagt. Überhaupt hat er viel von eurer Contrada erzählt. Obwohl ich in Wirklichkeit kein Verwandter bin, sondern ein alter Freund von ihm.«

Romilda und Mario staunten nicht wenig, als sie hörten, dass »der Herr Zampieri, der aus Padua« kein Angehöriger war. Umso überraschter waren sie, zu hören, dass Carlo schon so viel wusste.

Sie schauen mich an wie zwei Eingeborene am Karibikstrand, die dem Kolumbus zum ersten Mal begegnen, dachte Carlo und klärte sie rasch auf: »Aldo hat von der Contrada gesprochen, weil es ihm hier sehr gut gefallen hat: Er hat von den Fondi geschwärmt, vom Berg Sengìo und vom Weinenden Felsen. Was das sein soll, habe ich nicht genau verstanden.«

»Es ist wirklich wahr«, warf Romilda ein. »Aldo hat's immer gesagt, dass die Contrada Brunelli schön wie eine Stadt ist, dass die Berge unsere Palazzi sind und der Wald unser Volkspark. Er hat immer gesagt, auf unseren Alleen – gemeint hat er die Schotterwege – trifft man Einwohner aller Hautfarben und Sprachen wie in der Metropole: Menschen, Hunde, Katzen, Hasen, Rehe, Elstern, Nattern und sonstige Schlangen. Der Dottore war schon ein wenig verrückt, aber er hat's mit so viel Überzeugung behauptet, dass ich auch fast dran geglaubt hab.«

Carlo nahm etwas Rührung in Romildas Stimme wahr: Aldos Tod hatte wohl nicht nur ihn, den besten Freund, schwer getroffen.

Mario, der bis dahin seinen Ruf als einsilbiges Wesen bestätigt hatte, brach in dem Moment das Schweigen: »Wenn Sie den Weinenden Felsen sehen wollen, gehe ich mit Ihnen da hinunter ins Tal.«

Mit »Tal« war ein tiefer Waldeinschnitt im Rücken des Dorfes gemeint, eingekeilt zwischen den Bergen Sengìo und Civillina.

Auf dem Grund des verwilderten, mit gewaltigen rotgelben Herbsttönen durchzogenen Canyons floss ein Bächlein. Sein Gluckern belebte die Umgebung. Mario und Carlo waren an den Häusern der Brunellis Barbastrìji vorbei in den Wald gegangen. Es wurde zunehmend feucht und bunt. Der Pfad führte nach unten, stark absteigend und sehr rutschig; an mancher Stelle ließen die kleinen, sich öffnenden Lichtungen den Sonnenschein durch, der die Luft wärmte.

Auf einmal beunruhigt fragte sich Carlo beim Gehen, ob es überhaupt vernünftig sei, mit einem Fremden in den Bergen zu wandern, doch bald vertrieb er diesen Gedanken wieder. Mario war doch ein anständiger Mensch, ein Freund von Aldo! Und dennoch – mit jedem weiteren Schritt, der ihn von der Contrada entfernte, fühlte er sich unwohler, und sein Magen verkrampfte sich.

»Da ist es!«, rief endlich sein Bergführer. Mario war stehen geblieben und zeigte zufrieden auf einen riesengroßen, sich über den Weg neigenden Felsen. Er war bedeckt mit einer dicken, glitschig braunen Moosschicht und sah aus wie ein riesiger, zu Stein gewordener und in der Erde versunkener Bison. Wassertropfen sickerten durch die Moosfasern. Sie fielen unten auf die verwaschenen Steine und bildeten ein Rinnsal am Weg. In der Tat sahen die Tropfen am Felsblock wie Tränen aus, es war ein unablässig ausgeschwitztes, trostloses Weinen. An einen grauen Silberahornstamm war eine verwitterte, durch und durch feuchte Holztafel genagelt, mit eingraviertem Text:

Durch das Grottengestein fließt Wasser in flüssigem Strome,
Überall rieseln herab die reichlich tropfenden Tränen.

348

Die Zahl nach dem Vers ließ Carlo zusammenfahren. Auch in den Tagebuchseiten standen Verse und Zahlen niedergeschrieben!

»Stammt die Tafel von Aldo?«

»Ja.«

»Und was soll es bedeuten, ist das ein Zitat?«, fragte er Mario.

»Ich weiß gar nichts. Wir haben diese Schilder hingemacht, und der Dottore hat jedes Mal gelacht, richtig gefreut hat er sich. Mir hat's auch Spaß gemacht. Aber die Worte hat er immer zusammen mit Piero Ongaro ausgesucht.«

»Aber weißt du vielleicht, woher er die Verse hatte? Oder wenn ich den Herrn Ongaro frage, glaubst du, er könnte es wissen?«

»Piero Ongaro? Sicher weiß er das, aber …«

»Was, aber?«

»Der Piero ist weg. Gestorben, noch im Mai.«

Da spürte Carlo, wie der Wald noch kühler und finsterer wurde.

Auf dem kurzen Weg zurück in die Contrada war die Stimmung sehr verhalten. Am Salizo verabschiedete sich Carlo von Mario und ging eilig nach Hause.

Die Nachricht von Piero Ongaros Tod rückte die ziemlich zerfahrene Geschichte in ein unheimliches Licht, und er selbst steckte nun bis zum Hals darin.

Allein Aldos Tagebuch konnte den Schlüssel zu den merkwürdigen Vorfällen in der Contrada liefern.

III Aus dem Tagebuch. Von verborgenen Schätzen und geheimnisvollen Orten

Donnerstag, 2. Februar 1984

In Begleitung von Piero Ongaro bin ich heute zwecks Mineraliensuche auf den Sengìo gestiegen, eine recht plump aussehende, felsige Berghöhe, die sich direkt hinter der Contrada erhebt. Piero hat mir versichert, in den alten Galerien nahe dem Gipfel kann man wunderbaren Bergkristall finden.

Piero ist ein recht eigenartiger Kerl, so groß gewachsen und spindeldürr, mit seinen dünnen und unordentlichen weißen Haaren, die – vom kleinsten Windhauch zerzaust – wie ein Heiligenschein vom Kopf abstehen. Wie es sich für einen ehemaligen Straßenhändler gehört, labert er pausenlos. Nicht einmal der steile Gang zur Bergspitze hat ihn zum Schweigen gebracht.

Der »Berg« ist eigentlich nur achthundert Meter hoch. Demnach handelt es sich also eher um eine unförmige Felswand, bedeckt mit Sträuchern, Ahorn und Flaumeichen. Ich gelangte völlig ausgepumpt oben an, während Piero immerfort ganz fidel seine Dialektverse deklamierte. Tja, Straßenhändler und Mundartdichter dazu, welch ein überfließendes Temperament!

»Komm hier rauf«, sagte er, als wir endlich oben waren, und zerrte mich dabei auf einen Felsen hoch. »Schau dir dieses Panorama an!«

Unter uns, nach Osten hin, erblickte man einen breiten Streifen der venetischen Ebene und eine amöbenartige Betonmasse aus Häusern und Werkshallen in allen möglichen Baustilen und Farben.

»Da ist Pieve, dort Schio, da drüben Magré, und da sind Malo und Thiene.«

Fast mit Bewunderung zeigte Piero im fahlen Licht des eisigen Februars auf jene Bautentakel, die die Fläche bis in die winzigsten Ecken besetzt hatten; sie waren auf ihrem zerstörenden Vormarsch bis zu den ersten Hügeln und Erhebungen der Voralpen vorgedrungen. Eine wahrhaft ausufernde Öde, die Piero allerdings zu imponieren schien. Dabei führte diese Landschaft den stumpfen Zerstörungswillen des Menschen in seinem erschreckenden Ausmaß vor.

Samstag, 4. Februar 1984

Dezember und Januar waren regnerisch, kalt und äußerst finster. Der Himmel stets bewölkt, der Wald immer kahler, die Baumskelette bleifarben.

Während der Wintermonate erreicht die Sonne Contrà Brunelli kaum, sie bleibt hinter den Bergkämmen verborgen. Nur gegen Mittag scheinen spärliche, kalte Strahlen durch und verschwinden in Sekundenschnelle wieder.

Dafür war der Februar bisher trocken. Der blaue Himmel leuchtet über der Contrada, erst gegen Abend steigt ein dünner, eisiger Nebel auf, der die Steinmauern ummantelt.

Und schon wird alles von der Dunkelheit verschluckt.

Donnerstag, 9. Februar 1984

Unsere Mineralwanderung letzte Woche war wenig erfolgreich, so hat Piero mich heute dazu überredet, ihn auf einem ziemlich flachen Weg durch den dichten Wald nach Valriolo zu begleiten, nachdem er weitere seltene, wertvolle Mineralien in Aussicht gestellt hatte. Der Ausflug versprach, nicht besonders anstrengend zu werden, so stieß auch Romilda zu uns. Sie lieferte mit ihren stolzen dreiundachtzig Jahren auf der gesamten Strecke ein umfangreiches Repertoire an Volksliedern, während Piero sie mit Gegengesang begleitete. Zwischen streckenweise schrillen Tönen und manch einem hinkenden Reim erreichten wir irgendwann Valriolo.

Etwas verwundert war ich über die herzhafte Heiterkeit, mit der Piero und Romilda den kleinen Ausflug unternahmen. Der schlechte Ruf der Dorfbewohner – sie sollen mürrisch und jähzornig sein – scheint mir gänzlich unbegründet. Oder sie geben sich in meinem Beisein einfach mehr Mühe, weil ich zwar ein ungewöhnlicher, aber immerhin Gast der Contrada bin.

Unser Ziel war ein stillgelegtes Bergwerk bei Contrada Trentini direkt oberhalb von Torrebelvicino im Ortsteil Pieve.

Laut Piero nennt sich dieser Hügel Monte Naro. Wieder ein Möchtegernberg, etwa sechshundert Meter hoch, der wie ein grünfarbener Panettone aussieht; er steht neben einer weiteren kegelförmigen Erhebung, die zwar noch niedriger ist, dafür geometrisch nahezu perfekt – dem Monte Castello. Die üppige, sattgrüne Vegetation der verwilderten Hügel in dieser wundersamen Gegend erinnert stark an die Äquatorlandschaft, vor allem im Sommer. Piero meint, diese Region der kleinen Täler sehe der Insel Borneo ähnlich.

Von außen war nur eine Höhle zu erkennen, die Feuchte und Finsternis aussonderte, doch sobald wir mit unseren Taschenlampen das Innere beleuchteten, siegte die Begeisterung über alle berechtigten Bedenken. Ich brauchte nur hier und da an der Felswand zu klopfen oder ein paar Steine zu zersplittern, und schon breitete sich eine überreiche Palette an Mineralien vor meinen Augen aus, darunter Eisen- und Kupferkies, Galenit, Azurit, Weißbleierz. Sogar Malachit habe ich gefunden, in sehr elegant angeordneten Einlagen, leider immer nur wenige Millimeter groß.

»Siehst? Ich hatte recht.« Piero zwinkerte mir zu. »Stell dir vor, diese Gegend hier nennt man ›die Goldberge‹. Jahrhundertelang hat man aus diesen Schächten Edelmetalle und sonstige Mineralien gewonnen, schon ab dem Jahr 1000 hat man in den Hügeln gegraben.«

»Ja, sicher«, warf Romilda sogleich ein, »ich erinnere mich noch genau, wie die Männer von der Contrada immer zum Steinbruch gegangen sind.«

»Ich hab schon gewusst, dass du ziemlich alt bist, aber hat's dich da schon gegeben?«

Freitag, 10. Februar 1984

Mario Vegnàle hat mich gebeten, ihm bei der Waldarbeit zu helfen. Ich habe gern zugesagt, denn seit mein Haus fertiggestellt ist, verbringe ich meine Tage in vollkommenem Müßiggang. Den Gemüsegarten habe ich noch nicht vom Unkraut befreit, und ebenso wenig habe ich entschieden, wie ich mich beruflich betätigen soll. Zugelassener Arzt? Wird hier nicht benötigt, unten im Tal sind genug Mediziner, außerdem zählt man hier die Patienten an den Fingern einer Hand ab. Eine Facharztpraxis? Tja, ich gehörte bis vor Kurzem zu den fähigsten Anästhesisten der Region, aber ambulant kann ich kaum arbeiten. Ich muss eine Lösung finden, bevor meine in etlichen Jahren aufreibender, hektischer Berufstätigkeit angehäuften Ersparnisse zur Neige gehen.

Von der Arbeit an irgendeinem Krankenhaus will ich nichts mehr wissen. Viel zu lange war ich in einem von Streitigkeiten und Neid gezeichneten Milieu tätig, auf engstem Raum mit karrieregeilen und skrupellosen Kollegen. Die Folge war eine beklemmend starke Depression. Erst jetzt erhole ich mich allmählich, auch dank meiner neuen Freunde – dieser schroffen, raubeinigen alten Leute.

Samstag, 11. Februar 1984

Wir haben in Romildas Küche gesessen und lange über die ehemaligen Bergstollen von Valriolo und Val Mercanti diskutiert. Bortolo Sterchele war mit von der Partie. Er kennt allerlei Anekdoten und lokale Legenden, und so konnte ich spannende und zugleich fundierte Informationen über die hiesige Mineralgewinnung erhalten.

Bortolo bestätigt, dass vor etwa tausend Jahren in der Gegend zahlreiche Abbaustätten vorhanden waren. Gold und Silber gab es in Unmengen. Viele Bauern wurden wohlhabend; sie hackten im Gemüsegarten und fanden Edelmetalle; je mehr sie hackten, umso reicher wurden sie. Diese frühzeitlichen Bergarbeiter gruben Löcher und tiefe Schächte, brachten unglaubliche Schätze ans Licht. Bortolo hat uns erklärt, dass viele Dorf- und Familiennamen wie »Pozzani« und »Pozzer« von »pozza«, Schacht, stammen und somit auf jene Zeit zurückdatieren.

»Jedes Feld hatte eine Grube in seiner Mitte«, behauptete Bortolo. »Hier in den ›Goldbergen‹ und auf dem Trettiplateau hat man nichts mehr angebaut, nur gegraben, Tag und Nacht. Die haben alle Äcker kaputt gemacht, deswegen gibt es hier nur noch Wald.«

Dienstag, 14. Februar 1984

Heute ist Valentinstag, und laut Romilda sollte man traditionsgemäß nach San Carlo pilgern, einer kleinen Kirche, die sich auf einer Hügelspitze mitten im Leogratal erhebt. Dort wird nämlich neben dem heiligen Karl auch der Valentin verehrt.

»Geh, Mario! Lauf mal hoch zu San Valentino, vielleicht hilft das, und du kriegst endlich 'ne Verlobte!«, neckte Romilda.

»Ich gehe sonntags schon nicht in die Kirche, da gehe ich an einem Dienstag erst recht nicht hin, das kannst du dir denken!«

Stattdessen sind Mario und ich zum Manfronpass gewandert, um mit dem letzte Woche begonnenen Beschneiden der Bäume fortzufahren. Während Mario die Äste stutzte, habe ich das Reisig zu kleinen Haufen entlang des Weges zusammengetragen. Mario hat mir erklärt, das Beschneiden ist wichtig, aber nicht unbedingt einfach zu handhaben. Man braucht viel Erfahrung, fundierte Kenntnisse über Bäume und Pflanzen. Es gilt, auf den ersten Blick Alter und Zustand, Beschaffenheit von Stamm und Ästen auszumachen; ebenso zu berücksichtigen ist die jeweilige Stellung im Verhältnis zu den Nachbarbäumen, zu den vorherrschenden Winden und zum Sonnenlicht. Dies und vieles mehr hat mir Mario beigebracht. Mein ehrliches Staunen schmeichelte ihm, und die Neugier, mit der ich all die unbekannten Dinge in mich aufsog.

Niemals beteiligt sich Piero Ongaro an solchen Arbeiten, seine Arthritis lasse es nicht zu, meint er. Bei jeglicher Anstrengung schwellen angeblich seine Hände an. Wir sollten gefälligst bis Mai oder Juni warten, wenn seine Schmerzen durch die Wärme etwas nachlassen.

»Aber wie willst die Bäume stutzen, wenn sie schon Blätter haben!«, hat Mario entrüstet erwidert.

Donnerstag, 16. Februar 1984

Heute bin ich mit Mario Vegnàle und Piero Ongaro zu einem Feld auf halber Hanghöhe gestiegen, wo Bortolo in einem Schuppen seinen Kaninchenkäfig hat. Mario sollte die Dachziegel richten, die der Schnee im Winter verschoben hat, so haben Piero und ich gleich die Gelegenheit ergriffen, einen Spaziergang zu machen und dabei ein wenig zu plaudern.

Dorthin läuft man am Fondi-Gelände vorbei zu den zwei großen Kastanienbäumen am Waldrand; da geht ein schmaler Pfad ab. Er führt über eine schattige und recht holprige Talsenke nach unten. Zu früheren Zeiten, bevor die heutige Straße gebaut wurde, stellte dieser Weg die einzige Verbindung zwischen der Contrà Brunelli und der Ebene dar.

Rechter Hand am Weganfang zwischen zwei Felswänden erstreckt sich eine Wiese – sie wird Friedhof genannt. Weder Piero noch Bortolo, nicht einmal Romilda kennen den Grund für die makabere Bezeichnung; sie alle behaupten, es hieß schon zu Urzeiten so, und selbst ihre Großeltern konnten nicht sagen, woher der Name stammt.

Aber Piero macht nicht einmal vor einem Friedhof halt: Sogleich hat er begonnen, die jüngst entstandenen Mundartverse mit seiner Marktschreierstimme vorzutragen.

Trotz der recht holprigen, an mancher Stelle konfusen Sprache beeindrucken seine Gedichte allemal, und dies aufgrund der behandelten Themen. Ob es darum geht, einen krummen Nagel gerade zu biegen, einen Motorradvergaser sauber zu machen oder gar einen Kamin mit angemessenem Luftzug zu bauen: Die Verse hören sich an wie die Kapitel eines surrealen Handbuchs für italo-venetische Bastler.

Selbstverständlich wollte ich wissen, wie er auf diese unkonventionellen Motive komme:

»Ich hab so die Schnauze voll von all den Mundartgedichten, die von Vöglein, Maiskolben und Kastanien singen. Und von der guten alte Zeit«, hat Piero geantwortet.

»Ich will den Alltag erzählen, von handfesten Dingen reden, von Problemen, die man Tag für Tag lösen muss. Meine Gedichte gehören beim Arbeiten vorgetragen, so vertreibt man sich die Zeit und lernt auch was dabei.«

»Ich erzähl nur von mechanischen Sachen!«, flüsterte mir Piero ein andermal zu.

Daraufhin zitierte ich einige Dialektverse von Andrea Zanzotto, doch Piero, obgleich angetan von einem Dichter, der nicht von Maiskolben und Vöglein schreibt, fand ihn nicht »mechanisch« genug. Sodann habe ich ihm vorgeschlagen, Lucretius zu lesen.

Er hat zunächst ziemlich misstrauisch reagiert. »Latein? Ist es vielleicht Pfaffenzeug?«

»Ach wo, du Schwachkopf!«, antwortete ich schroff. »Lukrez ist ein echter Latiner aus Rom. Zu seinen Lebzeiten gab es noch keine Geistlichen. Stell dir vor, er hat die Atomstruktur der Materie in Versen besungen. Lange vor Einstein!«

Meine Ausführungen haben ihn richtig neugierig gemacht. Er wollte, dass ich sofort hinunterfahre, nach Schio oder nach Vicenza oder gar nach Padua, um Lucretius' *De Rerum Natura* zu besorgen.

»Aber bitte, übersetzt«, betonte er, »weil auf Latein weiß ich nur ›ite missa est‹: Ab nach Haus, der Gottesdienst ist aus! Das reimt sich sogar.«

Sonntag, 19. Februar 1984

Rege Sonntagsdiskussion in Romildas Küche; zugegen waren, außer der Gastgeberin und mir selbst, Bortolo Sterchele, Bortoletta und Piero Ongaro. Hauptthema war, wie schon so oft, die Kartoffel: Damit kennen sich alle Contradabewohner bestens aus, und alle können sich dafür begeistern.

Ein weiterer Tagesordnungspunkt der langen nachmittäglichen Sitzung (es hat den ganzen Tag geregnet, und auf den Fondi hinten wehte ein eisig kalter Wind) war wieder einmal die Mineralgewinnung. Geologisch betrachtet setzen sich das Leogratal und die angrenzenden Gebiete aus vielfältigen Lagerungen und Adern zusammen, reichhaltiger Mineralbestand ist nachgewiesen.

Bortolo hat sich in den letzten Tagen mit einem Freund darüber unterhalten. Er soll in der Ortsgeschichte sehr kundig sein, dieser Don Giovanni Barbarena, ehemals Pfarrer, jetzt in Rente. Bortolo hat also berichtet, dass auf dem Höhepunkt der Abbautätigkeit rund 111 Gruben in den Trettihöhen gezählt wurden, 22 am Civillinaberghang, weitere Dutzende im Leogra-, Posina- und Asticotal. Das größte und bei Weitem bekannteste war jedoch das Bergwerk von San Patrizio im Ogertal.

Aufgrund des sehr ausführlichen und sachverständigen Vortrags fürchteten alle Anwesenden, bis tief in die Nacht hinein zuhören zu müssen. Zum Glück hat der Referent irgendwann eingesehen, mit zu viel Gelehrsamkeit geprahlt zu haben, und daraufhin den Bericht abrupt beendet. Beim nächsten Mal, versprach er, würde er die Legende vom Pater Barat erzählen.

Da ist das gelangweilte Publikum wieder erwacht, richtig neugierig, aber Bortolo, einem großen Schauspieler gleich, ist aufgestanden, hat sein Glas Rotwein in einem Zug geleert und beim Hinausgehen noch eine gute Nacht gewünscht.

Und wir alle haben in die Röhre geguckt.

Montag, 27. Februar 1984

Eine ganze Woche bin ich zwischen Contrà Brunelli, Schio und Vicenza gependelt. Es hat sich nämlich Konkretes zu meiner beruflichen Zukunft ergeben. Ich konnte auch eine Übersetzung von Lucretius' *Von der Natur der Dinge* besorgen – nicht gerade eine hervorragende, doch die Textwiedergabe ist relativ schlicht und angenehm zu lesen, sodass Piero Ongaro sie ganz bestimmt genießen wird.

Was meine beruflichen Aussichten angeht, sieht die momentane Lage folgendermaßen aus: Nach zahlreichen Gesprächen mit Medizinfunktionären jeglicher Stellung und Partei habe ich eine Vereinbarung unterzeichnet, nach der ich im Auftrag der staatlichen Fürsorgeanstalt INPS das hiesige Voralpengebiet betreuen soll. Ich werde praktisch in den Bergen herumfahren und jede Contrada abklappern, um den tatsächlichen Gesundheitszustand krankgeschriebener Firmenmitarbeiter zu prüfen. Hierzu habe ich mir noch keine Meinung gebildet, denn ich weiß wirklich nicht, auf welches Abenteuer ich mich gerade einlasse. Wird es anstrengend? Wird es deprimierend? Keine Ahnung, ich weiß nur, ich werde höchstens drei Tage pro Woche beschäftigt sein, also bleibt mir viel Zeit für meine übrigen Tätigkeiten hier in der Contrada.

Apropos Tätigkeiten: In den letzten Tagen ist eine neue hinzugekommen, sagen wir eine poetisch-landschaftsgestalterische Initiative. Piero Ongaro wurde nämlich von Titus Lucretius Carus verhext. In Nächten literarischen Schwärmens hat er das von mir beigesteuerte *De Rerum Natura* verschlungen – eine Offenbarung wahrhafter Poesie.

Ich bin Piero am Morgen nach dem tief greifenden Kunsterlebnis begegnet. Er war völlig aus dem Häuschen, gestikulierte und trug Verse vor, wie gewohnt schreiend. Nur waren es diesmal nicht die eigenen, er zitierte vielmehr – in edel aufrechter Haltung mitten auf dem Salizo rezitierte er die nach seinem Empfinden aussagekräftigsten Stellen aus dem lateinischen Poem. Dabei schwenkte er das Buch in der Luft, als sei es eine heilige Schrift. Wenn ihm ein bestimmtes Wort nicht einfiel, las er nach.

Ich habe ihm zugehört, gleichsam erstaunt und erfreut über so viel poetische Raserei, bis er begonnen hat, auf Lateinisch zu deklamieren: »Aeneadum genetrix, hominum divomque voluptas …«

Da musste ich laut lachen, und Piero hat sich fröhlich angeschlossen:

»Es ist wirklich wahr, wenn ich Latein vorlese, komme ich mir vor wie der Patriarch von Venedig, wenn er die Totenmesse feiert! Aber der Lukrez ist großartig, er erklärt einfach alles, vom Grashalm bis zur gesamten Welt, ganz präzise. Und deutlich. Zauberhaft! In diesem Buch finde ich meine Gedanken wieder, in Versen. Sogar die Orte, an denen ich meine Zeit verbringe und nachdenke, werden da beschrieben …«

»Ja, sicher!«, warf ich ironisch ein, in dem Versuch, seine naive Begeisterung etwas zu dämpfen, »Lukrez beschreibt auch die Fondi, den Weinenden Felsen …«

»Lach nicht so blöd, Herr Doktor, und lies mal da. Schau, Vers Nummer 348: ›Durch das Grottengestein fließt Wasser in flüssigem Strome / Überall rieseln herab die reichlich tropfenden Tränen.‹

Was ist das? Der Weinende Felsen! Und da, Vers Nummer 144: ›Breitet zuerst Aurora das Frührot über die Lande / Fliegt dann buntes Gevögel durch einsam liegende Wälder / Und läßt hoch in der Luft die flüssige Stimme erschallen / Dann liegt allen vor Augen und ist mit Händen zu greifen / Wie in diesem

Momente die neuerwachende Sonne / Alles im Nu umkleidet mit leuchtendem Strahlengewande.‹

Das sind doch die Fondi frühmorgens, wenn die Sonne aufgeht! Alle Bewohner der Contrada würden erkennen, was da beschrieben wird.«

Auf diese letzte Bemerkung hin fiel uns beiden gleichzeitig etwas ein. Ganz erregt diskutierten wir darüber und beschlossen mit zunehmender Begeisterung, die Idee in die Tat umzusetzen.

Die Dorfbewohner würden niemals einen Gedichtband (ebenso wenig wie jedes sonstige Buch) in die Hand nehmen – darüber waren wir uns einig – so haben wir uns vorgenommen, die Verse, die wir zu der einen oder anderen Stelle passend finden, auf Holztafeln einzugravieren, die wir dann an Bäumen oder Felsen befestigen. Eine Maßnahme zur Verbreitung der Poesie, zur Aufwertung der Landschaft und der Region!

Überstolz auf unser sonderbares Projekt haben wir gleich Mario Vegnàle herangezogen, der sich am praktischen Teil der literarischen Aktion beteiligen soll.

Mittwoch, 29. Februar 1984

Mario hat prompt reagiert und binnen kürzester Zeit Holztafeln, Meißel, Nägel, Hammer und all das Nötige zur Verfügung gestellt. Wahrscheinlich wollte er Piero rasch wieder loswerden, der – die weißen Haare vom Kopf abstehend – ihm überall hin folgte und unterdessen Lucretius' Verse rezitierte. In der Tat ist Mario so bald wie möglich wieder im Wald verschwunden.

Zwei Tage der fiebernden Hingabe haben Piero und ich in meiner Küche verlebt. Wir lasen *De Rerum Natura* von Anfang bis Ende und suchten dabei die schönsten, bedeutendsten Passagen aus. Ich gravierte dann mit Hohlmeißel und Hammer jedes Wort in die von Mario angefertigten Kastanienholztafeln ein. Piero diktierte nur, wegen seiner Arthritis. Er hatte dem Weinenden Felsen und den Fondiwiesen bereits gewisse Verse zugedacht und wollte sich auf keinen Fall umstimmen lassen.

Für die großflächige Wiese bei den Hütten, ehemals Weideland der Herden, haben wir gewählt:

Auf dem Gebirg geht öfter die wolleerzeugende Herde
Grasend langsam vor, wohin just jedes der Schafe
Lockt die im Morgentau wie Demant glitzernde Matte,
Während gesättigte Lämmer zum Scherz
mit den Hörnern sich stoßen.

317

An den Stamm des vom Blitz getroffenen Kirschbaums, der einsam am Rand von Romildas Acker steht, haben wir eine weitere Tafel gehängt:

Auch wie der Blitz durch die Wolken sich quer durchschlängelt, beachte.
Hierher und dorther stoßen von Wolken sich lösend die Flammen
Wider einander, doch meist fällt nieder zur Erde der Blitzstrahl.

213

Vor dem »Friedhof« habe ich in die Steinwand gemeißelt:

… die Pforte zum Orkus, und unterirdische Götter
Schleppten von hier an des Acheron Strand die Seelen der Toten …

763

Sehr bald geriet die Aktion außer Kontrolle, und wir haben Schilder über die gesamte Contrada verstreut. Bei AveMarias Haus hing nun, ihrem Gesang in Ehren:

Mauern durchdringet der Schall und durchfliegt auch verschlossene Häuser,
Und der erstarrende Frost dringt durch bis zum Mark und den Knochen.

354

Und an der Tür des leer stehenden Schweinestalls hinter den Häusern der Brunellis Barbastrìji:

Aber für uns ist nun wieder der Kot der scheußlichste Unrat,
Während den Schweinen so sehr er behagt, daß sie gerade darinnen,
Ohne es satt zu werden, mit ganzem Körper sich wälzen.

976

Am Pfosten eines alten Heuschuppens, an dem das Datum eines rätselhaften Feuerbrands aus uralten Zeiten noch gut zu lesen ist:

Wenn zu den Dächern der Häuser das lodernde Feuer hinaufspringt
Und mit rasender Flamme beleckt das Gebälk und die Sparren,
Denke nur nicht, dies wäre sein eig'ner natürlicher Auftrieb.
Ähnlich springt auch das Blut aus geöffneter Ader im Bogen
Hoch aufschießend und spritzt nach allen Seiten den Blutstrahl.

191

Wir haben jeweils die Versnummer angegeben, den Autor jedoch nicht. Piero meinte: »Wenn du auch ›Lukrez‹ darunterschreibst, fragen sich alle, was das heißen soll, und keiner achtet mehr auf die Zeilen.«

Eine Tafel bleibt übrig, sie soll über den Eingang einer stillgelegten Galerie kommen, unterhalb des Manfronpasses. Die

Öffnung in der Felswand dort sieht dich an wie die Augenhöhle eines Totenkopfes.

Der Text wird lauten:

Alle Natur, wie sie ist an sich, muß also bestehen
Aus zwei Dingen allein. Denn Körper nur gibt es und Leeres.

419

Freitag, 2. März 1984

März. Es wird spürbar milder. In der Contrada herrscht reges Treiben, denn es ist Zeit, das Gemüse anzubauen, das vom späten Frühling bis in den Herbst hinein auf den Tisch kommt.

Endlich habe ich mich dazu aufgerafft, den Garten in Ordnung zu bringen. All das Unkraut musste weg, so habe ich mit Hilfe von Rosetta – Romilda hat sie freigestellt, nachdem ich einen geringen Betrag entrichtet hatte – die Erde sorgfältig umgegraben, die Schollen mit der Hacke zerkleinert und dann mit dem Rechen so lange geebnet, bis das Beet schön gleichmäßig wurde. Das Säen und Pflanzen habe ich mir für die kommenden Tage vorgenommen, man hat mir nämlich geraten, noch eine Weile damit zu warten, denn das Frühlingswetter ist recht unbeständig; hier in den Bergen kann es tagelang regnen, oder auch wieder richtig kalt werden.

Rosetta ist ein wahres Naturwunder, nie hält sie still, immerfort arbeitet sie, tief über das Beet gebeugt, dabei schnell und sehr gewissenhaft zugleich, und sagt andauernd merkwürdige Litaneien vor sich hin. Wer weiß, was in ihrem Kopf vorgeht?

Noch ist der Wald kahl, aber das Grün der Wiesen wirkt allmählich saftiger. Die schöne Jahreszeit kündigt sich an.

Sonntag, 4. März 1984

Endlich ist Pater Barats Tag gekommen. Bortolo hatte ja versprochen, die Geschichte zu erzählen, so haben wir uns heute Nachmittag wie nunmehr jeden Sonntag in Romildas Küche versammelt.

Zum harten Kern – Romilda, Piero, Mario und mir – gesellte sich heute Rosetta. Sie schien von allen am meisten gespannt zu sein, richtig neugierig auf die alten Legenden. Bortoletta ließ sich dagegen nicht blicken. »Hundert Mal hab ich die Geschichten gehört, alles Lügen!«, soll sie behauptet haben. Aber Bortolo meinte: »Die regt sich zu sehr auf, wenn sie so was erzählt bekommt; dann kann sie nachts nicht mehr schlafen …«

Zur Erfrischung hat Romilda Kuchen, Rotwein aus Verona und weißen Durello bereitgestellt, dazu Kaffee und Walnussgrappa. Nach einem großzügig mit Schnaps vermischten caffè corretto begann Bortolo zu erzählen:

»Es war einmal vor hundert und wieder hundert und abermals hundert Jahren eine kalte und stürmische Nacht im März, als der Himmel ganz tief hing und schwarz und der Wind so stark wehte, dass er die Hausdächer beinah wegfegte. Da klopfte ein Mönch an die Tür vom Pfarrhaus in Sant'Ulderico di Tretto. Er sah eher wie ein Riese als wie ein Mönch aus, groß und breitschultrig, mit einem ganz langen roten Bart und einem Riesenbauch. Noch mehr als wie ein Riese hat er wie ein Landstreicher ausgeschaut. Barfuß war er, und in Lumpen gekleidet; gestunken hat er wie eine Jauchegrube; gestützt hat er sich auf einen langen Stock mit einer Spitze aus Eisen.

›Ich bin Pater Barat, genannt werde ich auch Bruder Grisòn. Ich bitte um Obdach im Namen des Heiligsten!‹

Der Gast wurde aufgenommen, und sieben Tage und sieben Nächte hat er so laut geschnarcht, dass viele Leute in Tretto immer wieder zum Himmel schauten in dem Glauben, es würde sich ein Gewitter ankündigen. Dann ist er aufgewacht und hat nach Essen gefragt, und niemand wagte zu reden, während er zwei ganze Hühner verschlungen und vier Korbflaschen Messwein gesoffen hat. Und dann war er fertig und hat gesprochen: ›Gut und aufmerksam wart ihr zu mir. Meine Dankbarkeit will ich zeigen, so wünscht euch was, und ich werd's wahr machen.‹

Da haben alle über diesen Unfug gelacht, doch beleidigt ist der Pater Barat nicht gewesen. Schrecklich laut gerülpst hat er und dann gesagt: ›Lacht nur, die Herrschaften, doch ich bin Teutscher und werde Barat genannt, der Zauberer von Berg und Gold, denn in der Karnevalszeit bis zum Aschermittwoch schaue ich durch Felsen und Berge hindurch, und Gold- und Silberadern werde ich finden auch in euren Äckern und Gärten.‹

Und so ist Pater Barat die ganze Faschingszeit lang, ständig besoffen und von einer Schar schreiender Kinder geleitet, über Gärten und Felder gewandert und hat hier und da mit seinem Stock in die Erde gestochen. Es ist wahr, niemand wollte ihm glauben, und alle gaben ihm zu trinken, bloß damit er weiterzieht, denn gestunken hat er bestialisch.

Dann kam der Aschermittwoch, und nach einem abermaligen Nachtgelage mit unkeuschen Frauenzimmern war der Pater Barat verschwunden. Manch einer wollte ihn gesehen haben, wie er in Richtung Lusern wanderte, andere behaupteten, er hätte den Weg zur Hochebene von Asiago eingeschlagen. Lange noch hat der Gestank vom Deutschen im Pfarrhaus von Sant'Ulderico angehalten. Doch als die Fastenzeit zu Ende war, genau am Ostersonntag, begann ein Bauer aus Jux dort zu graben, wo Barat hineingestochen hatte. Und da geschah das Wunder, und er holte unendlich viele Goldklumpen aus der Grube heraus! Die Geschichte hat sich sogleich herumgesprochen, und überall, wo der Pater seinen Stock angelegt hatte, grub man

Löcher. Auch wenn es Ostersonntag war, ein hochheiliger Tag, hat man in jeder Contrada bis tief in die Nacht gearbeitet und Unmengen Silbererz hervorgeholt. Am Ostermontag, als wolle der liebe Gott die Arbeit am Feiertag bestrafen, kamen die Schergen und Beamten aus Venedig und nahmen im Auftrag der Durchlauchtigsten Republik des Heiligen Markus das Material in Beschlag.

In den Jahren danach hat man weiterhin Silber aus dem Boden gewonnen, aber die Zölle und Steuern der Serenissima waren derart hoch, dass kein Mensch mehr reich geworden ist.«

Im Anschluss an diese Rede brach in der dunklen, verrauchten Küche Applaus aus.

Donnerstag, 8. März 1984

Unsere Initiative zur Verschönerung der Landschaft hatte mäßigen Erfolg: Niemand verlor ein Wort darüber außer Romilda. Gestern rief sie Piero zu sich: »Lieber Piero, leg deine Tafeln außerhalb von fremdem Eigentum, sonst könnte sich jemand aufregen.«

»Warum aufregen?«, erwiderte Piero. »Das ist doch nur Poesie, wir klauen niemandem die Kartoffeln vom Feld.«

»Das weiß ich schon, Piero, dass es dir und dem Aldo um die Dichtung geht, aber die Leut', die nicht mehr da wohnen und nur sonntags kommen, um nach ihrem Grundstück zu schauen, die sehen einen Pfahl oder ein Schild, reißen alles heraus, und erst dann fragen sie sich, was das war.«

»Sie hat schon recht«, erklärte mir Piero später, »aber es ist auch so, dass die Romilda alles stört, was sie nicht unter Kontrolle hat. Von wegen Bürgermeisterin, nicht einmal der Stadtvogt im Mittelalter hat sich so aufgeführt!«

Mittwoch, 14. März 1984

Rosetta ist mittlerweile meine feste Mitarbeiterin bei allen landwirtschaftlichen Tätigkeiten. Wir haben einen Stundenlohn von dreitausend Lire bei maximal fünf Stunden Arbeit pro Tag festgelegt. Gäbe ich keine Einschränkungen vor, sie würde auch achtzehn Stunden täglich schuften, um ihr Einkommen zu verbessern. Stark ist Rosetta und richtig geldgierig. Obwohl sie nichts kauft – weder Kleidung noch Schönheitsprodukte – , zählt sie das Geld, das sie von mir bekommt, immer wieder nach, dann eilt sie zum Haus und legt es weg, immer mit einem breiten Lächeln im Gesicht.

Wir haben zusammen meinen Gemüsegarten abgegrenzt, anschließend die Fläche in Bereiche zu je einem Meter unterteilt. Zwischen den Beeten ließen wir schmale Durchgänge frei. Ich habe alle Gemüsesorten aufgeschrieben, gelistet nach Eigenschaften und Jahreszeit, dazu den Zeitpunkt von Saat und Bepflanzung und die rein theoretische Erntezeit eingetragen. Heute waren Erbsen, Karotten, Kopfsalat, Radicchio, Rucola, Radieschen, rote Zwiebeln und Knoblauch dran. Daneben haben wir ein Kräuterbeet mit Salbei, Rosmarin, Minze und Thymian eingerichtet.

Gearbeitet haben wir unter einem ungewöhnlich stahlblauen Himmel – ganz anders als jenes typisch katholische Azurblau der Voralpen, die Mantelfarbe der Jungfrau Maria.

Dienstag, 20. März 1984

Ich sollte Piero zum alten Tagebau begleiten, der sich am Felshang oberhalb der Contrada Brunelli befindet, direkt vor dem Manfronpass. Wir sind frühmorgens losgezogen, der Tag versprach schön zu werden, die Piccole Dolomiti ragten in den Himmel und umgarnten dabei unser kleines Plateau wie eine übergroße, felsige Häkelspitze. Der Berg Carega ist noch schneebedeckt, während am Pasubio nur noch die schattigen Einschnitte weiß sind.

Der steinige Saumpfad verläuft die gesamte Strecke über im Wald. Das Spiel von Licht und Schatten an den Bäumen mit den frischen Blättern ist wunderbar. Von oben erblickt man das Dorf, das noch im Dunkeln liegt, weil der Berg Sengìo die Sonnenstrahlen abschirmt.

Der Bergwerkseingang in der Ortschaft Nogarette sieht tatsächlich wie ein Riesenschädel mit Augenhöhlen aus. Die Galerie wurde in den Fels geschlagen; rund um die Öffnung sind weder Bäume noch Sträucher, auch das gewöhnlich wuchernde Unkraut fehlt.

»Ich bin es, der hier alles sauber hält«, vertraute mir Piero an. »Mit Hilfe der Arbeitsgruppe Mineralogie von Pievebelvicino.«

»Und jetzt bringen wir unsere poetisch-didaktische Texttafel an«, rief ich aus. »Und diejenigen, ›die sonntags herkommen und nach dem Grundstück schauen‹, können uns mal!«

»Ganz genau, zum Teufel mit den Mistfressern!«, donnerte Piero los. »Die sind doch blöd, die schlagen den ganzen Sonntag über Pfähle in den Boden, um das ganze Grundstück herum. Jeder nimmt dabei dem Nachbarn einen Meter weg, dann kommt der Nachbar und steckt den Pfahl zwei Meter zurück. Es geht schon mindestens dreihundert Jahre so, dann treffen sie sich zufällig im Wald und schimpfen aufeinander los. Einmal haben Mario Vegnàle und ich«, Piero hat dabei die Augen zugekniffen, ein verschwörerisch höhnisches Lächeln auf den Lippen, »eine Nacht lang überall im Wald aufs Geratewohl die Pfähle umgesteckt. Einfach so, aus Jux und Tollerei! Am nächsten Morgen, es war Sonntag, sind die Leute von da unten gekommen, um nach ihrem Wald zu schauen. Da hat's ein Mordstheater gegeben! Angeschrien haben sie sich, ich hab gemeint, die schlagen sich gegenseitig tot! Man hat die Carabinieri geholt, damit wieder Ruhe ist. Aber du, pass auf!«, fügte er hinzu. »Erzähl nicht weiter, dass ich's gewesen bin mit dem Mario, einfach aus Spaß. Wenn sie's rauskriegen, hängen die uns auf!«

Sonntag, 25. März 1984

Seit Bortolo die Geschichte von Pater Barat erzählt hat, nimmt auch Rosetta regelmäßig an unseren sonntäglichen Sitzungen teil. Sie setzt sich in die Ecke und schweigt, dabei lächelt sie hohl. Wahrscheinlich hofft sie, dass jemand ein neues Märchen erzählt.

Bortolo ist dagegen in letzter Zeit immer abwesend.

»Der geht zu seinem Freund hinauf, Don Barbarena, in die Kirche von San Carlo; aber nicht zum Rosenkranzbeten. Die saufen miteinander, heimlich, Don Barba und er«, zischt seine Frau Bortoletta.

Als wollte sie Rosetta trösten, die noch immer auf eine Geschichte wartet, schenkt Romilda ihr ein halbes Glas Rotwein ein. Rosetta dankt, trinkt in einem Zug aus, dann schläft sie im Sitzen ein.

Freitag, 30. März 1984

Heute war ein ganz besonderer Tag, denn wir haben uns mit den Brunellis Barbastrìji angefreundet. Nicht mit allen, nein, mit den zwei Männern, Alfredo und Lino.

Das Treffen hat Mario veranlasst, er brauchte ein paar kräftige Arme, um das Mäuerchen am Weg zu den Casarotti wieder hochzuziehen. Es ist vor Kurzem eingestürzt, die Steine lagen auf der Straße. Der Waldhang darüber drohte seinerseits zusammenzubrechen und auf der Fahrbahn zu landen.

Diese niedrigen Trockenmauern stützen die mit viel Mühe am Berghang gebauten Terrassen und dienen dazu, die spärlichen Anbauflächen im Gebirge zu erweitern.

Die gesamte Contrada hat sich zu den Wiederherstellungs- und Befestigungsarbeiten in Bewegung gesetzt. Es handelt sich schließlich um eine strategische Zufahrt zu den Äckern, und auf Maßnahmen der öffentlichen Verwaltung hätte man diesbezüglich lange warten können.

Wir sind frühmorgens im Nieselregen losgezogen. Er hörte jedoch zum Glück auf, bevor sich die Baustelle in eine regelrechte Schlammgrube verwandeln konnte.

Alfredo und Lino haben feste gearbeitet, dabei knappe Brummlaute von sich gegeben – und das nur, wenn sie größere Steinbrocken zu heben hatten. Vorerst wurde also kein Wort gesprochen, doch nach zwei Stunden fluchte Lino laut, als ein Stein auf seinen Fuß rollte, den Mario fallen gelassen hatte.

Als Ausgleich hat Piero Ongaro geschwätzt wie hundert Leute zusammen. Ja, er hatte sich zum Arbeitertrupp gesellt, gewappnet mit einem schwarzen Regenschirm und der gewohnten, unbändigen Lust zu quatschen.

»Die Masière sind Symbol für die Bauernkultur unserer Täler«, las er aus einem Prospekt der Berggemeinde vor, sobald wir vor Ort waren. »Generationen von Bergbewohnern gruben über die Jahrhunderte am Berghang, schlugen Material aus der Felswand heraus und stellten kilometerlange Trockenmauern auf, legten unzählige Terrassen an, nur mit der Kraft ihrer Hände.« An dieser Stelle sah er kurz zu uns auf und fügte sodann hinzu: »Die haben sich sozusagen den Arsch aufgerissen!« Schon beachtete er den Text nicht mehr und deklamierte aus dem Stegreif weiter: »Solche Werke sind in ihrer Gesamtheit als geradezu gigantisch zu bezeichnen, sie gehören geschützt und restauriert. Durch die Behörde, die sich stattdessen nur um die Förderung der Sopressa-Wurst aus Valli del Pasubio kümmert. Scheiß auf die Salami!«, rief Piero sarkastisch aus. »Die Masière, die Terrassen sind das Wahrzeichen unserer Bauernkultur im Voralpenland! Ich hab mal einen Satz gelesen, der sagt genau, was ich nur grob ausdrücken kann.« Dann holte er einen seiner unzähligen Zettel aus der Tasche hervor: »Wie konnte es diesen Menschen gelingen, so viel Naturstein herauszuschlagen und aufzureihen? Wie konnten diese Leute solch ein großartiges Unterfangen vollbringen, vor dem selbst ein Volk von Riesen zurückgeschreckt wäre? Dennoch ist dieses Werk von einer Gemeinschaft emsiger Ameisen erschaffen worden.«

Auf diese weltbewegenden Fragen hin ergriff Mario das Wort: »Wo ist das Brot mit der Sopressa? Ich hab nämlich Hunger.«

Samstag, 31. März 1984

Die Baustellenarbeiten gingen heute weiter. Wir müssen die Mauer rasch instand setzen, noch bevor das Wetter umschlägt. Bei Regen würde nämlich ein erneuter Erdrutsch drohen. Dank der Teilnahme an der Bürgeraktion ist mir klar geworden, dass Alfredo und Lino Brunelli zwei herzensgute Kerle sind, und wenn sie schweigen, dann nur, weil sie nichts zu sagen haben. Und sie haben nichts zu sagen, weil sie immer die Hände voll zu tun haben. Im Schaffen kommt ihr Wesen richtig zur Geltung, beim Hacken, beim Mähen. Sie sind unermüdliche Arbeiter.

Die neu errichtete Masièra finde ich gut aufgebaut und schön, mit den größeren Steinblöcken als Grundlage und im oberen Bereich sanft zum Berg hin geneigt, dem Druck der Erde entgegenzuwirken.

Für andere Menschen ist Arbeit dagegen nicht gerade die beste Ausdrucksform (sie klagen über eine Gelenkentzündung, die ihre Hände befallen hat), solche Menschen quasseln unablässig.

Na ja, unser Volksdichter. Er ist heute wieder pünktlich auf der Baustelle erschienen, als müsse er stempeln, das Tagesthema schon parat: Bedeutung und Funktion der Trampelpfade. Wieder hat er den unvermeidlichen Zettel hervorgezaubert, mit einem gekritzelten Text, abgeschrieben weiß der Teufel woher, wieder hat er vorgetragen: »Die über unsere Hügel und Berge verlaufenden Wege sind nichts anderes als die ursprünglichen von den ehemaligen Einwohnern benutzten Verkehrsverbindungen. Um von einem Tal ins andere zu kommen, gingen unsere Vorfahren seinerzeit – eine Ewigkeit her! – nicht über die Straßen im Flachland, sie nahmen vielmehr die Abkürzungen über die Berghänge und Pässe und gelangten geschwind ans Ziel. Trampelpfade führten von Asiagos Hochebene nach Lavarone, Tonezza, Posina und Valli del Pasubio; sie reichten bis nach Recoaro und weiter bis in das Gebiet der Lessiner Berge hinein. Das Gebirge um Vicenza und Verona bildete somit eine kompakte Voralpenregion, eine kleine Welt aus verstreuten Weilern, durchzogen von einem dichten Netz an Berg- und Saumpfaden, die Handel und Kulturaustausch ermöglichten.«

Mittwoch, 18. April 1984

Sieht man Romilda und Rosetta von hinten an, erkennt man sogleich ihre Verwandtschaft. Beide sind groß und robust, beide haben breite Schultern und einen aufrechten Rücken, die

Beine so dick und plump wie Baumstämme. Rosetta trägt Tag für Tag Gummistiefel und einen geblümten, knielangen Kittel. Im Winter zieht sie einen dicken, grünen Wollpullover darüber an, mindestens drei Monate lang immer denselben. Romilda sieht etwas gepflegter aus in ihrer stets dunklen Kleidung, das weiße Strohhaar zum Chignon gebunden. Ihr Blick ist scharf und gescheit, doch scheint zuweilen eine gewisse Traurigkeit durch, die Melancholie eines Menschen, der in seinem Leben viel durchgemacht und geschuftet hat.

Ich frage mich, warum die beiden in getrennten Häusern wohnen. AdaMaria lebt übrigens auch ganz alleine. Alle drei sind einsam, unabhängig und auf sich gestellt. Romilda hat die Rolle des Familienoberhaupts übernommen. Geht es um die Arbeit oder das Geschäft, so setzt sie ihre autoritäre Miene auf und kommandiert herum. Rosetta reagiert prompt und gehorcht, während AveMaria zunächst meckert und sich schließlich fügt.

Samstag, 21. April 1984

Piero hat noch den kleinen roten Bus, mit dem er früher als Straßenhändler durch die Dörfer im Tal gezogen ist. Abgestellt in einem verfallenen Holzschuppen, ist er mittlerweile recht verstaubt. Im Bus sind Regale eingebaut, die früher als Auslage für die Ware dienten. Dort stellt Piero das Ergebnis langjähriger Suche aus, eine beträchtliche Sammlung an schön geordneten Mineralexemplaren, jedes davon mit erläuterndem Schildchen versehen.

»Es wäre mein Traum, wieder von Dorf zu Dorf zu fahren und mein Wandermuseum vorzuzeigen, die Eigenschaften der Mineralien zu erläutern, von deren Fundort zu erzählen. Aber ich kenn meine ehemaligen Kunden, das sind Tiere, sie scheren sich einen Dreck um meine Steine.«

»Du hast so viele Interessen, liebst die Poesie, die Geschichte: Warum bist du hier in der Siedlung hängen geblieben? Warum bist du als Rentner nicht in die Stadt gezogen? Oder wenigstens nach Schio, das ist doch ein ganz anregendes, lebendiges Städtchen …«

»Also, erstens, ich komm von hier, das ist meine Heimat, und es gibt nichts Schöneres, als jeden Tag auf unsere Berge zu schauen. Schon als Kind hab ich's genossen! Und zweitens, die Menschen aus den Contrade sind vielleicht nicht gerade temperamentvoll, doch alles andere als dumm. Das sind ehrliche, anständige Leute! Ja, mürrisch vielleicht, aber auch großzügig – ganz anders als die Städter aus dem Flachland, die ›Buckligen von Schio‹ – so nennt man sie in Thiene. Weißt du, warum? Weil sie Tag und Nacht krumm an den Webstühlen sitzen und schaffen, so kriegen sie einen Buckel, einen körperlichen und einen geistigen dazu. Die sind in sich gekehrt, verschlossen, knauserig. Das ist das wahre, entstellte Gesicht von Schio, eine verkümmerte Seele.«

Donnerstag, 26. April 1984

Ich habe einen schweren Tag hinter mir. Bin bei Sonnenaufgang losgefahren und spätnachts zurückgekommen. Schon seit ein paar Wochen spielte ich mit dem Gedanken, mich einmal nach Padua zu begeben. Ich glaubte, ich sei nun stark genug, mit meinem früheren Umfeld erneut umzugehen. Hatte sogar angedacht, Marta zu treffen. Doch schon beim Anblick des Wegweisers »Padova West« an der Autobahnausfahrt hat sich mein Magen verkrampft, und mir ist übel geworden: Angstzustände, unkontrollierbare.

Ich bin in der Stadt herumgefahren und habe mich dabei ganz bewusst von allen »empfindlichen« Orten ferngehalten. Einen großen Bogen habe ich um Krankenhaus und Universität gemacht; auch um mein altes Haus und um die Wohnung von Marta, der letzten in einer ewigen Serie von Liebesbeziehungen, die ich beendet habe.

Nach dem einstündigen Abstieg zur Hölle konnte ich den Mut aufbringen, bei Carlos Ingenieurbüro zu klingeln – und schon hatte ich den Weg aus meinem inneren Abgrund zurückgefunden. Mit Carlo verbindet mich eine Seelenverwandtschaft, schon nach wenigen Minuten redeten wir aufeinander ein, und waren nicht mehr zu bremsen. Eine gewaltige Wortflut.

Ich habe von den vergangenen Monaten, von meinem Haus in der Contrada erzählt, und natürlich von meinen neuen Bekannten dort. Carlo hat Fragen gestellt und nachgehakt, dann auch von seinem Beruf gesprochen, von seiner Familie. Ob wir uns richtig verstanden haben, kann ich nicht sagen. Tatsache ist, wir haben einander, oder vielleicht eben jeder nur sich selbst zugehört, bis tief in die Nacht hinein, während wir von einer Kneipe zur anderen zogen.

Meine Flucht habe ich als Reise auf einem Meer aus Wäldern, Steinhäusern und schneebedeckten Klippen gedeutet. Daraufhin rief Carlo feierlich aus: »Lass mich dein Schiffsjunge sein.«

Der Alkoholspiegel mag dabei eine nicht unerhebliche Rolle gespielt haben.

Donnerstag, 3. Mai 1984

Die Schulglocke läutet, die Pause ist vorbei. Heute Morgen hat meine Tätigkeit als medizinischer Inspektor begonnen, mit zwei kurzen, recht freundlichen Hausbesuchen in den Ansiedlungen

Pieriboni und Tomasi. Dort stehen lauter protzige Neubauten, man hört den Verkehr aus der nahen Staatsstraße laut brummen. Die Contrada Brunelli scheint Lichtjahre davon entfernt und mindestens um ein Jahrhundert zurückgeblieben zu sein.

Das Wetter war wunderschön, so habe ich am Nachmittag Tomaten gepflanzt.

In der Contrà Brunelli ist die Tomate die Königin unter den Gemüsesorten: Wer sie richtig anbaut und bis zur angemessenen Reife durchbringt, wird von allen bewundert, und ja, auch beneidet, denn das strenge Klima und der reichliche Niederschlag machen die Tomatenernte zu einem regelrechten Unterfangen.

»Schio ist, behalt's im Kopf, des lieben Gottes Nachttopf«, lehrt ein altes Sprichwort.

Romilda hat mir geraten, kleine provisorische Tunnel aus Eisenstangen und Plastikplanen aufzustellen, zum Schutz der zarten Pflänzchen gegen die nächtlichen Temperaturen und die wiederholten Regenfälle.

Sonntag, 6. Mai 1984

»Mein lieber Bortolo«, setzte Piero laut an, die Hände in der Luft schwingend, so wie er es immer tut, wenn er sich zu wichtigen Dingen äußert, »die Geschichten, die du erzählst, hältst du für Märchen, Legenden; aber du sollst wissen, beim Wandern in unseren Bergen findet man richtige Spuren zu deinen sogenannten ›Märchen‹, vorausgesetzt, man hält die Augen offen. Also sind's vielleicht gar keine Legenden, oft sind's wahre Geschichten, genaue, mechanische Tatsachen!«

Es war gegen neunzehn Uhr, wir waren in Romildas Küche zusammengepfercht. Den Nachmittag hatten wir bei Kartenspiel, Zigarren, Rotwein und Sopressa mit Pan Biscotto verbracht. Rosetta hatte sich nicht blicken lassen, und Bortoletta war auch abwesend, so vertrat Romilda ganz alleine das »schwache« Geschlecht. Sie saß am Tisch mit dem finsteren Blick des Spielers, der auf seine drei Luschen schaut und dabei vorgibt, wer weiß welche Trümpfe in der Hand zu haben.

»Nee, Piero, jetzt aber nicht, du kannst nicht um die Zeit damit anfangen, sonst bleiben wir die ganze Nacht auf«, konterte Bortolo und knallte eine Karte auf den Tisch.

»Man braucht gar nicht lang wach zu bleiben«, beteuerte Piero. »Ob du es glaubst oder nicht, beim Camondapass hat zum Beispiel unter einem mit reichlich Gestrüpp überwucherten Steinhaufen ein riesiger Felsblock aus dem Boden herausgeschaut; komische Zeichen waren drauf eingemeißelt, Zahlen, Kreuze, Buchstaben. Ich glaube, da sind in alten Zeiten Rituale gefeiert worden, Zaubereien. Früher hat's ja in unseren Contrade mehrere alte Frauen gegeben, die haben sich mit der Heilkunst ausgekannt, halbe Hexen, hässlich wie die Nacht.«

»Lass den Unfug über Hexen und Zauberer sein«, fiel Romilda ihm ins Wort – sie ist in letzter Zeit ohnehin bissig geworden, noch schroffer als gewohnt. »Das höre ich schon seit Ewigkeiten, diesen Schwachsinn, das sind Geschichten, die man am Kaminfeuer erzählt. Und hör auf, auf fremden Grundstücken rumzuwühlen, sonst kann es schon passieren, dass du eine Kugel in den Arsch geschossen kriegst!«

Montag, 7. Mai 1984

Was ich mich anschicke, auf Papier festzuhalten, ist furchtbar. Ich habe im Moment das Gefühl, die Welt bricht zusammen.

Nach einem Hausbesuch in der Contrà Brandelleri bin ich gegen Mittag nach Hause gefahren. Auf dem Salizo stand ein

Dienstwagen der Carabinieri, ein blauer Fiat 127; ich habe mein Auto daneben abgestellt und bin ausgestiegen. Da ist Romilda auf mich zugekommen, ganz fahl im Gesicht, die Haare zerzaust, und hat gemurmelt: »Aldo … Es ist ein Unglück passiert, der Piero ist tot.«

Bitte, Romilda, gehe noch einmal zurück, spielen wir die Szene ein zweites Mal, und sag das nicht wieder, habe ich gedacht. Ich war bestürzt!

Da ist hinter Romilda ein ganz dünner, blasser Carabiniere hervorgetreten, den sperrigen Hut auf dem Kopf: »Sind Sie Dottore Manfredini? Könnten Sie uns ein paar Informationen liefern? Ja, es hat einen Unfall gegeben, und hier sind lauter weinende Frauen.«

»Unfall? Aber der Herr Piero Ongaro ist schon lange nicht mehr Auto gefahren!«

»Nein, nein, kein Autounfall, es war ein Bergunglück.«

»Was ist genau geschehen?«

»Ein gewisser Rìghele Agostino, Hobby-Pilzsucher, hat angerufen und mitgeteilt, er habe in der Ortschaft Nogarette, nahe einem ehemaligen Bergwerk, die Leiche eines älteren Mannes gefunden. Der Schädel war eingeschlagen, was wahrscheinlich durch einen herabstürzenden Felsbrocken verursacht wurde. Wir sind mit den Freiwilligen der Bergrettung zu der Stelle geeilt und mussten leider feststellen, die Angabe traf zu. Man hat sogleich Herrn Ongaro Piero erkannt, pensionierten Straßenhändler, wohnhaft in der Contrà Brunelli.«

Ich hatte das Gefühl, in einen Gruselfilm hineingeraten zu sein.

Ein schrecklicher Albtraum, ich wollte unbedingt aufwachen. Die Worte des Carabiniere hallten nach, überschlugen sich: Rìghele … Pilzsucher … Piero … Schädel … Freiwillige …

Alles so absurd, tragisch. Unerwartet.

»Sind Sie in Ordnung?«, hat der Carabiniere gefragt.

»Es geht schon … Ich bin nur erschüttert.«

»Wir benötigen einige Angaben: Ist der Herr Ongaro Piero tatsächlich wohnhaft in der Contrada Brunelli? Wissen Sie, ob er Angehörige hat, Verwandte? Wissen Sie vielleicht, aus welchem Grund er sich an einen derart einsamen, gefährlichen Ort begeben hat?«

Was hätte ich antworten sollen? Dass Piero sich regelmäßig an jenem »einsamen, gefährlichen Ort« aufhielt, ihn derart liebte, dass er sich vorgenommen hatte, ihn in einem Poem zu besingen? Hätte ich erzählen sollen, dass seine Verse der Gattung »mechanische Poesie« zuzuordnen wären, da sie weder die Vögelchen noch die Maiskolben besingen würden? Hätte ich sagen sollen, dass mein Freund von jeher eine Vorliebe für Steine und Felsen hatte?

Ich habe ausgesagt, dass Piero hier im Weiler ansässig war und dass seine nächsten Verwandten in Torrebelvicino leben. Es war anzunehmen, Piero habe ganz einfach einen Ausflug machen wollen, der leider tragisch ausgegangen war. Des Weiteren habe ich mich bereit erklärt, zur offiziellen Leichenidentifizierung nach Schio ins Krankenhaus mitzufahren. Ich bin ja schließlich Arzt, und Romilda hätte ich es ohnehin nicht zumuten können: Sie war entsetzt, starrte nur noch ins Leere.

Eine halbe Stunde später habe ich in der Leichenhalle beim tristen Anblick der langen, mit Blut besudelten weißen Haare den letzten Abschied von meinem Freund Piero Ongaro genommen.

Dienstag, 8. Mai 1984

In der Contrada ist alles beim Alten. Es herrscht die gewohnte Stille, wenige Menschen sind zu sehen. Rosetta geht herum mit ihrer Schubkarre; aus den Fondi hört man fernes Traktorgebrumme.

Die Beerdigung findet übermorgen statt, nach Obduktion und Freigabe durch die zuständige Behörde. So ist es bei Unglücksfällen.

Ein anderer Carabiniere hat heute Pieros Sachen aus dem Krankenhaus gebracht. Er hat sie mir übergeben, wahrscheinlich weil ich derjenige bin, der die Leiche identifizierte. Ich habe nach der Geldbörse in der Hosentasche gesucht, um sie gegebenenfalls der Familie zu bringen. Da war nichts. Womöglich hatten die Carabinieri schon dafür gesorgt. Aber dann rutschte zu meiner Überraschung ein merkwürdiger Zettel aus der Hemdtasche heraus, auf dem wenige Zeilen standen, wie von Kinderhand gekrakelt:

Wer ist tot?
Piero Idiot
Wer hat ihn weggebracht?
Piero verkracht
Wer hat den Sarg gebaut?
Piero durchschaut
Wer ihn zu Grabe getragen?
Piero erschlagen.

Carlo schlug Aldos Tagebuch zu. Jetzt machte er sich wirklich Sorgen. Außerordentliche Sorgen.

Nun waren seine Fragen zumindest teilweise beantwortet worden, endlich wusste er mehr über die Schrifttafeln und Zitate, über Aldos berufliche Tätigkeit und sein neues Umfeld. Beim Weiterlesen war ihm allerdings auch der Ernst der Lage klar geworden: In diesem sonderbaren Bergweiler hatte sich Schlimmes zugetragen.

»Es sind also zwei Tote!«, murmelte er fassungslos. Aldo Manfredini und dieser eine Freund, Piero Ongaro. Konnte es sich überhaupt um zwei Unglücksfälle handeln? War Aldo – vom Tod des Freundes gebrochen – depressiv geworden und hatte Selbstmord begangen? Denkbar und unwahrscheinlich zugleich.

Denn gerade nach der Wahrscheinlichkeitsrechnung konnte man vorneweg argumentieren, bei einer Bevölkerung von vierzehn Einwohnern machten zwei Tote fast fünfzehn Prozent aus, einen sehr hohen Anteil. Andererseits würde bei einer Bevölkerung von zwei Menschen der Tod einer Person zwar eine Sterberate von fünfzig Prozent bedeuten, wäre jedoch keinesfalls als Massensterben zu betrachten, vielmehr als eine ganz normale, plausible Begebenheit. Wie dem auch sei – die Statistik trug wie gewohnt nichts zur Klärung bei –, angesichts der Umstände konnte man allemal Verdacht schöpfen.

Carlo Zampieri ließ seine verschwommenen Betrachtungen vorerst sein und bemühte sich wieder um nüchternes Denken: Hatte Piero Ongaro Feinde gehabt, hatte es Auseinandersetzungen gegeben? Vielleicht mit denjenigen, die »sonntags nach ihrem Grundstück schauen«? Nächste, dringende Frage: Hatte Aldo zufällig etwas über Piero Ongaros Tod entdeckt? Hatte er jemanden ins Vertrauen gezogen? Und weiter: Hatten die Carabinieri ernsthaft ermittelt?

Wenn ja, wieso hatten die zwei unmittelbar aufeinanderfolgenden Todesfälle sie nicht stutzig gemacht? Carlo notierte die Fragen auf der Rückseite des Tagebuchs und fügte dann hinzu:

Auf irgendeine Weise beteiligte oder betroffene Personen:
Familie Brunelli 1: Romilda, Rosetta, AdaMaria, auch Ave genannt;
Familie Brunelli 2: Mario, genannt Vegnàle;
Familie Brunelli 3: Ines, Sonia, Alfredo, Lino, alle zusammen Barbastrìji genannt;
Familie Sterchele: Bortolo und Caterina, letztere auch Bortoletta genannt;
Verwandte von Piero Ongaro, ansässig in Torrebelvicino: Wer sind sie?
»Diejenigen, die sonntags kommen«, ehemalige Contradabewohner: Wer ist das?

Wollte er mehr über den Schauplatz der Ereignisse erfahren, so musste eine detaillierte Landkarte her. Er dachte zurück an die Nacht der großen Reinigungsaktion, sah sich im Geist einen allgemeinen Lageplan der Region zusammenfalten und in Aldos Bücherregal zurücklegen.

Jetzt suchte er hektisch, brachte dabei wieder die Bücher durcheinander, die er so sorgfältig aufgereiht hatte, bis die Karte zum Vorschein kam.

Verflucht aber auch, diese Täler waren ein einzig großes Gewirr, ein Labyrinth! Dutzende und Aberdutzende von größeren und kleineren Ansiedlungen, Hunderte krumme Sträßchen und Pfade, Wasserläufe, Hütten, Hügel, Erhebungen, Berggipfel … Ihm wurde vor der ausgebreiteten Karte schwindlig. Seit Beginn dieses Abenteuers war er über unzählige Orts- und Personennamen gestolpert, und bei all den Orten, Menschen, Sturzbächen und Tälern wiederholten sich die Bezeichnungen, sie überschlugen, überschnitten, verschränkten sich, bildeten einen Wirbel an zusammenhanglosen und recht unmelodischen Klängen: Ròmare, Bàllare, Pècare, Còvole, Snòrche, Vèrmech, Spinèchile, Grèsele, Stèrchele, Rìghele, Grèbele, Obelècchi, Fuccenècchi, Elbele, Bròspile, Rìstele, Stòccheri, Spèccheri … Ein Kauderwelsch: Cubi, Storti, CodiVolpe, Merendaore, Lèder, Bèber, Ràder, Sòster. Von den Heiligen ganz zu schweigen: Ulderico, Gertrude, Orso …

Es war schier unmöglich, sich in dem Chaos zurechtzufinden, doch gleichzeitig wusste Carlo, es war an der Zeit, das Versprechen an Aldo einzulösen: »Ich werde dein Schiffsjunge sein.« Nur, der Kapitän war verschwunden, und Carlo musste das Schiff auf jenem Rätselmeer ganz allein führen.

Als Erstes beschloss er, Giulia ordnungsgemäß anzurufen, denn es war schon spät am Nachmittag. Sie nahm nach dem ersten Klingelton ab.

»Grüß dich, endlich meldest du dich, wie geht's dir? Was gibt's Neues?«

»Es geht mir gut, aber die Situation hier ist verworrener, als ich dachte.«

»Moment, was soll das bedeuten? Ist was Schlimmes passiert?«

»Na ja, ich habe erfahren, es sind zwei Tote … Neben Aldo ist auch ein lieber Freund von ihm gestorben, ein gewisser Piero Ongaro.«

»Noch einer! Wieder ein Selbstmord?«

»Nein, nein, er ist von einem Stein am Kopf getroffen worden, vor über sechs Monaten. Es scheint sich um einen Unfall gehandelt zu haben.«

»Scheint?«, murmelte Giulia ins Telefon. »Und wenn du falsch liegst? Was könnte sonst gewesen sein? Ein Bauernduell im Gebirge? Carlo, ich mach mir jetzt Sorgen, sei nicht leichtsinnig. Was hast *du* überhaupt mit dieser Geschichte zu tun?«

»Keine Angst, Giulia, ich wollte nur sagen, Aldo ging's vielleicht eben nicht so gut, weil er einen engen Freund verloren hatte. Er war niedergeschlagen, fühlte sich vermutlich recht einsam. Du weißt es doch, er erholte sich noch von einem schweren Nervenzusammenbruch. Ich möchte hierbleiben, möchte die Todesumstände klären. Ich will wissen, ob ich hätte helfen können.«

»Dann musst du mir versprechen, dass du dich auf keinen Fall in Gefahr bringst, insbesondere darfst du keine Fremden ins Vertrauen ziehen. Und wenn du Kriminelles entdeckst, kommst du sofort nach Hause, damit wir es in aller Ruhe besprechen können.«

»Klar verspreche ich's dir, genau das hatte ich auch vor. Ich möchte nur einiges überprüfen, um mir kein falsches Bild zu machen.«

»Wir haben es hier mit einer äußerst nebulösen Geschichte zu tun. Vergiss aber nicht, du bist Ingenieur, kein Carabiniere!«

Mit dieser unwiderlegbaren Aussage endete das Gespräch.

Auch Giulia hatte die Carabinieri erwähnt. Worauf sollte man diese eventuell hinweisen? Was konnte Carlo über Aldos Suizid schon sagen? Dass er nicht davon überzeugt war. Und wieso? Weil ein Freund von Aldo ein paar Monate zuvor von einem Felsbrocken erschlagen worden war? Was hatte das eine mit dem anderen zu tun, bestand ein Zusammenhang zwischen den Vorfällen?

Sein Verdacht, seine Einwände gründeten ausschließlich auf Intuition und auf dreißig Jahren Freundschaft mit Aldo, doch vor den Carabinieri konnte man ganz gewiss nicht mit Mutmaßungen und Eindrücken argumentieren.

Carlos einziger konkreter Anhaltspunkt war das Tagebuch, die Quelle aller Informationen – eine maßgebende Quelle, denn Aldos Sicht der Dinge bildete sozusagen den Mittelpunkt aller Geschehnisse; und eben als Hauptfigur war sein Freund möglicherweise vom Strom der Ereignisse mitgerissen worden.

Als Allererstes würde Carlo das Tagebuch zu Ende lesen, bevor er überhaupt etwas unternahm, bevor er anfing, genaue und indiskrete Fragen zu stellen; und noch wichtiger, bevor er Anzeige erstattete und die entsprechenden Fakten darlegte.

Draußen war es dunkel geworden, auch hatte es angefangen zu regnen. Seine Fenster waren die einzigen noch erleuchteten in der Contrada. Carlo lehnte die Stirn an die Glasscheibe und sah hinaus. In Gedanken beim Tagebuch, fiel nun auch ihm ein Vers von Lucretius ein:

»In welch finsterer Nacht und in wie viel schlimmen Gefahren / Fließt dies Leben, das bisschen, dahin!«

Er legte sich aufs Bett und las weiter.

V Aus dem Tagebuch des Doktors: Das Ogertal

Montag, 21. Mai 1984

Seit Tagen schon ist die ganze Contrada auf den Fondi beschäftigt. Was die Gartenarbeit angeht, ist Mai der intensivste Monat, der Gemüseanbau erfordert kontinuierliche Betreuung. Tomaten, Paprika, Auberginen und vor allem Bohnen und Kartoffeln sind schon gesät beziehungsweise gepflanzt.

Das Frühlingserwachen, das frische Grün, die Sprossen wirken als Wundermittel gegen die Traurigkeit, die Pieros Tod mit sich gebracht hat. Das Leben geht selbst hier weiter, in dieser kleinen Welt aus betagten Menschen und älteren Häusern, aus zunehmend schmalen Wegen, von denen nunmehr kaum erkennbare Spuren bleiben. Denn der Wald auf dem Vormarsch bedeckt, ummantelt, verwischt einfach alles.

Bortolo schwelgt zurzeit in Erinnerungen; er hat mir alte Familienfotos gezeigt, von Verwandten, von Ausflügen mit Freunden, von Taufen und weiteren feierlichen Anlässen. Im Hintergrund der abgelichteten Menschen ist die hiesige Landschaft zu sehen, wie sie vor zwanzig oder dreißig Jahren war: Wiesen, feste Trockenmauern, Mais- und Roggenfelder, Weinberge.

Ganz anders sieht es hier heutzutage aus, man findet nur noch ein verwildertes Dickicht vor. Die Vegetation wuchert von Jahr zu Jahr weiter, sie verdeckt allmählich die in Jahrhunderten harter Arbeit mühsam errichteten Bauten. Die einst gezähmte Natur erwacht und verschlingt das Menschenwerk.

Ich habe Bortolo versprochen, seine Bilder von einem Fotografen in Padua abziehen zu lassen, damit er sie Angehörigen und Freunden schenken kann. Er hat sie mir gern überlassen, aber eindringlich darum gebeten, sie gut aufzubewahren.

Dienstag, 22. Mai 1984

Zusammen mit Bortolo und Mario habe ich Rosetta und Romilda bei der Ackerarbeit geholfen.

Auf den Fondi gehören Romilda etliche Felder, und jedes hat einen Eigennamen: »Campo capitèo«, »Campo de mezo«, »Il Quartiero«, »Campo longo« und so weiter. Die zwei Frauen alleine könnten niemals so viel Land bestellen. Auch der »Friedhof« ist Romildas Eigentum, aber dort baut sie lediglich Kleeblatt für Marios Kaninchen an.

Unsere Hilfe haben wir spontan und unentgeltlich angeboten: Bei all dem, was wir sonntagnachmittags bei ihr essen und trinken, war das wohl das Mindeste.

Montag, 28. Mai 1984

Ich habe mich in die Arbeit gestürzt – als medizinischer Inspektor und Teilzeitlandwirt.

Mario hat mich mit der Pflege eines kleinen Waldstückes unterhalb der Hütten betraut. Die Vereinbarung lautet: Ich halte den Wald sauber, beseitige die allseits wuchernden Sträucher und Waldreben, halte die Trampelpfade instand; im Gegenzug darf ich all das gewinnbare Holz für meinen Haushaltsbedarf verwenden. Ich werde es zur Vermeidung unsachgemäßen Beschneidens unter Expertenaufsicht sammeln. Parallel dazu führe ich eine Zählung in »meinem« Wald durch. Bisher habe ich einige Ahornbäume und Buchen erfasst, dazu Kastanien (eine davon halb vertrocknet), Birken, Nuss- und Haselnussbäume, sogar einen Goldregenbaum.

Dienstag, 29. Mai 1984

Was Piero zugestoßen ist, kann ich nicht vergessen, trotz der vielen Arbeit nicht, die ich mir auferlege.

Manchmal sitze ich in der Haustür und sehe die Sonne hinter den Caregagipfeln untergehen. Um diese Tageszeit zeigen die Berge vielerlei Blautöne, Theaterkulissen ähnlich. Da fällt mir immer wieder mein Freund, der Poet, ein, und der Tag, da er mir mit stolzer Miene einen Satz von Leonardo da Vinci zu lesen gab, den er in einer Zeitschrift gefunden hatte:

Wie zum Beispiel die Gebirge wegen der großen Menge Luft, die sich zwischen dem Auge und ihnen befindet, blau erscheinen …

»Ein wahrhafter Künstler, ein großartiger mechanischer Erfinder!«, hatte er mir direkt ins Ohr gebrüllt. »Siehst? Auch der große Leonardo hat festgestellt, die Berge sind weder grün noch grau noch braun. Blau sind sie, steht doch da. Ja, nicht gerad schön formuliert, aber es ist doch bekannt, dass der Leonardo rovèrso geschrieben hat. Genau, er war auch irgendwie verkehrt, schräg – genauso schräg wie wir.«

Freitag, 1. Juni 1984

Ich bin zum Bergwerk gewandert. Seit Pieros Tod war ich nicht mehr dort gewesen.

Der Ort ist unverändert still, unheimlich. Die schwarze Augenhöhle im Felsen spuckt feuchte Luft aus. Vom Unfall sind keine Spuren zu sehen, weder am Boden noch am Steinblock, der Piero getroffen hat. Der Regen hat in den vergangenen Wochen all das Blut weggewaschen.

Es ist in der Tat ein beträchtliches Felsstück, größer, als ich es mir vorgestellt hatte. Wie kann ein solches Teil sich vom Tunneleingang gelöst haben? Laut Carabinieri hatte Piero mit einer Spitzhacke auf den Felsen geschlagen, sie lag neben der Leiche. In der Tat sind an der Steinwand noch die Stellen zu sehen, wo die Hacke eingeschlagen hat. Aber wozu hätte Piero Teile des Felsens entfernen wollen? Die Ermittler vermuten, er sei auf der Suche nach Mineralien gewesen. Oder er habe den Zugang zum Bergwerk in Ordnung bringen wollen (was ja eigentlich zu seinen Aufgaben gehörte), um möglichen Gefahren vorzubeugen.

Dass er nach Mineralien suchte, schließe ich definitiv aus! Selbst ein Blinder hätte gleich erkannt, der Felsen hier ist mineralogisch betrachtet irrelevant. Ähnliche Steine kann man auch vom Boden auflesen, in Unmengen.

Ein ganz anderer Gedanke quält mich seit dem Unglückstag, meldet sich immerzu – besorgniserregend: Was wollte Piero mit einer Spitzhacke? Wie hätte er nur das Werkzeug benutzen können? Alle in der Contrada machten sich doch liebevoll über seine Arthritis lustig. Tausend Mal hatte er damit angegeben. Niemand nahm seine Krankheit ernst, eher neigte man zur Annahme, er trage seine Gelenkentzündung zur Schau, weil er handwerkliche Arbeiten scheute und sich viel lieber seinem literarischen Hobby hingab. Ich wusste aber, dass er nicht schwindelte. Eines Tages hatte er mich nicht als Freund, sondern als Mediziner eingeweiht. Er wollte von mir wissen, ob sein Arzt recht habe, wenn er behauptete, die grausamen Schmerzen an den Händen würden nicht nachlassen, ob die Verformung der Finger fortschreiten würde.

Piero litt unter rheumatoider Arthritis. Die betroffenen Gelenke schwellen an, werden rötlich und steif, verändern sich. Er hatte sich nie richtig darum gekümmert, und nun befand sich die Krankheit im fortgeschrittenen Stadium. »Ich kann nicht einmal einen Stift in der Hand halten«, hatte mir Piero eines Tages gebeichtet. »Ich muss meine Gedichte auswendig lernen. Bin trotzdem heilfroh und danke dem lieben Gott, dass es meine Hände erwischt hat und nicht das Hirn.«

Ich hatte ihm dringend geraten, neben den Antirheumatika die immunsenkenden Medikamente zu nehmen, die der Familienarzt verschrieben hatte. Zur Schmerzlinderung hatte ich nicht-steroidale Entzündungshemmer empfohlen, darum sollte er ebenfalls seinen Arzt bitten. Allerdings hatte Piero – aus Angst, er könne als Weibchen dastehen – vor dem Doktor hoch und heilig geschworen, er empfinde keine Schmerzen.

Wie soll ich also glauben, dass Piero Ongaro seine Spitzhacke aus dem Holzschuppen geholt und zum Bergwerk geschleppt hat, um damit auf den Felsen so lange einzuschlagen – das alles mit seinen entzündeten Händen! –, bis sich ein großer Brocken losgelöst und ihn überrollt hat?

Und wenn er nicht alleine gewesen wäre? Und wenn ihm jemand gefolgt wäre?

Samstag, 2. Juni 1984

Ich habe beschlossen, Bortolo an meinen Zweifeln teilhaben zu lassen, sobald sich eine Gelegenheit dazu ergibt. Romilda möchte ich mit dieser Sache nicht belasten, denn mir scheint, die jüngsten Vorkommnisse haben ihr schwer zugesetzt, und sie soll sich keine unnötigen Sorgen machen, zumal meine Bedenken sich als völlig unbegründet erweisen könnten.

Bortolo halte ich dagegen für stark und scharfsinnig genug. Er erzählt gerne Märchen und Sagen, weil er dadurch seine fundierten Kenntnisse über die lokale Geschichte weitergeben kann, selbst an Menschen, die über unzureichende Bildung verfügen. Im Gegensatz zur lokalen Bevölkerung ist Bortolo nämlich länger in die Schule gegangen. Sein erster Lehrer war Don Giovanni Barbarena, dem auch zu verdanken ist, dass Bortolo die Mittelschule abschließen konnte und danach im Priesterseminar die ersten drei Jahre altsprachliches Gymnasium besuchte.

Priester werden wollte er zwar auf keinen Fall, doch für mittellose Bergleute war es damals die einzige Möglichkeit, eine halbwegs anständige Schulbildung zu bekommen, von einer katholischen Einrichtung aufgenommen zu werden. Zurück in der Ansiedlung, arbeitete er viele Jahre bei der Gemeinde Torrebelvicino als Angestellter. Morgens ging er ins Büro und beschäftigte sich mit Papierbergen, nachmittags widmete er sich dem Acker seiner Vorfahren auf dem Fondi-Gelände.

Dienstag, 5. Juni 1984

Früh am Morgen hat es heftig an meine Tür geklopft. Es gibt keine Klingel, man betritt das Haus, indem man an der Klinke dreht und laut »Permeeesso, darf ich herein?« ruft – so wie es bei allen anderen Häusern im Weiler geschieht.

Ich bin die Treppe hinuntergeeilt, noch unter Schock durch das abrupte Erwachen. Vor mir stand ein groß gewachsener, dünner, rothaariger Kerl, das junge Gesicht mit rostigen Sommersprossen besprenkelt.

»Guten Morgen, ich bin der Ongaro Ennio, der Neffe vom Ongaro Piero; der war mein Onkel. Wir haben bei ihm im Haus ein Buch gefunden, Ihr Name hat draufgestanden, also hab ich's zurückgebracht.«

Ich konnte nicht gleich begreifen, was der Junge mir gerade sagte, also bat ich ihn spontan hinein: »Komm, wir trinken einen Kaffee zusammen.«

Lucretius' *De Rerum Natura.* Ennio Ongaro wollte mir das Buch zurückgegeben, das ich seinerzeit Piero mitgebracht hatte. Ich habe zwar erklärt, ich hätte den Band extra für seinen Onkel besorgt, aber dennoch hinzugefügt, ich würde es liebend gerne als Erinnerung an einen sehr geschätzten Freund behalten.

»Kein Problem«, antwortete er prompt. »Bücher liest bei uns sowieso keiner … und das da, das ist halb auf Italienisch, halb auf Englisch.«

»Englisch? Aber nein, nein, kein Englisch, es ist Latein.«

»Macht nix, ist egal, Lateinisch kann ich auch net.«

Ennio und ich haben uns eine Weile unterhalten. Er hat beschlossen, in die Contrada Brunelli zu ziehen, in das alte Haus des Onkels.

Die Nachricht habe ich mit Begeisterung entgegengenommen, jene junge, rothaarige Bohnenstange war mir auf einmal sehr sympathisch. Auch habe ich meine Hilfe bei der Renovierung angeboten, denn das Haus befindet sich in einem wahrhaft erbärmlichen Zustand.

Mittwoch, 6. Juni 1984

Kurz vor Sonnenuntergang, um neunzehn Uhr, habe ich aus der Entfernung Bortolo gesehen, der mit den Blumenvasen beim Madonna-Häuschen hantierte. Auf Zehenspitzen habe ich mich von hinten herangeschlichen:

»Da, sieh mal an, der verfehlte Pfarrer betätigt sich nun als Mesner der Contrada!«

Bortolo fuhr zusammen und platzte mit einem »Du Schweinehund!« heraus. »Ich hätt beinah einen Herzinfarkt gekriegt! Hat man dir denn nicht beigebracht, dass man sich immer ankündigen soll? Schau her, ich muss mich um alles selber kümmern, von unseren frommen Weibern wechselt keines das Blumenwasser, dann riechst du den ›Duft der heiligen Jungfrau‹ nicht mehr, dann stinkt es viel eher, und zwar nach Tod!«

»Verzeih mir bitte, wenn ich dich erschreckt habe. Ich hätte Wichtiges mit dir zu besprechen, eine vertrauliche Angelegenheit, und ich möchte nicht, dass andere mithören.«

»Was gibt's denn?«

»Es geht um Pieros Tod. Es gibt so einiges, das ich ziemlich verblüffend finde. Ich habe zwar lange nachgedacht, kann mir aber gewisse Einzelheiten nicht erklären. Du sollst wissen, Piero hat tatsächlich unter einer Gelenkentzündung gelitten, einer akuten Form. Ich habe ihn auf sein Verlangen hin untersucht, habe die von seinem Arzt erstellte Diagnose gelesen und die verschriebenen Medikamente dazu. Ich kann daher bei bestem Gewissen behaupten, dass Piero seit Monaten schon nicht mehr in der Lage war, so schweres Werkzeug wie eine Spitzhacke in die Hand zu nehmen, geschweige denn zum alten Bergwerk hochzuschleppen. Und die Felsen damit zu zerhauen. Deshalb muss am Galerieeingang noch jemand gewesen sein, jemand, der die Spitzhacke hinaufgetragen und das Felsstück herausgeschlagen hat, von dem Pieros Kopf getroffen wurde.«

Bortolo wurde bleich. Nach einigen unendlichen Sekunden sprach er dann: »Drei Fragen werde ich dir jetzt stellen und erwarte klare Antworten: Bist du ganz sicher, dass Piero krank war? Hast du mit irgendjemandem darüber gesprochen? Hätte es trotzdem ein Unglück sein können?«

»Ja, die Krankheit ist Tatsache. Und bisher habe ich nur mit dir darüber geredet. Was das Unglück angeht, habe ich gedacht, es könnte sich um einen Unfall gehandelt haben, verursacht von demjenigen, der Piero begleitete. Aber wer ist es gewesen? Einer der befreundeten Mineralogen? Und warum hätte dieser die Flucht ergriffen, anstatt Alarm zu schlagen?«

»Ich hab meine Zweifel, was die Mineralogischen angeht. Das sind doch Fachleute, die wissen, wie man Gestein zerstückelt, und vor allen Dingen würden sie sich nie und nimmer für wertloses Felsmaterial interessieren.«

»Wer war's dann? Jemand aus der Contrada, den Piero um Hilfe bei der Mineralsuche gebeten hatte?«

»Ach wo, die Barbastrìji arbeiten vierundzwanzig Stunden am Tag und helfen nur mit, wenn sie selber auch was davon haben; Mario würde einen ganzen Wald fällen oder ein komplettes Haus bauen, aber bei Piero hätte er nie mitgemacht; du weißt es doch, so was hat keinen Nutzen, also ist es für ihn die reine Zeitverschwendung. Du warst doch der Einzige, der Piero auf seinen Mineralwanderungen begleitet hat. Die Rosetta rührt sich nur auf Befehl von der Romilda; und die Romilda oder die anderen Damen aus der Contrada wären niemals zur alten Mine gegangen, um Steine herauszuschlagen.«

»Ja, Bortolo, ganz genau, dagegen ist nichts einzuwenden, ich sehe es genauso wie du und zerbreche mir den Kopf darüber. Piero ist tot, höchstwahrscheinlich war kein Contradabewohner bei ihm, keiner seiner Freunde hat ihn begleitet, und er hätte den Felsbrocken ganz alleine unmöglich zum Fallen gebracht. Aus all dem können wir nur eines folgern: Piero war in Begleitung eines Wildfremden, und dieser hat mit Hilfe des Werkzeugs den

Stein gelöst, der Pieros Schädel eingeschlagen hat. Dann ist der Unbekannte auf und davon.«

»So, und wenn wir dem Täter auf die Schliche kommen wollen«, fuhr Bortolo fort, »müssen wir zuerst herausfinden, aus welchem Grund er dort war.«

Handkarrengeräusche übertönten den letzten Satz. Die Rosetta, von den Fondi kommend, hatte gesehen, dass Bortolo gerade sehr lebhaft auf mich einredete, und kam neugierig näher. Sie wollte wohl auch das neue Märchen hören.

»Ciao, Rosetta!«, rief Bortolo aus. »Geh jetzt ruhig nach Haus, am Sonntag erzähle ich dir was ganz Schönes!«

Dann verabschiedete er sich.

Den merkwürdigen Zettel aus Pieros Hemdtasche habe ich gar nicht erwähnt.

Samstag, 9. Juni 1984

Die ganze Woche über habe ich mich meinem Waldstück gewidmet und dabei den Gemüsegarten ein wenig vernachlässigt.

Mario Vegnàle behauptet, die Gartenarbeit sei eine typisch weibliche Beschäftigung; ein Mannsbild könne sich höchstens um die Kartoffeln kümmern, andere Gemüsesorten sollte er gar nicht beachten. Richtige Männerarbeit sei die Waldpflege, oder eben der Anbau von Weizen, Mais, Roggen. Da es aber in der Contrà Brunelli an Äckern mangelt und die wenigen noch vorhandenen von den Barbastrìji bestellt werden, bleibt ihm nur noch der Wald als Betätigungsfeld zur Entfaltung männlicher Würde.

In den vergangenen Wochen hatte Mario mit zwei Kerben die Baumstämme gekennzeichnet, die ich zu fällen hatte. Das nennt sich Waldlichten: Die Baumdichte wird allmählich reduziert und die Holzverwertung auf wenige Einheiten beschränkt; auf diese Weise erhält man binnen kurzer Zeit gesunde Stämme. Wenn jeder Arzt seine Patienten mit der Fürsorge und Sachkenntnis betreuen würde, die Mario beim Wald anwendet, wäre die gesamte Bevölkerung kerngesund.

Viele einsame Stunden habe ich dort verbracht und hart gearbeitet. Hin und wieder hörte ich Geräusche in meinem Rücken, drehte mich vorsichtig um, sah nach hinten. War da jemand? Vor Pieros Tod hatte ich nie wahrgenommen, was ich jetzt umso intensiver spürte – eine feindselige Atmosphäre, eine Präsenz, würde ich fast sagen, zum Greifen nah.

Bilde ich mir das alles nur ein?

Freitag, 15. Juni 1984

Pieros Haus steht direkt am Salizo, hinter der Kapelle der Heiligen Jungfrau vom Berge Karmel. Es ist ein strenger, vom Regen verwaschener Natursteinbau mit kleinen Fenstern, der Fensterstock ist tief ins Mauerwerk eingelassen. Das Haus wurde auf einem heraustretenden Felszacken errichtet, der den mittlerweile mit Moos und rötlicher Flechte besprenkelten Sockel bildet.

Die mächtigen Hausmauern stützen den Dachstuhl und die Laubengänge aus Holz und sind inzwischen durch die Witterung stark ergraut.

Mit seinem Fabrikoverall bekleidet hat Ennio all den Krempel aus dem Erdgeschoss geräumt, den der Straßenhändler im Laufe der Jahre angesammelt hatte. Der schmale Schotterweg hinter dem Haus ist kaum noch begehbar: Alte, durchgesessene Stühle liegen herum, Stangen in allen Durchmessern und Längen, staubbedeckte Brennholzstapel, Kartonkisten mit Restwaren aus der Handelstätigkeit, Kurzwaren, Plastikkanister, Wannen in allen Farben und Größen – alles vom Rost unbrauchbar gemacht.

Als Mario und ich dort ankamen, stand Ennio kurz davor, in einem Meer von Plunder zu ertrinken. Er war verschwitzt, die roten Haare vorzeitig im Staub der Geschichte ergraut.

»Sacramén!«, fluchte er. »Anzünden sollen hätt ich das Haus und gleich ein neues bauen, da hätt ich weniger Arbeit gehabt!«

»Keine Angst, jetzt ist die Feuerwehr da! Wir bringen alles in Ordnung«, tröstete ich ihn.

Wir haben den ganzen Tag geschuftet, und bei Sonnenuntergang war das Haus frei von allem überflüssigen Zeug. Endlich konnte Mario Vegnàle seine Diagnose erstellen: Dachstuhl und Dach sind zu richten, die Stromanlage und die Wasseranschlüsse müssen ebenso instand gesetzt werden. Das Ganze wird etwa vier Wochen in Anspruch nehmen.

Die Arbeit mit dem jungen Ongaro gestaltete sich sehr angenehm. Er ist ein aktiver, wissbegieriger Bursche und – gutes Blut lügt nicht! – redet wie ein Wasserfall.

»Wie kommt es, dass du ausgerechnet hierherziehst?«, fragte ich ihn.

»Es hat zwei Gründe«, reagierte er prompt. »Ich will mich an das Testament vom Onkel halten, und dann, ja, unten im Tal gibt's eh zu viele Deppen.«

»Testament?«, fragte ich überrascht. »Hatte Piero sein Testament geschrieben? Und wann?«

»Ach ja, da war ein Papier in einem Umschlag, zugeklebt, ›Testament von Ongaro Piero‹ stand drauf. Ich hab's hier im Haus gefunden, in der Schublade vom Nachtkasten. Was der so geschrieben hat, kann ich noch auswendig: ›Da ich aufgrund meiner Krankheit in wenigen Monaten nicht mehr eigenhändig schreiben können werde, halte ich heute meinen letzten Willen fest. Nach meinem Ableben gehen das Haus in der Contrada Brunelli und alle Wälder in meinem Besitz, von denen die Aufstellung beim Katasteramt vorliegt, an meinen Neffen, Ongaro Ennio, als Erbschaft. Ich weiß, dass dieses Papier ohne Notar und Zeugen vorm Gesetz nichts wert ist, aber wenn ihr nicht macht, was ich sage, werde ich euch nach meinem Tod auf immer verfluchen und der gesamten Familie ein Leben voller Angst und Schrecken besorgen. Besonders in der Nacht. Der Unterzeichnende: Ongaro Piero.‹ Meine Mutter hat eine Höllenangst gekriegt; und auch wenn mein Vater behauptet hat, es ist alles Unfug, haben sie beschlossen, dass sie das Testament vom Onkel befolgen werden, Wort für Wort.«

Bravo, Piero! Das nennt man »seine Pappenheimer kennen«. Er wusste genau, wie man den Leuten Respekt einflößt.

Piero hatte seine Hand auch beim zweiten Grund für Ennios Umzug im Spiel.

»Und was ist diese Geschichte mit den Deppen?«, hakte ich nach.

Er sagte – und er hat recht, glaub ich, weil es mich überzeugte: »Mein Onkel hat immer gesagt, die Deppen sind gleichmäßig auf die Gesamtbevölkerung verteilt. Also egal, wohin du gehst, die findest du immer. Aber die Erdoberfläche ist nicht überall flach, hier und da bilden sich irgendwie Falten, durch die Berge und die Täler; also gibt es Stellen, wo sich die Deppen ansammeln. Zum Beispiel auf den Talsohlen, weil: Sie haben einen schweren Kopf, schwer wie Stein, und rollen den Berg hinunter. Dann stauen sie sich unten in der Ebene an, am Wasser entlang, da, wo das Bergtal mündet. Deswegen gibt's oben in den Bergen weniger Idioten, hat mein Onkel gemeint.«

Samstag, 16. Juni 1984

Während der Haussanierung haben wir allerlei Schriften, Papiere und Bücher von Piero gefunden. Ich habe angeboten, die Sammlung vorübergehend bei mir aufzubewahren, damit sie durch die Bauarbeiten nicht beschädigt wird. Mit Ennios Hilfe habe ich vier mit Papierkram überquellende Kartons in meiner Küche abgestellt. Da ich letzte Nacht nicht schlafen konnte – wahrscheinlich infolge der übermäßigen körperlichen Anstrengung –, befasste ich mich einige Stunden mit dem Inhalt der Kisten: Dialektgedichte, Kurzerzählungen, lose Gedanken und so weiter, gesammelte Ausgaben von Lokalblättern, insbesondere Pfarreizeitungen, Bücher zur Regionalgeschichte, einige von großzügigen örtlichen Verkehrsvereinen herausgegebene Bändchen über Mundartdichtung.

Doch Pieros Bibliothek besteht überwiegend aus Handbüchern: *Technisches Zeichnen, Schweißtechnik, Handbuch des Bauleiters, Elektrikerhandbuch, Das große Gartenhandbuch, Bienenzucht, Anleitung für Kaninchenzüchter, Mineralogie leicht gemacht* und so weiter. Unser Freund interessierte sich wohl für jedes Gebiet praktischen Wissens. Unter den bunten Mappen mit den chaotischen Blättern aus seinem literarischen Schaffen ist mir eine goldfarbene aufgefallen, auf der mit Bleistift »Ongaro, Namensursprung« geschrieben stand.

Beim Durchsehen der Notizen steigerte sich meine anfängliche Neugier allmählich zu staunender Aufmerksamkeit. Ein ganz neues und merkwürdiges Szenario tat sich auf, und es war faszinierend. Alle Orte, die ich in den vergangenen Monaten gesehen, all die Wälder, Hügel, Wildbäche mit ihren urtümlich drolligen Bezeichnungen gewannen auf einmal eine völlig andere Färbung – eine intensivere, finstere Bedeutung. Die Namen ergaben jetzt einen neuen, geheimnisvollen und ja, unheimlichen Sinn.

Der Text setzt sich aus einem bunten Wirrwarr an grammatisch fragwürdigen Ausführungen zusammen, zu denen eine Reihe von Zitaten hinzukommt, die Piero wohl verschiedenen Geschichtsbüchern entnommen und glatt abgeschrieben haben muss:

Ongaro, Namensursprung, von Ongaro Piero.
Der Name Ongaro bedeutet, es ist leicht zu erraten, Ungar, im Sinne von »aus Ungarn Stammender« oder »ungarischer Bewohner«. Aber was hat Ungarn mit meinem Familiennamen zu tun? Wann ist schon einer von uns nach Ungarn gegangen? Dank meiner kleinen Nachforschung habe ich entdeckt, dass keiner meiner Verwandten nach Ungarn gereist ist. Dafür sind sie, ja, die Ungarn, zu uns in die Berge gekommen, vor fast tausend Jahren. Und diese Ungarn sind nicht als Touristen hierher, oder zum Arbeiten. Ganz und gar nicht! Sie sind gekommen, um Gemetzel und Raubzüge zu veranstalten, eine wahre Strafe Gottes: Als sie über unsere Gegend eingefallen sind, »bahnte die Hölle sich einen Weg in unser Land und nahm überhand«.

Welchen Ursprung hat so ein blutgieriges Volk? Die Geschichtsschreiber behaupten, es kam aus den geheimnisvollen Steppen des fernen Asiens über das »kaukasische Tor«, d. h. die Bergpässe, die Europa mit Asien verbinden. Die Sage erzählt, Alexander der Große hatte sie mit gewaltigen Toren zugesperrt. Diese Tore waren aber unglücklicherweise wieder aufgemacht worden, so hatten die Ungarn, diese »Volkswürger«, diese »höllische Fleischwerdung von Gog und Magog«, Pannonien erreicht, das heutige Ungarn. Anfang 898 drangen kleine Gruppen auf Erkundung bis zur Po-Ebene vor; ein Jahr später drangen die ungarischen Horden über die östlichen Alpen ein und überfielen zuerst Venetien, dann die Lombardei und das

Piemont rasch aufeinander. Es ging viele Jahre so weiter, mit Raubzügen und Plünderungen in ganz Italien und Europa.

Beim ersten Raubzug wurden die Ungarn vom Heer des Berengar des Ersten, König von Italien, bekämpft, aber diese Wildschweine siegten und nahmen das venetische Land in Beschlag. Padua brannte, Vicenza wurde zerstört. Sie ritten zu Pferd und überfielen alle Wohnorte und drangen bis in unsere Hügel vor. Die Bevölkerung rettete sich auf die höheren Berggipfel; Adlige und Großgrundbesitzer flüchteten auch, oder aber sie verbarrikadierten sich in ihren Festungen. Richtig wehren konnte sich niemand. Das gesamte Flachland von Vicenza wurde verwüstet; und so kam es, dass unter den Überlebenden in den Hügeln der Albtraum des einfallenden Ungarn sich in die schauderhafte Legende des menschenfressenden Ogers verwandelte. Die Ungarn unter sich nannten sich Magyaren, ansonsten wurden sie auf vielerlei Art und Weise bezeichnet: Onogur, Ungur, Ungri, Ugri, Ungar; in Frankreich wurde der Name zu Ogre, also Oger, italienisch Orco, entstellt, was für böses, gewalttätiges Wesen steht.

Die Ungarn haben auch bei den Ortsbezeichnungen Spuren hinterlassen, wo sie ihre Schandtaten vollzogen. So lassen sich Ortsnamen wie Ongiara, Costa Ongaresca, Via Ungarica, Longarone usw. erklären. In den Hügeln um Vicenza weisen die »Ongaro« genannten Weiler auf denselben Ursprung hin, auch da trieben die Oger ihr Unwesen; und Gleiches gilt wahrscheinlich für die vielen kleinen »Valle dell'Orco« genannten Gebirgstäler unserer Provinz.

Um diese Zeit ist also mein Familienname entstanden, als die magyarischen Krieger sich in den Wäldern und in den entrückten Tälern niederließen und rundum für Zerstörung sorgten. Genauso erinnert der Name unseres Tals, Val Leogra, an die grausamen Raubritterscharen aus Ungarn.

Nach all dem, was ich sorgfältig von den Büchern abgeschrieben habe, bin ich zu dem Schluss gekommen, dass die Geschichte der Menschheit allein aus Blutvergießen und Schandtaten besteht; ich habe mir außerdem die Meinung gebildet, dass alle – und niemand ist davon ausgenommen, nicht einmal die Pfaffen – die Verantwortung dafür mittragen. Meine Familie und ich sind sogar mit dem Namen daran beteiligt.

Piero Ongaro

Sonntag, 17. Juni 1984

Als wir uns heute Nachmittag in Romildas Küche versammelt haben, war ich noch ganz aufgewühlt von der Lektüre und konnte daher meinen Mund nicht halten. Ich habe von den Reitervölkern und den Ogerlegenden berichtet, von all den schaurigen, blutrünstigen Ereignissen. Je länger ich erzählte, umso mehr verfinsterte sich Romildas Gesicht. Sie starrte Rosetta an, die – den Mund weit geöffnet – an meinen Lippen hing.

Während einer kurzen Pause ergriff sie die Gelegenheit, Rosetta in den Wald zu schicken, Reisig sammeln. Die Nichte wollte auf keinen Fall weg, doch Romilda hat's streng befohlen, ihr Blick war recht frostig. »Ich hab gesagt, du sollst gehen, also gehst du jetzt!«

Rosetta gehorchte.

»Entschuldige, Aldo, aber die Rosetta ist zu blöd!«, rechtfertigte sich Romilda. »Hört die Geschichten, dann kann sie nicht schlafen, weil sie Angst hat, und dann ruft sie: ›Romilda! Romilda!‹ aus dem Fenster, und ich darf zu ihr und sie die ganze Nacht trösten!«

Auch Bortolo wirkte sehr interessiert, die Entstehungsgeschichte der Orcolegende hat ihm besonders gut gefallen. »In den Bergen hier«, erklärte er, »sind Ungeheuer, Raubritter und Banditen schon immer vorgekommen, auch lange Zeit vor den

Ungarn! Noch vor dem Römischen Kaiserreich lebte hier eine Sippe von Räubern, die legendären Stoni. Die Ebene um Schio und Thiene war ihren Überfällen hoffnungslos ausgeliefert. Die Stoni kamen nachts aus den Bergen und plünderten die Dörfer, die abgelegenen Bauernhöfe. Aber auch Jahrhunderte später haben sich hier Banditen breitgemacht. Da gibt's doch zum Beispiel die Contrà Zaffonati in der Nähe vom Orcotal. Wisst ihr, was der Name bedeutet?«

»Ganz gewiss nix Gutes!«, warf Romilda ein.

»Eben! Der Name rührt vom Mittelalter her, als die italienischen Städte sich gegenseitig bekriegten. Ganze Bettlerschwärme waren im Gefolge der verfeindeten Heere unterwegs. Und egal, wie die Schlacht ausging, am Ende der Kämpfe sind diese Horden mit Knüppeln, Messern und Hippen über die Besiegten hergefallen – ob tot, verletzt oder lebendig. Sie haben die Leichen entkleidet, die eroberten Dörfer und Städte ausgeraubt. In ganz Venetien hat man sie Zaffones genannt. Somit kämen zu den ungarischen Ungeheuern die Ganoven aus der Contrà Zaffonati hinzu.«

»Na also, dann hat's hier in der Gegend schon immer richtig nette Leute gegeben!«, rief Mario aus.

»Stell dir vor«, erzählte Bortolo weiter, von dieser Topografie des Terrors offensichtlich sehr angetan, »die Chronisten der vergangenen Jahrhunderte bezeichneten uns Bergbewohner als ›rustici montani mores habent lupinos‹, das heißt: raue, dem Wolf ähnliche Menschen. Diesen Ruf hatten wir also: Wölfe im Wolfsland! Dazu gibt es natürlich auch entsprechende Ortsnamen. Somit wäre das Bild vollständig: Wir haben den Orco im Tal, und drum herum Contrade mit Banditen und Wölfen …«

Das klang einigermaßen gruselig, und auch die Stimmung in Romildas Küche war richtig düster geworden.

»Aber dann«, ich folgte einer plötzlichen Eingebung, die ich nicht kontrollieren konnte, »wäre es doch möglich, dass in dieser so geplagten Region aus solchen Vorfahren, die nicht gerade vertrauenswürdig wirken, manch ein irrsinniger, blutgieriger Nachkomme hervorgegangen ist. Können wir mit Sicherheit ausschließen, dass ein Geisteskranker, der sich im Wald herumtrieb, Piero ermordet hat?«

Kaum hatte ich den Satz ausgesprochen, erbleichte Romilda, während Bortolo und Mario buchstäblich zu Stein erstarrten. Dabei hatte ich mir doch vorgenommen, äußerst diskret vorzugehen, niemanden in meine Vorbehalte bezüglich des tragischen Endes von Piero einzuweihen. Aber dann hatte ich so was von mir gegeben.

»Es ist ein Unglück gewesen …«, stotterte Romilda, völlig ratlos.

»Aber gewiss, ganz bestimmt«, betonte Bortolo nachdrücklich, »der Dottore hat's nur im Spaß gesagt … Doch über ernste Dinge sollte man lieber nicht scherzen.«

Meinerseits habe ich irgendetwas zur Entschuldigung gemurmelt, dann hat sich die Versammlung ohne weitere Worte aufgelöst.

Es war inzwischen dunkel geworden, und alle sind nach Hause gegangen.

Montag, 18. Juni 1984

Jene Gemütsangst nun und die lastende Geistesverfinstrung
Kann nicht der Sonnenstrahl und des Tages leuchtende
Helle scheuchen, sondern allein die Naturanschauung und Forschung.

Gleich nach dem Aufwachen habe ich im Lucretius-Band nachgeschlagen und im Andenken an Piero die Verse hier oben festgehalten. Sie spiegeln meine momentane seelische Verfassung wider.

Für den heutigen Tag hatte man mir einige Arztbesuche in Auftrag gegeben. Bevor ich losfuhr, ging ich zu den Fondi, in der Hoffnung, Bortolo anzutreffen.

Glück gehabt, er widmete sich schon früh am Morgen seinem Kartoffelfeld.

»Ciao, Bortolo, ich wollte dich wegen des Fauxpas gestern bei der Romilda um Verzeihung bitten; ich habe den Mund einfach nicht halten können …«

»Zu spät, es ist nun mal passiert. Ich bin sicher, sie hätte sich früher oder später auch Gedanken darüber gemacht, dumm ist sie nicht.«

»Der Dumme bin nur ich«, erwiderte ich. »Aber weißt du, mir ist etwas eingefallen, während wir uns gestern unterhielten. Ich musste wieder an den abstrusen Zettel denken, der am Tag seines Todes aus Pieros Tasche herausgefallen ist.«

»Welchen Zettel?«

Ich reichte ihm das Blatt: »Hier. Hat in der Hemdtasche gesteckt.«

»Wer ist tot, Piero Idiot …«, las Bortolo leise vor. »Es ist doch zum Verrücktwerden!«, gab er von sich, ganz verstört.

»Genau das meinte ich gestern, es muss hier in der Umgebung ein Irrer umgehen!«

Wir haben uns für morgen Vormittag verabredet, unten im Dorf, weit ab von neugierigen Augen oder Ohren.

Dienstag, 19. Juni 1984

Der Marktplatz von Torrebelvicino wirkt nicht anders als der ganze Ort, stickig, eingeengt und fahl. Die Landstraße nach Valli del Pasubio und Rovereto führt mittendurch, und wegen des dichten Autoverkehrs weisen alle Gebäude im Dorf eine gräuliche Schmutzpatina auf. Zu bestimmten Tageszeiten ist der Lärm ohrenbetäubend.

Auf einer Seite des Marktplatzes steht eine Mauer, die den Hügel darüber abstützt. Davor hat man ein Denkmal errichtet; die Tafeln erinnern an die Gefallenen aus allen Kriegen, an die Helden, die sich für das Vaterland opferten.

An den restlichen drei Seiten steht jeweils eine Kneipe; alle drei stellen, dem Smog und Lärm zum Trotz, zahlreiche Tische im Freien auf.

Als ich ankam, wartete Bortolo schon vor der *Menga-Kaffeebar* auf mich; von den drei Lokalen zählt sie die meisten Schöngeister zu ihren Kunden. Ich habe mich zu ihm gesetzt, dann riefen wir laut nach zwei Espresso, und schon waren wir ganz in unsere Mutmaßungen vertieft.

»Ich bin immer fester davon überzeugt«, sagte Bortolo, »dass Pieros Tod nicht als Unglück betrachtet werden kann. Es macht mir Angst, das Wort auszusprechen, aber es war ganz bestimmt *Mord*. Ob vorsätzlich oder fahrlässig, weiß ich nicht, aber Mord war's in jedem Fall.«

Bortolos entschlossene Aussage machte mir Angst. Bis dahin hatte ich es selbst nie aussprechen, eigentlich auch gar nicht daran denken wollen.

»Außerdem bin ich sicher, dass ein Verrückter, ein Irrer, wie du sagst, am Werk war. Da erwachen die wildesten Instinkte, und sie überwältigen ihn. Nur ein Irrer hätte es auf Piero absehen können, der ein herzensguter Mensch war, liebenswürdig und beliebt. Er hatte doch keine Feinde!«

»Was, meinst du, sollten wir tun, wenn es wirklich so steht? Woran erkennt man einen Wahnsinnigen auf freiem Fuß? Sollten wir nicht lieber die Polizei oder die Carabinieri verständigen?«

»Nein, vorerst nicht. Sobald irgendwelche Uniformierten anfangen, in den Wäldern oder gar in der Contrada herumzuschnüffeln, begreift der Täter, dass wir jemanden verdächtigen, und das Ermitteln wird noch schwieriger. Außerdem waren die Carabinieri ganz sicher, dass es sich um einen Unfall gehandelt hat; sie haben nicht einmal Pieros Kleider richtig durchsucht. So ein Zettel wird sie auch nicht umstimmen. Wir können da erst hingehen, wenn konkrete Hinweise, Indizien vorliegen. Jetzt müssen wir zuerst den Kopf arbeiten lassen, unseren momentanen Vorteil nutzen.«

»Welchen Vorteil?«

»Der Verbrecher weiß noch nicht von unserem Verdacht, also könnte er einen Fehler machen und sich damit vielleicht zu erkennen geben.«

»Also gut, lass uns mit der Kopfarbeit beginnen. Vorneweg: Der Mörder musste die Gegend und Piero gut kennen. Er wusste, wo die Spitzhacke aufbewahrt war, er ist ins Haus geschlichen und hat sie mitgenommen. Ihm war des Weiteren der Tatort bekannt und ja, sogar die Felsbeschaffenheit. Piero hat nichts geahnt, sonst hätte er versucht, vor ihm zu fliehen. Und er hätte auch nicht am Galerieeingang gestanden, noch dazu höchstwahrscheinlich mit dem Rücken zum Täter gewandt. Wenn wir also alle Einwohner der Contrada ausschließen – es liegt doch nahe, dass sie alle unschuldig sind – müssen wir uns mit den gelegentlichen Besuchern der Contrà Brunelli befassen. Wir sollten uns auf die Menschen konzentrieren, die ›sonntags nach dem Grundstück sehen‹, auf Wald- und Hausbesitzer, auf ehemalige Bewohner.«

»Ja, da bin ich deiner Meinung, das ist der richtige Ansatz; nach rund siebzig Jahren Leben in der Contrada kann ich sogar meinen Beitrag leisten. Wahrscheinlich kann auch mein lieber Freund Don Barba, Don Giovanni Barbarena, helfen, er kennt die Gegend und die Menschen hier in- und auswendig. Vor allen Dingen ist er mit den hiesigen Seelen und ihren Sünden vertraut. Er kann ganz bestimmt die schwarzen Schafe unter den Einwohnern ausmachen und auch die, die einen Sprung in der Schüssel haben.«

Bortolo findet zwar immer einen triftigen Grund, sich an Don Barba zu wenden, doch diesmal schien mir seine Strategie einwandfrei zu sein. »Wann gedenkst du mit Don Barba zu sprechen?«

»Schleunigst. Wenn du gerade nichts Besseres vorhast, kannst du gleich mitkommen. Es wird ohnehin Zeit, dass du ihn kennenlernst, er fragt schon seit Monaten nach dem neuen Dottore aus dem Weiler.«

Ich war frei. Also zahlte ich und ließ Bortolo in mein Auto steigen.

Seit er sich im Ruhestand befindet, bewohnt Don Barba ein Kämmerchen neben San Carlo, einer winzigen, weiß getünchten Kirche mit Glockenturm, errichtet auf einer Hügelspitze genau in der Talmitte. Es ist zwar ein abgeschiedener Ort, jedoch von jeder Stelle im Leogratal aus zu sehen. Unverkennbar zeichnen sich die Umrisse der kleinen Kirche gegen das Grün der Wälder und das Blau des Himmels ab.

Ich war noch nie dort gewesen, hatte also bis heute einen wunderschönen Ausblick versäumt. Das Tal breitet sich um dreihundertsechzig Grad vor den Augen aus; jeder Hügel, jede Wiese, jedes einzelne Dorf ist deutlich zu erkennen; man genießt den Blick auf die Bergspitzen des Carega, Sengio Alto, Pasubio und Novegno. Contrà Brunelli liegt unterhalb, zum Greifen nahe. Man sieht den Salizo mit den umliegenden Dächern, das in Gärten und Äckern unterteilte Fondi-Gelände, die Häuser der Barbastrìji etwas abseits, den Wald dahinter, sogar den Rauch aus Romildas Kamin, der träge in die Höhe steigt.

Heute war ein klarer, sonniger Tag. Nach einer Woche unter bleigrauem Regenhimmel fühlte ich mich wie neugeboren. All die Gespräche über Wahnsinn und Tod kamen mir mit einem Mal völlig absurd vor.

Bortolo, der für Landschaft und Panorama nichts übrig hat, konnte es kaum erwarten, bei Don Barba anzukommen. Während ich noch das Auto am Ende der asphaltierten Straße abstellte, ging er schon den Schotterweg hinauf, der zur Kirche führt – nein, er rannte. Der Glockenturm schaute hinter den Baumkronen hervor.

»Don Barba, Don Barba! Ich bin's, Bortolo!«, schrie er aus voller Lunge. »Der ist taub wie eine Nuss, schließlich ist er schon über neunzig.«

So viel zu Bortolos Gegröle.

Don Giovanni Barbarena saß auf einer mit dicken Polstern ausgestatteten Holzbank im Vorbau, ein großer, hagerer alter Mann im traditionellen Priestergewand mit einem abgenutzten Gebetbuch in der Hand. Ich hatte schon lange keinen Geistlichen in Uniform gesehen. Seine fußlange, schwarze Soutane war zwar verschlissen, dennoch sehr elegant geschnitten, mit tiefen Seitentaschen. Er selbst sah auch etwas angeschlagen aus, dennoch ebenso vornehm stilvoll – die mächtige Nase unterhalb der goldumrandeten Brille erinnerte an einen Renaissance-Feldherrn. Die weißen Haare trug er im Nacken ziemlich lang, in seinem Mundwinkel steckte eine krumme Zigarre.

»Gelobt sei Jesus Christus!«, begrüßte Don Barba uns.

»In alle Ewigkeit sei er gelobt!«, erwiderte Bortolo laut.

»Ich bin nicht taub, Bortolo, du brauchst nicht so viel Krach zu machen, wenn du hier ankommst. Ich habe euren Wagen gehört, als ihr noch in Zorzelletti wart!«

»Unmöglich.« Bortolo spielte mit. »Wir sind zu Fuß von Torre raufgekommen.«

»Ist schon gut, du Lump, stell mir lieber deinen Genossen vor.«

»Das ist Aldo, unser landwirtschaftlicher Arzt. Wenn er seine Patienten wie den Gemüsegarten pflegt, sind die alle aufgeschmissen.«

Wir haben herzlich gelacht, und Don Barba hat mir die Hand gedrückt, recht energisch – ja, beinah hätte er sie mir zermalmt.

Sehr bald ließen Bortolo und ich den Spaß beiseite und setzten Don Barba von unseren Mutmaßungen und Überlegungen in Kenntnis.

Ich glaube, wir haben viel zu hastig erzählt und müssen durcheinander gekommen sein, denn Don Barba sagte zum Schluss: »Ich habe nicht ganz verstanden, was die Ungarn damit zu tun haben, aber wenn die Dinge so stehen, wie ihr sagt, kann man ruhig behaupten, dass *wir alle* aufgeschmissen sind, falls dieser tobende Irre nicht bald gefasst wird. Also gut, wir kümmern uns drum und verständigen die Carabinieri, sobald uns Konkretes vorliegt. Und du, Bortolo, pass auf, dass du dir nicht schon wieder einbildest, die Contrà Brunelli sei eine unabhängige Republik.«

»Mach dir keine Sorgen, diesmal scheint es wirklich was Ernstes zu sein. Als ich den verrückten Zettel gelesen hab, der in Pieros Hemdtasche steckte, ist mir das Blut in den Adern gefroren.«

Wir haben lange und ungestört unter dem kleinen Vorbau diskutiert, umgeben von Bienensummen und Vogelgezwitscher.

Gegen Mittag war die Besprechung zu Ende. Das nächste Treffen findet am Freitag statt. Bis dahin haben Don Barba und Bortolo versprochen, eine Liste potenzieller Verdächtiger aufzustellen, die gemeinsam durchgesehen wird, bevor wir zur

Überprüfung der Fakten übergehen.

Ich habe den Auftrag, Ennio Ongaro auszufragen, um herauszufinden, ob die Familie Feinde hat, ob sein Vater in letzter Zeit Streit hatte. Pieros Bruder hat nämlich bis vor einigen Monaten noch als Förster gearbeitet, nun ist er Rentner. Wer diesen Beruf ausübt, hat seit eh und je mit teilweise scharfen Auseinandersetzungen mit den Waldbesitzern zu rechnen – wegen nicht zulässigen Holzfällens, aufgrund zerstörter Trampelpfade oder gar infolge widerrechtlich gebauter Schuppen oder Zäune, und vielem mehr. Unter den zahlreichen erarbeiteten Szenarien haben wir nämlich auch die Blutrache in Betracht gezogen: Man hätte Piero ermorden können, um seinen Bruder zu treffen.

Wer weiß! Aber wichtig ist jetzt, dass ich nicht mehr allein bin. Zwei erfahrene, scharfsinnige Helfer stehen an meiner Seite.

Mittwoch, 20. Juni 1984

Auch ohne Hellseher zu sein, weiß man sofort, ob Ennio zu Hause ist. Oder wenn man gerade auf ihn wartet, ist es nicht notwendig, zum Horizont zu spähen.

Der junge Mann besitzt noch kein Auto; er sparte gerade das Geld für den lang ersehnten Kauf zusammen, als die Erbschaft und die Notwendigkeit, Kapital in die Haussanierung zu investieren, ihn umgestimmt haben. Mittlerweile bewegt er sich auf einem teuflischen Roller fort.

Den Umbau hat ein Kfz-Mechaniker übernommen, ein wahrhafter Sadist. Die Karosserie wurde entfernt, um den Nackteffekt zur Geltung zu bringen, der Motor wurde mehreren furchterregenden Transplantationen von untereinander nicht kompatiblen Teilen unterzogen. Das Ergebnis dieser durch und durch illegalen Maßnahmen ist Schall und Rauch:

Mit einem herzzerreißend schrillen Getöse kündigt sich der Roller an, seine Höllenklage erklingt in den Tälern und hallt in jeder Schlucht, an jedem Abgrund wider. Wenn Ennio mit seinem Moped vorbeifährt, bildet sich ein giftig stinkender Nebel, der in dichten Lagen in der Luft steht. Für ein paar Minuten ist jedes Sehen unmöglich. Und das Atmen. Seit Ennio in der Gegend unterwegs ist, haben alle Contradabewohner ihre Fähigkeit, die Luft anzuhalten, deutlich verbessert.

Als ich den Motor zum ersten Mal brüllen hörte, dachte ich, der Bursche übertreibe nun wirklich, und wenn es so weiterginge, würde er wegen Ruhestörung aus der Ansiedlung vertrieben. Nach ein paar Tagen konnte ich feststellen, wie sehr ich mich getäuscht hatte. Niemand beschwerte sich, niemand äußerte auch die leiseste Kritik.

Vergangene Woche war ich mit Mario im Wald und durfte endlich den Grund solcher großzügigen Toleranz gegenüber dem penetranten Lärm erfahren. Gegen achtzehn Uhr war in der Ferne Ennios Rollergeheul zu hören, als käme es direkt aus dem Erdinneren: Das Kind kehrte von der Fabrikarbeit zurück.

»Eine Plage ist das! Stört dich das gar nicht?«, habe ich Mario gefragt.

»Lästig ist es schon, aber auch nützlich«, hat er mir geantwortet.

»Nützlich? Wem kommt dieser Höllenlärm zugute? Den Ohrstöpselherstellern vielleicht!«

»Doch, doch, mein Lieber, denk mal an die Reh'. Seit der Ennio mit dem Ding da hin und her fährt, ist kein einziges Reh mehr gesehen worden.«

So war es also, die Contrada zeigte sich dankbar dem Helden gegenüber, der sie von den nächtlichen Überfällen auf die Gemüsegärten befreit hatte.

Heute habe ich Ennio aufgesucht. Er musste gerade nach Hause gekommen sein, die Luft war verpestet, die Wolke hatte sich noch nicht aufgelöst; das Dröhnen seines Superauspuffs klang sachte im Tal nach.

»Ciao, Aldo!«, begrüßte er mich fröhlich. Er ist stets gut aufgelegt; ich denke, selbst wenn man ihn verprügeln würde, ließe er sich die gute Laune nicht verderben. Hyperaktiv ist er auch. Zurzeit arbeitet er pausenlos am Umbau der Erbschaft – zusammen mit einem weiteren Arbeitssüchtigen namens Mario Vegnàle. Er will auch einen Gemüsegarten anlegen auf seinem Feld bei den Fondi und Kartoffeln pflanzen. Dazu hat er den Traktor von den Brunelli Barbastrìji gemietet, und damit fährt er jetzt in der Contrada herum. Die Hausmauern beben.

»Vertraust du den Brunelli Barbastrìji so sehr, dass du mit ihnen ins Geschäft kommst? Ich weiß nicht genau warum, doch in der Contrada genießen sie nicht gerade hohes Ansehen.«

»Klar traue ich denen! Und ohne den Traktor müsste ich doppelt so lang auf meinem Acker arbeiten. Und ich scheiß auf das Gerede und auch auf den Krampf, den mir mein Vater damals erzählt hat«

»Krampf? Was hat er dir denn gesagt?« Ich war neugierig geworden.

»Es ist vor vielen Jahren passiert – dreißig, vierzig oder so. Da haben die Frauen der Contrada an einem Abend beschlossen, ein Fest ohne die Männer zu feiern …«

»Kommt ab und zu auch heute noch vor, dass Frauen solche Einfälle haben«, fiel ich ihm ins Wort.

»Also haben sie Küchle gebacken, dann haben sie sich bei der Romilda im Stall getroffen. Der alte Bepi Brunelli, der Barbastrìji-Vater, hat sich gar net gefreut über diese Geschichte; einer von der alten Schule, er wollte, dass die Frauen daheimbleiben, vor allem nachts. Gegen zehn war's in der Contrada richtig finster; da haben die Frauen im Stall einen Schlag von der Decke gehört und eine furchtbare Stimme dazu: ›Weiber, geht nach Haus, Gott befiehlt's, hinaus! Ihr glaubt's net? Fein. Schaut her, da kommt ein Bein!‹ Tatsächlich hat auf einmal ein langes, schwarzes Bein von der Decke runtergehangen, und es hat sich bewegt! Die Weiber haben sich zu Tode erschreckt und sind tatsächlich nach Hause gerannt. Erst ein paar Tage später haben sie's herausgekriegt, dass sie verarscht worden waren, und auch wem das Bein gehört hat, haben sie kapiert. Von da an haben sie nie wieder mit dem Bepi Brunelli geredet.«

Dank der Wendung, die unser Gespräch genommen hatte, konnte ich Ennio endlich die längst geplante Frage stellen, ganz nebenbei und unauffällig. »Ja, genau«, habe ich gesagt, »in der Contrada hat es immer wieder Streitigkeiten gegeben, was auch manch einem rechthaberischen Rüpel zu verdanken war. Sieh dir zum Beispiel die Grundstücksbesitzer an, die sonntags nach ihren Grenzpfählen sehen, sie sind geradezu streitsüchtig. Kennst du die Leute? Haben sie sich auch mit Onkel Piero in die Wolle gekriegt? Oder mit deinem Vater, als er noch als Förster arbeitete?«

»Na klar! Mein Vater hat gemeint, der schlimmste von denen war der Filippi, aber der kreuzt schon lang nicht mehr auf, der Krüppel …«

In dem Augenblick kam Mario, um am Dach weiterzuarbeiten, also habe ich das Gespräch abgebrochen und mich verabschiedet.

Ein Name, das reichte mir. Bortolo und Don Barba werden ihn zu verwerten wissen.

Donnerstag, 21. Juni 1984

Der nächtliche Tau quält meinen Gemüsegarten; die Pflanzen sind morsch. Dieser Sommer ist besonders feucht und regnerisch, meine Tomaten sind noch grün, die Blüten aber bereits verschimmelt. Heute Nachmittag fand eine Krisensitzung an ihrem Sterbebett statt: Romilda und Bortolo haben lange über die möglichen Maßnahmen diskutiert. Am Ende hat man mir geraten, die Bewässerung einzustellen und auf freundliches Wetter zu hoffen.

Auch die AveMaria, die auf ihrem Weg zu den Fondi gerade vorbeikam, war richtig angewidert vom Anblick meines Gartens und machte Vorschläge – und zwar in einer nach dem Wirksamkeitsgrad absteigenden Reihenfolge: a) Ich soll wahlweise ein Bild vom Heiligen Isidoro oder Benedetto von Norcia unter einen Stein legen – die beiden sind Schutzpatrone der Landwirte (»Wenn du betest und den Glauben hast, ist der Erfolg garantiert«); b) durch ordentliches Pflügen könnte ich die Bodenentwässerung im kommenden Jahr besser fördern (»So wie's der Ennio gerade macht. Das Hacken allein reicht net aus, das glaubt nur die dumme Rosetta«); c) ich soll es niemals mit den Sorten San Marzano oder Cuore di Bue versuchen, weil sie hier verfaulen; d) mit dreißig Milliliter alkalischem Kupfersulfat auf zehn Liter Wasser behandeln (»Aber je öfter du die Pflanzen wässerst, umso mehr Schimmel bildet sich«).

Freitag, 22. Juni 1984

Von wegen Tau, heute Morgen kam die Sintflut! Was die Tomaten angeht, ist die Lage hoffnungslos.

Die Contrada wurde allmählich von Wolken ummantelt, die immer tiefer hingen und zunehmend dunkel wurden. Regenbäche ergossen sich gerade über das Tal, als Bortolo und ich mit meinem Pkw zu Don Barba nach San Carlo hochfuhren. Die kleine Kirche wirkte vor dem stürmischen Wolkenhintergrund ziemlich gespenstisch, sie schien unter dem Gedonnere bis auf den Grund zu beben.

»Was führt euch an diesem lieblichen Tag hierher?«, fragte uns Don Barba zur Begrüßung, während wir patschnass hineinstürmten.

»Der Weltuntergang«, brummte Bortolo zurück.

Der alternde Geistliche hatte den Kamin angezündet, in dem Versuch, die eisige Gewitterluft aufzuwärmen. Auch standen schon drei Gläschen Grappa bereit, nach seinem Ermessen das einzig wahre Heilmittel gegen Erkältung. Schon früh am Morgen.

»Bevor wir die traurigen, für mich sehr schmerzhaften Angelegenheiten besprechen«, begann er, »möchte ich euch weitere Einzelheiten zu den ungarischen Invasionen liefern, die euch sehr zu interessieren scheinen. Es geht um geschichtliche Hinweise, ernsthafte Quellen, und weniger um irgendwelche Ogerlegenden, die der arme Piero so schätzte; er war schließlich Poet und kein Historiker, und zum Träumen reichen einem Dichter selbst geringfügige Indizien. Dagegen sucht ein Wissenschaftler nach Fakten, Beweisen, Dokumenten. Der Künstler setzt seine Vorstellungskraft ein, der Historiker den Verstand. Darin liegt der Unterschied.«

»Aber Piero hatte irgendwann auch einen einheimischen Historiker erwähnt«, wandte ich ein, »einen gewissen Don Giovanni Mantese.«

»Ach der! Don Mantese ist doch eher ein historisch Dichtender; einer, der sich – fehlen ihm fundierte Unterlagen – den Rest mithilfe der Fantasie zusammenträumt. Wobei er ab und zu den Nagel auf den Kopf trifft. Ich will zwar nicht bestreiten, es habe ungarische Raubzüge gegeben, noch stelle ich den Blutdurst dieses Volkes infrage, oder die Missetaten, die unser beweinter Freund mit Leidenschaft besungen hat. Man sollte jedoch im Auge behalten, dass die wichtige und nachhaltige Folge solcher Ereignisse für unsere Talregion nicht das Ansiedeln von Ungeheuern in den Wäldern und den Contrade war, sondern vielmehr der Beginn der weltlichen und geistlichen Herrschaft von Bischof und Kirche über die hiesige Bevölkerung. Eine Herrschaft, die in der Gegenwart fortdauert.«

Nach dieser Einleitung führte Don Barba ein regelrechtes historisches Feuerwerk aus gekonnt vermischten lateinischen Zitaten, päpstlichen Urkunden, kaiserlichen Bullen, geistreichen Anmerkungen, komplexen und zugleich lebhaften Beschreibungen auf.

Binnen einer halben Stunde hatte der alte Pfarrer zwei Jahrhunderte unübersichtlicher, mittelalterlicher Geschichte für seine Grappa nippenden Zuhörer zusammengefasst, die sich gerade am Kaminfeuer trockneten. Ich habe im Wesentlichen verstanden, dass die Ungarn in die Lage versetzt worden waren, ihre Plünderungen durchzuführen, weil sie mit der Unterstützung oder zumindest mit der gutwilligen Neutralität zahlreicher italienischer Feudalherren rechnen konnten, die König Berengar feindlich gesinnt waren. Doch Berengar war nicht weniger listig und unbarmherzig als seine Gegner, angesichts deren Trägheit er beschloss, sie zu enteignen und Teile ihrer Landgüter den Bischöfen zu schenken. Diese verpflichteten sich ihrerseits, Schlösser und Festungen zu bauen als Bollwerk gegen die Überfälle durch die (ungarischen) Ungläubigen und – das mag wohl eher zutreffen – die schlechten Christen (Berengars Feinde).

So wurde das Leogratal, bis dato Besitz der Familie Maltraversi aus Vicenza, zweigeteilt. Als Grenze diente der Leografluss: Das Gebiet am rechten Ufer, Valle dei Signori, wurde dem Bischof von Vicenza zugewiesen, das Land am linken Ufer, Valle dei Conti, blieb unter Kontrolle der Maltraversi. Der Bischof war hocherfreut, die Maltraversi weniger, zumal Berengar ihnen neben dem halben Leogratal auch Asiagos Hochebene weggenommen hatte.

»Lassen wir jetzt Graf und Bischof beiseite und denken vielmehr an die Gegenwart«, sagte Don Barba und wechselte das Thema. »Ihr habt euch getrocknet und gewärmt, nun erzählt mal von euren Ermittlungen.«

»Viel habe ich nicht zu berichten«, sagte ich, »nur einen Familiennamen, Filippi. Sowohl Ennio Ongaro als auch sein Vater behaupten, er sei ein wahrhaftiger Hund.«

»Schau mal an! Ich hatte auch an einen einzigen Namen gedacht … Und er lautet ebenfalls Filippi, angeblich der größte Hurensohn, der sich in den Wäldern um die Contrada herumtreibt«, rief Bortolo überrascht aus.

Don Barba machte große Augen und zog sodann, ganz still und, ja, feierlich, einen Zettel aus der Kitteltasche. Darauf stand ebenfalls »Filippi«.

Nun schwiegen alle im Zimmer, während der Regen gegen die Fensterscheiben peitschte und der Donner in der Ferne grollte.

»Wer ist dieser Filippi, dieser allseits geschätzte Kerl?«, fragte ich.

»Marcello Filippi heißt er, aber ich könnt' mich täuschen, im Tal gibt's Filippi wie Sand am Meer.«

»Ja, Bortolo, du liegst falsch«, meinte Don Barba. »Marcello Filippi ist sein Vetter, ein Weber. Ich erinnere mich noch sehr genau, wie er gebrüllt hat, taub geworden von der Arbeit in der Fabrikhalle; typisch Weber, sie können nicht anders, sie müssen immer laut reden. Er hat bei der Osterbeichte derart geschrien, dass seine Sünden bis in die Kneipe gegenüber gehört wurden. ›Unser‹ Filippi heißt mit Vornamen Renato, und zur Beichte ist er weder zu Ostern noch zu Weihnachten erschienen. Seine Frau war oft bei mir, ich werde also wohl wissen, wie es um seine schwarze Seele steht.«

Als wolle Gott die Aussage seines Dieners besiegeln, durchleuchtete genau in dem Moment ein Blitz das Kämmerchen.

»Ich hab ihn schon lange nicht mehr gesehen«, berichtete Bortolo. »Es ist über ein Jahr her. Das letzte Mal hat er sich mit den zwei Brunellis, Alfredo und Lino, geprügelt, nachdem er einem Hund die Kehle aufgeschlitzt hatte. Das arme Tier hatte es gewagt, sein Waldstück zu betreten. Ich erinnere mich noch, er war ins Auto gestiegen und wollte wegfahren, da hat Piero sich aus dem Fester gelehnt und ›Aaarschlooooch!‹ gegrölt.«

»Über ›seinen‹ Wald gäbe es auch etwas anzumerken«, meldete sich Don Barba. »Der gehörte eigentlich dem Marcello. Aber zu Hause hatte Renato das Sagen, und wenn's nicht gereicht hat, war der Prügelstock da, sodass zum Schluss das Waldstück in sein Eigentum überging. Ich habe keine Ahnung, wo der Schuft jetzt lebt, ich weiß nur, er ist nach dem Tod seiner Frau zu einer ehemaligen Geliebten nach Schio gezogen. Aber seit mir dieser Name im Kopf herumspukt, frage ich mich: Wozu hätte Piero mit ihm zusammen zum alten Bergwerk gehen sollen?«

»Ich weiß vielleicht, warum«, antwortete Bortolo. »Der Galerieeingang grenzt genau an das Grundstück von Renato Filippi; er hatte öfter gedroht, den Zugang mit einem Eisentor abzusperren, wollte den Raum als Lager benutzen. Er war der Meinung, das Bergwerk stehe auf seinem Boden. Piero hat sich immer aufgeregt, wenn er das gehört hat, und einen ganz roten Kopf gekriegt wie ein Truthahn, der Hals ist ihm angeschwollen, er hat ihn wüst beschimpft. Vielleicht hat der Filippi an dem Tag unseren Freund in eine Falle gelockt, vielleicht hatte er wieder angekündigt, er würde alles absperren.«

»Oder sie haben sich zufällig getroffen und geprügelt«, murmelte ich.

»Ausgeschlossen!«, antwortete Don Barbarena prompt. »Filippi mag auch mit einer Spitzhacke da oben angekommen sein, doch Pieros Schädel hat er damit bestimmt nicht zertrümmert. Es ist viel eher anzunehmen, er wollte ein Unglück inszenieren, deshalb hat er das Werkzeug an sich genommen. Wahrscheinlich wusste Filippi nicht von Pieros Arthritis, er muss den Angriff vorbereitet haben. Erst wenn er gesteht, werden wir erfahren, was da oben wirklich passiert ist.«

Bortolo schenkte sich ein weiteres Gläschen Grappa ein und kippte es hinunter – sein Gesicht wutverzerrt.

»Und was tun wir jetzt?«, fragte ich.

Die Antwort ließ auf sich warten. Dann meldete sich endlich Don Barba: »Wir müssen uns genauer über ihn erkundigen – wo er wohnt, wo er sich am Tag von Pieros Tod aufhielt, wann er zuletzt im Wald gewesen ist, wer ihn in letzter Zeit gesehen hat. Unsere Vermutungen brauchen eine handfeste Grundlage; selbst ein einziger konkreter Hinweis könnte ausreichen, allerdings ein unwiderlegbarer, damit wir uns an die Gesetzeshüter wenden können. Wir müssen glaubwürdig wirken und höchste Aufmerksamkeit erregen, damit sie endlich ernsthaft ermitteln.«

»Vor allen Dingen dürfen wir keinen Unschuldigen belasten, so sehr auch dieser Mensch zu verachten wäre«, hat Bortolo betont. »Piero verdient es nicht, in eine Geschichte von Verleumdung und übler Nachrede hineingezogen zu werden.«

»Gewiss, gewiss … Ich glaube, du solltest mit Romilda über diese Angelegenheit reden, Bortolo. Sie kennt den werten Herrn Filippi gut. Außerdem, durch all das Geschwätz der Klatschtanten sonntags nach dem Gottesdienst ist sie über die jüngsten Fakten und Missetaten der besagten Familie bestens im Bilde. Wir sollten nicht vergessen, dass Filippis arme Ehefrau ebenso eine Brunelli ist, wenn auch nur entfernt mit der ganzen Sippe verwandt!«

Diese Vorgehensweise schien uns recht vernünftig zu sein, und wir stimmten ohne Zögern zu.

Als der unablässige Regen Gnade zeigte und eine kurze Pause gewährte, rannten Bortolo und ich zum Auto und fuhren schweigend nach Contrà Brunelli zurück.

Samstag, 23. Juni 1984

Nach den heftigen Regenfällen scheint endlich wieder die Sonne, und nun bricht auch die Hitze aus. Dieser Sommer ist recht unbeständig, auf ein Hoch folgt rasch ein Tief, das Wetter ist wechselhaft wie meine Laune und meine Gedanken.

Heute Morgen habe ich gleich nach meinem Gemüsegarten gesehen. Angeekelt vom kläglichen Spektakel begab ich mich zu Mario, wir wollten zusammen in den Wald.

Unterwegs habe ich ihm meinen wichtigen Entschluss mitgeteilt: Ich werde mich im nächsten Jahr nicht mehr dem Gemüseanbau widmen, sondern ausschließlich der Baumpflege. Marios Augen glänzten zustimmend. Ich sei nicht erfahren genug, habe ich gesagt, sollte besser Romilda und Rosetta bei der Landarbeit helfen und im Gegenzug verzehrbare Produkte von ihnen bekommen.

Meine weiteren Bemühungen werden allein dem Umweltschutz dienlichen Tätigkeiten gelten, darunter der Instandsetzung der Trampelpfade, so wie heute. Wir haben zunächst mit der Motorsense das Gestrüpp beseitigt und anschließend mit Spitzhacke und Schaufel die kleinen Abflusskanäle entlang der Wege bearbeitet. Das reichliche Regenwasser fließt nämlich talabwärts und reißt allerlei Steinmaterial mit sich. Nach Marios Arbeitsplan für die kommenden Tage haben wir Robinien und allseits befallenes Gewächs zu vernichten.

»Die Robinie saugt all die Nährstoffe aus dem Boden heraus und lässt ihn vertrocknen. Ich weiß gar nicht, welcher Depp sie aus Amerika importiert hat … Und apropos Vertrocknen: Jetzt, wo dein Gemüsegarten richtig im Eimer ist, darf ich wenigstens einen Teil vom Baumaterial für Ennio bei dir abstellen, oder? Wir haben keinen Platz mehr, der hintere Weg ist schon zugebaut mit Gerümpel, da kommt man gar nicht mehr vorbei.«

»Na klar, gerne doch!«

»Vorgestern wollte die Ines Barbastrìji da durch und ist hingeflogen. Sie hat geheult wie am Spieß. Und geschimpft hat sie, dass wir alle Verbrecher sind, dass der Weg allen gehört, dass sie den ganzen Krempel mal anzündet. Ein Gezeter war das! Dann ist die närrische AveMaria dazugekommen, die hat gerade ihre mystischen fünf Minuten durchgemacht, also hat sie auch angefangen zu kreischen: ›Liebe deinen Nächsten wie dich selbst! Liebt euch gegenseitig!‹ Es war wie im Irrenhaus. Ennio hat sich totgelacht, ganz ohne Scham. Wenn die Weiber sich zanken, kriegt er gute Laune.«

Ich musste über Marios Bericht genauso herzlich lachen, fragte mich aber auch, ob vielleicht nicht ein paar Verrückte zu viel in der Contrà Brunelli leben.

Auf dem Rückweg haben wir bei Ennio haltgemacht, wollten uns nach dem Stand der Arbeit erkundigen und die nächsten Bauphasen planen. Der Bursche hatte aus ein paar Holzlatten einen provisorischen Tisch gebastelt und war vertieft in die Lektüre recht großer Landkarten.

»Ich studier gerade«, er hat langsam zu uns aufgeblickt, »hab vielleicht rausgefunden, wie man die Reh' aus den Gemüsegärten wegkriegt.«

»Na, ist doch gar kein Problem«, habe ich gesagt. »Dein Roller alleine bringt es fertig, er vertreibt sie aus dem gesamten Tal!«

»Nicht mehr lang, ich hab ’nen Gebrauchtwagen angeboten gekriegt, einen Fiat 128. Also, jetzt weiß ich, wie man die Reh’ aus dem Wald herausekelt. Ich beobachte die seit Tagen schon, hab gesehen, dass sie immer von derselben Ecke auf die Fondi zugehen; und wenn sie abhauen, rennen die immer in dieselbe Richtung. Offenbar kennen’s die Strecke und fühlen sich sicher, weil sie sich verstecken können, jederzeit. Die wittern jede Gefahr. Ich glaub, die folgen im Wald drin wie in den Bergen immer denselben Fährten, die sie am besten kennen. Es muss im Wald ein regelrechtes Netz an Wegen, Spuren, Abkürzungen geben, das wir uns überhaupt nicht vorstellen! Ja, und jetzt kommt’s: Ich versteck mich im Wald, wenn die Sonne untergeht, dann springen die Reh’ hinunter zum Gemüse, und ich folg denen auf dem Weg zurück. Wir müssten es irgendwie schaffen, einen Plan zu zeichnen.«

»Und dann? Was passiert dann, wenn du die Karte hast?« Ich war von Ennios reger Fantasie etwas befremdet.

»Wenn ich alles aufgezeichnet hab, gehe ich hin und stelle überall, wo sie in der Regel vorbeikommen, riesengroße Vogelscheuchen auf.«

»Aber die Vogelscheuchen haben wir in den Gärten schon aufgestellt, und es hat nix gebracht«, wendete Mario ein.

»Logisch, weil die kerzengerad mitten auf der Wiese stehen! Die Reh’ kennen sie doch längst, die stehen seit Monaten herum, auch ein Affe hätt längst erkannt, dass es Strohmänner sind! Nee, ich stell sie im Wald auf. Und dann schaut ein Reh vorbei und rechnet nicht damit, aber auf einmal steht ein schwarzer Riese vor ihm. Im Dunkeln! Eine Panik werden die kriegen, und da wird eine Weile kein Reh mehr vorbeischauen; aber derweil tue ich die Strohmänner woanders hin. Ihr werdet sehen, nach ein paar Wochen hübschen Schreckerlebnissen verlieren sie die Spuren, verlassen die Fährten und hauen endlich ab. Einfach so, ohne dass wir uns den Kopf groß zerbrechen.«

Ob sein Plan funktionieren wird, kann ich nicht sagen, aber ganz gewiss ist Ennio ein Genie!

Sonntag, 24. Juni 1984, am Vormittag

Heute hatten wir Sonnenschein – bei diesem kalten und regnerischen Sommer ein wahres Geschenk Gottes. Da fühlt man sich heiter, einfach so, ohne besonderen Grund.

Die Tages- und Nachttemperaturen sind merklich gestiegen, schließlich ist es Ende Juni, doch durch die Schlechtwetterphase hatten wir uns an eine gewisse Kühle gewöhnt, und heute stöhnen und schwitzen alle wegen der Hitze.

Bortolo hat sich in aller Früh gemeldet. »Peermeesso! Aldo, komm schnell, steh auf! Der Bortoletta geht's heut net gut, die hat's mit dem Blutdruck, und Kopfweh hat sie auch. Die kann nicht zur Messe nach Torre. Du gehst jetzt mit nach San Carlo, zum Gottesdienst vom Barba.«

So kam es, dass meine konfessionslose, pfaffenverachtende Wenigkeit, die dennoch weiterhin unfähig ist, Einladungen zu Ausflügen jeder Art auszuschlagen, an einem Sonntagmorgen um acht Uhr unter dem Vorbau der Kirche zu San Carlo auf einer Holzbank saß – den Blick auf die Berglandschaft gerichtet, während drinnen die heilige Messe gelesen wurde.

Seinerzeit hatte Don Barba vorgegeben, sein schwindendes Gedächtnis bereite ihm beim Auswendiglernen der neuen italienischen Textfassung große Schwierigkeiten, so wurde ihm per Sondererlass erlaubt, die heilige Messe weiterhin auf Latein zu feiern. Für mich war es ein Zeitsprung zurück in die Fünfzigerjahre: Sonne über dem Wiesengrund, zwei Kühe auf der Weide, Don Barbas »ite missa est« als Abschluss eines schlichten, straffen Ritus.

Aus der Kirche kamen zwei ältere Bauern in sonntäglicher Aufmachung mit schwarzer Hose und weißem Hemd; es folgte ein Wanderer-Ehepaar in Pink und Grün, dann Bortolo und ganz zum Schluss Don Barba.

»Du hättest auch reinkommen können«, warf mir Don Barba vor. »Krebserregend ist der Gottesdienst, soweit ich weiß, nicht!«

»Krebserregend wahrscheinlich nicht, aber bestimmt schwer verdaulich; ich spüre einen Stein im Magen, wenn ich befremdenden Ritualen beiwohne.«

»Macht nichts, Aldo, ich bin nicht beleidigt. Ich bete für dich mit, auch in deiner Abwesenheit, und bin ganz sicher, dass meine Gebete wirken, ob du es willst oder nicht, ob du es spürst oder nicht. Wie die Radiowellen.«

»Lieber Don Barba, Sie haben ganz vergessen, dass wir Bewohner der Contrà Brunelli keinen Empfang haben, weil der Berg Sengìo die Übertragung abschirmt. Also ist es doch alles verlorene Liebesmüh.«

»Liebster Aldo, du übersiehst, dass San Carlo diesseits des Sengìo liegt, direkt oberhalb der Contrada. Meine Gebete landen demzufolge direkt auf deinem Kopf, ein Volltreffer!«

Es war inzwischen neun Uhr geworden, und wir drei hatten noch nicht gefrühstückt. Nach dem Brauch des Leogratals haben wir eine schöne Platte Sopressa mit knusprigem Panbiscotto-Brot aufgetischt, dazu Rotwein.

Don Barba war besonders aufgeregt bei der Vorstellung, wir würden am Nachmittag Romilda auf unseren Verdächtigten ansprechen, er konnte es kaum erwarten, mehr zu erfahren. »Es gibt übrigens ein paar Neuigkeiten für euch«, hat er mit vollem Mund von sich gegeben. »Fast hätte ich's vergessen. Ich glaube, ich habe das Rätsel des sogenannten ›Friedhofs‹ gelöst. Ganz einfach: ein Datum, 1631, und ein Wort, Pest. Ja, auch unser Tal wurde von der Seuche geplagt. Die Friedhöfe im Flachland waren nicht groß genug, um all die Leichen aufzunehmen, deshalb wurden Massengräber in der Nähe der Weiler bereitgestellt, entlang der Trampelpfade. Mir scheint daher plausibel, dass aufgrund der Entfernung zum Gemeindefriedhof die Pesttoten der Contrà Brunelli am Wegrand begraben wurden. Daher der Name. Obwohl mittlerweile dort nur noch harmloses Kleeblatt für deine Kaninchen wächst, Bortolo, was in der Nacht vermutlich auch ihren wilderen Artverwandten zugutekommt, um es mit dem guten alten Leopardi zu sagen: O holder Mond, bei dessen sanftem Strahl / Im Wald die Hasen tanzen …«

»Mensch, zum Glück bist du mir mit dem Gedicht gekommen, weil über Leichen, Pest und Friedhöfe zu plaudern und dabei Sopressa zu essen, das ist nicht gerade das Gelbe vom Ei!«, hat sich Bortolo beschwert; er hatte wohl genug von Epidemien und Massensterben.

»Ich wollte euch nur darauf hinweisen, man sollte im Allgemeinen auf die Bedeutung der Worte achten. Insbesondere auf Eigennamen. Sie deuten meist auf gewisse, teils leicht erkennbare Merkmale oder Eigenschaften hin; oder sie verweisen auf ein bezeichnendes, vielleicht nicht mehr vorhandenes Element wie einen Brunnen, einen Baum, einen Felsen. Zuweilen spielen sie auf den ursprünglichen Eigentümer an, auf einen ehemaligen Bewohner. Manchmal ist die Benennung auf ein einschlägiges Ereignis zurückzuführen. Man recherchiert einen Namen, und ganze Welten tun sich auf, wir entdecken ein weiteres Stück Geschichte über eine Gegend samt ihren Einwohnern.«

Sonntag, 24. Juni 1984, am Nachmittag

In der warmen Jahreszeit finden unsere sonntäglichen Versammlungen im Freien statt. Der Tisch bleibt den ganzen Sommer draußen, geschmückt mit einer rot-weiß-karierten Tischdecke. Die Gastgeberin stellt zwar Stühle zur Verfügung, doch man benutzt auch gerne allerlei improvisierte Sitzgelegenheiten, wie zum Beispiel das Mäuerchen des ehemaligen Misthaufens, einen Holzklotz, einen umgekippten Eimer, einen Stein. Jeder Bekannte, der zufällig vorbeikommt, ist willkommen.

Nur Fremde auf der Durchreise werden zwar mit einem Kopfnicken begrüßt, jedoch nie eingeladen, sich dazuzusetzen. Man will sich ja den Ruf der widerspenstigen Menschen keinesfalls verderben.

Zur Saisoneröffnung hatten sich heute zahlreiche Gäste eingefunden, die Stimmung war fröhlich und ausgelassen, auch dank der lang ersehnten Sonne und der angenehmen Temperatur. Neben Romilda und Rosetta waren Bortolo (ohne Bortoletta, sie ist krank), Mario, Ennio und ich zugegen. Die AveMaria nimmt nie an unserem geselligen Beisammensein teil, »weil gesoffen, geraucht und Gotteslästerung betrieben wird«; sie bleibt im Haus und singt weiter.

Lange wurde zu Anfang diskutiert, welcher Wein für den heutigen Tag am besten geeignet wäre.

Mario meinte: »Weißwein muss man am 1. August trinken, weil er vor den Vipern schützt. Fahr mal an dem Tag nach Valli, da stehen die Leute auf dem Marktplatz herum und sind alle blau – aus lauter Vorsicht.«

Rosetta sah es anders: »Gegen das Viperngift hilft nur das Heiligenbild vom Paulus; gegen den Hagelsturm der Christophorus; gegen den Blitz die heilige Scholastika. Das hat die AdaMaria gesagt, eine sehr fromme Frau!«

Da meldete sich Bortolo zu Wort: »Alles Volksglaube! Fast zweitausend Jahre sind seit Jesu Geburt vergangen, und unsere Leute sind nach wie vor ein abergläubischer Haufen.«

»Im Posinatal, wie ich noch ein Mädel war, hab ich abends am Kaminfeuer die Namen von allen Feen und Hexen aus den Bergen beigebracht gekriegt«, stimmte Romilda ein. »Die alten Weiber haben immer wieder Geschichten erzählt und wirklich dran geglaubt. Die haben sich jedes Mal bekreuzigt, bevor sie von den Anguàne gesprochen haben. Das sind die Herrinnen der Täler und der Wasserquellen, sanftmütig am Tag und grausam in der Nacht. Sie leben am Wasser oder in den Höhlen, haben Frauen- oder Schlangengestalt. Und manchmal verwandeln die Anguàne sich in Vampire und saugen dir das Blut aus, während du schläfst.«

»Mein Vater hat auch von den Anguàne, den Salbèghe-Weibern und den sonstigen Hexen gewusst«, sagte Ennio. »Er hat immer behauptet, es gibt zwei Zauberhöhlen auf dem Berg Novegno, eine davon ist direkt mit der Hölle verbunden.«

Zwischen Geplauder und Spielereien ist der Nachmittag vergangen. Alle Anwesenden schienen gut aufgelegt und entspannt zu sein. Es sah ganz so aus, als sei die Erschütterung über Pieros Tod aufgearbeitet und überwunden. Sie alle hatten jedoch keine Ahnung, wie es in Wirklichkeit damit stand, konnten nicht wissen, wie sehr Bortolo und ich in Aufruhr waren, während wir angespannt den passenden Augenblick abwarteten, um Romilda ganz diskret zu dem unauffindbaren Renato Filippi zu befragen – diesem mir unbekannten Kerl, der dennoch, wie ich fühlte, all meinen Hass verdiente.

Die Gelegenheit hat sich gegen Abend ergeben. Die Sonne war bereits hinter den Caregaspitzen untergegangen, aber es war noch hell, die Luft angenehm lau. Romilda ist aufgestanden und hat begonnen, Teller und Besteck einzusammeln. Da sind Bortolo und ich schlagartig aufgesprungen und haben unsere Hilfe beim Abräumen angeboten.

»So viele Kavaliere«, hat Romilda gefrotzelt.

Die Hände voll mit Geschirr, sind wir ihr in die Küche gefolgt, die nun fast im Dunkeln lag. Bortolo zögerte nicht länger und fragte, als wir im Haus waren, im Halbschatten: »Romilda, kennst du den Renato Filippi? Kannst du mir vielleicht sagen, wo er jetzt wohnt?«

Sie hielt inne, gewissermaßen verblüfft über die unerwartete Frage. »Klar kenne ich den. Warum willst du wissen, wo er wohnt? Ich geb dir jetzt ’nen Rat, geh ihm aus dem Weg, der ist schlimmer wie ein tollwütiger Hund!«

»Nee, ich hab bestimmt net vor, ihn zu besuchen, aber es würde mich interessieren, was er so treibt, wo er in letzter Zeit war, ob er sich vielleicht in unseren Wäldern herumgetrieben hat. Ich hab den Verdacht, und bin nicht der Einzige, dass er was mit dem merkwürdigen Unfall von Piero zu tun hat. Wir wollen aber niemanden zu Unrecht beschuldigen oder Gerüchte in Umlauf setzen, deswegen frage ich dich, weil du bist kein Mensch, der unnötig schwafelt.«

»Da braucht man net geheimnisvoll rumzutun, die Spatzen pfeifen’s von den Dächern, dass der Renato Filippi überhaupt nix mit dem Tod vom armen Piero zu tun hat. Wenn du in *die* Richtung denkst, mein lieber Bortolo, lass es gleich bleiben, das rate ich dir, das mit dem Verdacht und so. Das ist echt gefährlich, ganz anders, wie wenn wir über Zauberer und Hexen und Ungeheuer schwätzen. Fang ja nicht an, irgendwelche Leute anzuschuldigen, red bloß net von Mord!«

Romilda schien ernsthaft gereizt zu sein. Im Dämmerlicht waren ihre Gesichtszüge zwar kaum zu sehen, doch sie wirkte auf einmal recht steif in ihrer stattlichen Größe. Ihre Stimme hatte sich verändert, klang blechern.

Ganz und gar nicht beeindruckt von Romildas Reaktion, hakte Bortolo tapfer nach: »Aber warum bist du so sicher, dass dieser anmaßende Kerl, der seit Jahren nur zum Streiten hierherkommt, Piero nicht begegnet ist im Wald? Warum glaubst du, der Filippi kann auf keinen Fall zum Bergwerk gegangen sein?«

»Weil Renato Filippi net laufen kann.« Es war Ennios Stimme. Er hatte just in dem Moment unauffällig die Küche betreten.

»Wegen einem Motorradunfall vor einem halben Jahr. Der ist jetzt vom Hals abwärts gelähmt und wird künstlich ernährt. Ich hab's ja dem Aldo gesagt vor ein paar Tagen, dass der Renato Filippi ein Krüppel ist. Behindert. Manchmal ist der liebe Gott also doch allwissend und allmächtig!«

In der Küche war es jetzt richtig dunkel. Niemand rührte sich. Während wir da standen, still und ohne Licht, ertönte Ave-Marias Fistelstimme aus ihrem verriegelten Haus: »Heilige Mutter Gottes, bitte für uns! Du Zuflucht der Sünder, bitte für uns!«

Ennio, der ein halbes Dutzend Gläser trug, drückte mit dem Ellenbogen auf den Lichtschalter. Die Deckenlampe beleuchtete nun eine merkwürdige, gar surreale Szene: Vier Menschen standen regungslos in der Zimmermitte mit diversen Gegenständen in der Hand.

Nun konnten wir Romildas Gesicht gut sehen, und sie war wütend. Aber dann, wie durch Einwirkung des Lampenlichtes, hat sich ihr Ärger nahtlos in ein Lächeln verwandelt, während sie sich spöttisch an Bortolo wandte: »So ist es also, ich soll net unnötig schwafeln, während du, Ennio, der Aldo – und weiß der Geier wie viele andere Leute noch – herumlauft und von Mord faselt? Mein lieber Bortolo, je älter du wirst, umso kindischer führst du dich auf. Mein Opa hat recht gehabt, die Weisheit wächst net mit dem Bart!«

Jetzt fühlte ich mich verpflichtet, einzugreifen, um die Verantwortung für unseren wohl unbegründeten, ja abwegigen Verdacht mit Bortolo zu teilen. »Mach dir keine Sorgen, Romilda, wir haben mit niemandem darüber geredet«, log ich. »Haben einfach miteinander geplaudert, da ist uns dieser Renato Filippi eingefallen, und seine Auseinandersetzungen mit Piero. Wir wunderten uns einfach, denn er hatte sich ja nicht mehr blicken lassen. Dabei haben wir nicht ein einziges Mal das Wort Mord ausgesprochen.«

»Siehst du, Aldo«, setzte Romilda wieder an, »es ist net, weil ich mich fürchte, dass ich nix von einem Mord hören will, ich hab schon zwei Weltkriege durchgemacht! Aber wenn es einen Mord gegeben hätt, dann wäre auch ein Täter im Umlauf, und ich will net dran denken; ich will gar net glauben, dass es auch hier in der Contrà Brunelli, ganz in unserer Nähe, derart böse Menschen geben kann. Die Verbrecher gehören unten in die Stadt, wo die Leute alle Bequemlichkeiten haben und nur das eine Problem, eben dass Kriminelle da verkehren. Wir dagegen, wir haben's hier schwer, so schön gemütlich ist es bei uns net, aber Lumpen haben wir wenigstens keine. Sonst hätt's keinen Sinn, im Gebirge zu leben, wo es so viel Müh kostet!«

Wir haben die Küche verlassen. Sterne waren am Himmel, meine Stimmung im Keller.

So viele Gespräche, Mutmaßungen, Überlegungen – dann, wenn es zur Sache ging, fiel das Kartenschloss zusammen. Wir haben uns blamiert, unser Verdächtiger ist unschuldig.

Bortolo schien dagegen, so wie er neben mir ging, alles andere als niedergeschlagen zu sein. Er hat mich am Arm gepackt, dann in Richtung der Berge gezeigt, auf einen fernen Punkt in der Finsternis. »Siehst du das Licht? Ein großes Lagerfeuer. Wir haben Johannisnacht, eine magische Nacht! Schon in der Antike hat man die Sonnenwende gefeiert. In dieser Nacht blüht das Johanniskraut, eine wundersame Heilpflanze. Im Gebirge zündet man Johannisfeuer an zur Begrüßung der Sonne, die heute ihren Höchststand über dem Horizont erreicht.«

»Sag mal, hast du nie genug? Hast du trotz allem immer noch Lust, Märchen zu erzählen? Obwohl wir soeben ganz dumm dagestanden haben? Wir haben einen Paralytiker des Mordes an einem Arthritiker beschuldigt!«

»Kopf hoch, Aldo, wir liegen mit unseren Annahmen richtig, wir haben nur den Falschen erwischt. Wir müssen weitersuchen. Ein alter Spruch sagt, der Baum fällt nicht beim ersten Hieb.«

Dienstag, 26. Juni 1984

War ich am Sonntag schon ziemlich bedrückt, so kam am Montag die Verzweiflung. Ich habe die furchtbare Bestätigung: Es gibt einen Mörder. Ich muss ruhig bleiben, die Nerven behalten. Ich sollte versuchen, einen objektiven, möglichst vollständigen Bericht über die gestrigen Ereignisse zu Papier zu bringen; und er wird hoffentlich ins Gewicht fallen, falls die Justiz jemals das Wort Ende unter diese scheußliche Geschichte schreiben sollte.

Am Montagvormittag bin ich übel gelaunt aufgewacht. Am Vorabend war unsere dilettantische Ermittlung jäh gescheitert, am nächsten Morgen schlug das Wetter um: Es gab strömenden

Regen bis in den Nachmittag hinein. Äcker und Gemüsegärten sind nunmehr vollgesaugt mit Wasser, der Wald strotzt von glänzend durchweichten Blättern, überall liegt Schlamm.

Ich saß im Hauseingang und sah gerade den Wasserbächlein zu, wie sie den Schotterweg hinunterliefen. Da habe ich in Höhe des Salìzo das Motorgeräusch von Bortolos altem Fiat 127 erkannt. Mein Ermittlerkollege saß im Auto beim Heiligenhäuschen und machte Zeichen, ich solle näher kommen. Mit Würde bin ich auf den Wagen zugeschritten, ohne Regenschirm, im schüttenden Regen.

»Aldo, ich muss nach Schio hinunterfahren, bin auch ziemlich spät dran, kann's dir jetzt nicht erklären. Bist du heute Nachmittag da?«

»Sofern der Regen nicht die gesamte Contrada wegspült, werde ich zu Hause anzutreffen sein, ja. Ansonsten kannst du mich wahrscheinlich unten im Tal finden, unter dem Schutt begraben.«

»Wie ich sehe, bist du gut gelaunt. Ein Wolkenbruch überm Schädel scheint dich wohl in Schwung zu bringen!«

»Ja genau, es handelt sich um eine neuartige Therapie. Aber nun zu dir, ist dir etwas Neues eingefallen?«

»Ich erzähl's dir nachher. Vielleicht fällt der Baum beim zweiten Hieb.« Sodann hat er den ersten Gang geschaltet, und der Wagen ist mit einem Ruck losgefahren – ganz und gar im schonenden Fahrstil der älteren Menschen.

Den Rest des Tages habe ich im Sessel verbracht, auf Bortolos Rückkehr wartend, den Blick starr auf den Wald gerichtet. Einen solchen Zustand der Apathie hatte ich seit mindestens einem Jahr nicht mehr erlebt.

Das Tageslicht entschwand allmählich, und ich war in einen Halbschlaf gefallen – da wurde ich durch drei heftige Klopfschläge aufgeschreckt. Mein Herz raste, als ich zur Tür eilte.

»Ich bin's. Bortolo. Verzeih den Lärm, aber ich ruf dich seit mindestens zehn Minuten. Hast du etwa geschlafen?«

»Vielleicht. Und wenn, habe ich es nicht gemerkt.«

»Hör zu, Aldo, es gibt Neuigkeiten, aber solang noch Licht ist, muss ich schnell die Kaninchen füttern. Ich habe seit Samstag kein Heu mehr nachgelegt. Sobald ich fertig bin, komme ich wieder. Bitte bereite derweil was vor, ich hab den ganzen Tag nichts gegessen.«

So viel war gestern bis zwanzig Uhr geschehen. Bortolo war bei Sonnenaufgang weggefahren und am Abend wieder vorbeigekommen. Ich hatte den ganzen Tag im Haus verbracht, hatte niemanden gesehen und war von niemandem gesehen worden.

Etwa eine Stunde war inzwischen vergangen. Es dämmerte schon, doch Bortolo hatte sich nicht zurückgemeldet. Meine Ungeduld – oder besser: meine Sorge – wuchs mit jeder Sekunde. Wo bleibt er denn, fragte ich mich. Wie lange braucht er noch, um ein paar Kaninchen mit Heu zu füttern?

Die Wolken hingen niedrig, dunkelgrau wie im November. Es fielen die ersten Tropfen eines abermaligen Schauers, als ich eine Windjacke anzog und ins Freie trat. Ich wollte nach Bortolo sehen.

Der Regen war bei Weitem nicht so heftig wie tagsüber, der Boden jedoch ziemlich rutschig. Ich habe mich langsam vorgetastet, recht unsicher auf den Beinen, einen Schritt nach dem anderen. Ich bin über die Fondi in Richtung Trampelpfad gegangen, die Felder lagen heute ganz verlassen. Dann bin ich am »Friedhof« vorbei in den Wald vorgedrungen und auf den Taleinschitt zugelaufen, der zum Kaninchenstall führt.

Es wurde dunkler, und ich habe geflucht, weil ich keine Taschenlampe dabeihatte. Die Stelle ist nämlich glitschig, der Weg führt da sehr steil hinunter; durch einen Erdrutsch wurde vor langer Zeit ein Teil des sogenannten »Pferdeweges« abgetragen.

Vor einigen Jahren wurde der Schlund mit einer primitiven Brücke überspannt – zwei Holzstämme nebeneinander, mit einem als Geländer dienenden Seil, festgemacht an zwei Bäumen.

Und genau in dem Augenblick, als ich mich der Brücke näherte, habe ich in der Waldfinsternis Bortolos erregte Stimme vernommen. Er brüllte: »Aber was machst du da, spinnst du? Nein, verflucht, nein …«

Sehr beunruhigt habe ich in die Dunkelheit hineingestarrt. Zwischen den Baumschatten konnte ich nur mit Mühe Bortolos Umrisse ausmachen. Er stand mitten auf der Holzbrücke. Aber hinter ihm, am anderen Brückenende, sah ich eine weitere Gestalt, massiv und schwarz. Und sie sprang! Ja, ein Wesen, das immerzu aus der schattigen Walddichte hervortrat und gleich wieder verschwand – dieses Wesen sprang wie besessen auf den morschen, wasserdurchtränkten Baumstämmen auf und ab.

»Kanaille!«, rief Bortolo verängstigt aus.

In dem Moment habe ich die grotesk tanzende Gestalt grölen hören; es war eine Litanei, ein Kinderreim, ein merkwürdig rau klingender Singsang, dessen Wortlaut ich aufgrund des klatschenden Regens nicht verstehen konnte. Wie gelähmt stand ich da, wusste nicht, was vor meinen Augen vorging.

Bortolo stieß einen verzweifelten Schrei aus, während er sich an das Seil klammerte. Ich konnte noch hören, wie das Holz beim Bersten ächzte, dann glitten die Baumstämme in den Abgrund hinunter und rissen Bortolo über Schutt und Geröll fort. Vom Wind getragen hallte sein Klagen nach. Und weitere Laute hörte ich. Jenes finstere Wesen – weder Mann noch Frau –, dieser Teufel sang mit heiser, ja höhnischer Stimme seine rätselhaften Worte immerfort: »In orke ist gasprungat u'z prukala tantzine …«

Erst da gelang es mir, aus voller Kehle loszuschreien, so laut ich konnte.

Die Gestalt war, flink wie eine Katze, rechtzeitig vor dem Brückensturz zurückgesprungen; sie hielt noch kurz inne, dann war sie weg, verschlungen von der Dunkelheit.

Ich war entsetzt, der Schreck saß tief. Ich rannte in den Schlund hinunter, über Steine stolpernd, Holzstämmen ausweichend, halb im Sumpf versinkend. Ich hatte nur eines im Sinn, Bortolo helfen, Bortolo helfen, Bortolo retten.

Sein letzter Schrei hallte in mir nach, ein tödlicher Schrei.

Ich lief immer weiter über Geröll und Schutt hinunter, bis ich Bortolo entdeckte – kopfunter, die Füße auf einem mächtigen, moosbedeckten Felsstück liegend. Ja, der Kopf: Die linke Schädelhälfte fehlte, sie war durch den Aufprall abgetrennt worden.

Bortolo sah mich nur noch mit einem Auge an. Tot.

In orke ist gasprungat u'z prukala tantzine …

Der aberwitzige Refrain ließ mich nicht los. Vollkommen durchnässt und schlammbedeckt, starrte ich Bortolos Leiche an.

In orke ist gasprungat u'z prukala tantzine …

Ich schaute verzweifelt um mich, konnte jedoch kaum richtig sehen.

Wo war das Ungeheuer? Was sollte ich jetzt tun?

In orke ist gasprungat u'z prukala tantzine …

Von sinnloser und umso unkontrollierbarerer Raserei gepackt, stieg ich weiter abwärts, sprang hastig den steilen Abhang entlang, an Felsen und Gestrüpp vorbei.

In orke ist gasprungat u'z prukala tantzine …

Die mysteriöse Litanei ertönte, so schien mir, aus jedem Waldwinkel. Hinter mir knarzte, raschelte, knackte es; ich rannte immer weiter nach unten, im Regen, eine verschmutzte Maskenfigur, so war ich zugerichtet.

Zu Don Barba. Ich muss zu Don Barba. Ich muss zu Don Barba gehen! Ich war nicht in der Lage, einen anderen Gedanken zu fassen.

Es war Nacht geworden, und ich lief immer weiter das Tal hinunter, in Atemnot. Dann ging es endlich auf der anderen Seite hoch, zum steilen Hügel, zur Kirche von San Carlo. Das Laufen, die Angst, die Anstrengung, der Sauerstoffmangel machten mich schwindlig. Ich taumelte wie betrunken, während die aufdringliche Stimme immerfort in mir ertönte.

In orke ist gasprungat u'z prukala tantzine …

In San Carlo angelangt, konnte ich mich kaum auf den Beinen halten, keuchte vor Don Barbas Tür.

»Don Barba, Don Barba …«, flüsterte ich nach Luft schnappend und klopfte endlich.

Don Barbarena sah eine unförmige, schlammbedeckte Masse, die auf der Stufe lag. »Wer bist du?«

»Ich bin's, Aldo«, keuchte ich außer Atem. »Der Arzt.«

»Aldo! Was ist mit dir passiert?«

»Eine Tragödie, Don Barba, eine Tragödie … Ich werde gleich alles erzählen, aber sagen Sie mir zuerst, was ›In orke ist gasprungat u'z prukala tantzine‹ bedeutet, das ist unheimlich wichtig.«

»Was es genau heißt, kann ich nicht sagen, aber es ist auf alle Fälle Zimbrisch.«

VI Aus dem Tagebuch des Doktors: Die Zimbern kommen

Mittwoch, 27. Juni 1984

Ich bin heute Morgen bei Sonnenaufgang in die Contrà Brunelli zurückgekehrt, durch den Wald, um möglichst nicht aufzufallen. All meine Vorsichtsmaßnahmen haben sich jedoch leider als völlig nutzlos erwiesen: Kaum war ich zu Hause angelangt, hat es schon geklopft. Ich bin zur Tür. Vor mir stand Romilda. »Aldo, wo warst du? Ich such dich schon seit gestern! Hab mir Sorgen gemacht.«

»Ach nein, ich war weg … bin nach Padua.«

»Zu Fuß? Das Auto hat doch dagestanden, deswegen war ich so beunruhigt.«

»Ich bin mit einer Freundin weggefahren.«

Da errötete Romilda und senkte ganz verlegen den Blick. Es folgten keine weiteren Fragen. Doch sie war nicht gekommen, um in meinem Privatleben herumzuschnüffeln, sie hatte etwas mitzuteilen. »Aldo, es ist was Furchtbares passiert!«

»Was denn?« Als ob ich nichts wüsste.

»Aldo, ein Unglück, wieder ein Unglück. Dieses Jahr ist wie verhext!«

»Was ist los, was hast du denn?«, heuchelte ich weiter, ganz nach dem Drehbuch, das ich mir in der Nacht zuvor ausgedacht hatte. Don Barba und ich hatten nämlich vereinbart, wir würden alles, was wir wussten, für uns behalten. Auch wollten wir uns nicht mehr zusammen blicken lassen, und niemanden in unsere Ermittlungen verwickeln – weder direkt noch indirekt.

Der irrsinnige Mörder, den ich am Montagabend nur flüchtig gesehen hatte, hat wiederum mich gesehen, und nun ist wirklich äußerste Vorsicht geboten. Ich muss mich insbesondere von all den Menschen fernhalten, die mir etwas bedeuten, um sie auf keinen Fall unbeabsichtigt in diese Geschichte hineinzuziehen. Ich muss auf der Hut sein.

»Aldo … Ich weiß net, wie ich's dir sagen soll, aber als Arzt bist's eh' gewohnt, so was zu hören … Es geht um den Bortolo, der Bortolo ist von der Brücke runtergefallen, unten am Trampelpfad. Die war morsch, die Brücke.«

»Von der Brücke gestürzt? Ist er verletzt? Wo ist er jetzt?«

»Im Krankenhaus, aber er war auf der Stelle tot. Hat net groß gelitten.«

Geschafft, es war mir gelungen, den Verblüfften zu spielen. Schmerz vorzutäuschen brauchte ich nicht – er war echt, tief und aufrichtig. Viel zu lange hatte ich ihn zurückgehalten, und jetzt konnte ich endlich in Romildas Armen weinen, vor meiner Haustür.

Vor lauter Verwirrung und Wut waren gestern Abend die Tränen über den grausamen Mord an Bortolo ausgeblieben; Don Barba und ich haben eine schlaflose Nacht verbracht, haben nachgedacht, gemutmaßt, erwägt. Ausgangspunkt waren stets jene merkwürdigen Worte, jener verfluchte Satz: In orke ist gasprungat u'z prukala tantzine.

»Zimbrisch. Es ist ohne Zweifel Zimbrisch«, sagte Don Barba immer wieder vor sich hin und wühlte währenddessen im Regal, wo die Bücher total chaotisch aufeinandergestapelt lagen.

Nach meinem nüchternen, recht knappen Bericht über die Vorfälle im Wald wirkte Don Barba zutiefst betroffen. »Es ist alles meine Schuld. Ich hätte gar nicht darauf eingehen sollen, ich hätte euch schleunigst zu den Carabinieri schicken sollen.«

Ich hatte ihm von der Diskussion bei Romilda erzählt, und davon, wie unsere Verdächtigung des Renato Filippi lächerlich im Sande verlaufen war. Zuletzt hatte ich Bortolos Worte am Montagmorgen erwähnt, die er mir zugeflüstert hatte, bevor er losgefahren war, mit unbekanntem Ziel: »Es ist möglich, dass der Baum beim zweiten Hieb fällt.«

»Da, ich hab's! Ich wusste doch, dass es irgendwo stecken muss!« Don Barba hielt ein vergilbtes Büchlein in der Hand mit dem Titel *Tausch: Gebete, Sprichwörter, Kinderreime, Litaneien und Glockengeläut.*

Die Texte waren teilweise in zwei Fassungen abgedruckt, Italienisch und Zimbrisch, dem ursprünglichen Dialekt von Asiagos Hochebene. Und da stand es:

Ogerlied

An bote in orke gabest'un Rabakar
un hat gabout Ken Kar Loke.
Er ist Ken abar pa trouuge funtze kann pache. In parch ist gabest groaz.
In orke ist gasprungat u'z prukala tantzine:
»Prukala prech, huntla pilij, katzla mauk, kljouklja laut, pachlja kin groaz …«
Prak … iz prukala ist gaprecht,
un in orke ist gapljundart in Pach.

Es war einmal ein Oger auf dem Rabakar
Und hat zur Loke kommen wollen.
Er ist zum Bach den Weg hinunter. Angeschwollen war der Bach.
Und der Oger ist gesprungen und hat getanzt auf der Brücke:
»Brücke brich, Hundle bell, Kätzle miau, Glocke läut, Bächle schwill…«
Prak… Die Brücke ist gebrochen
Und der Oger ist gefallen in den Bach.

»Unfassbar, einfach unglaublich!«, brüllte ich los.

»Heilige Mutter Gottes!«, rief Don Barba aus.

»Der Irre hat Bortolo ermordet und dabei das Ogerlied gesungen!«

»Du lieber Gott … Das ist ein Geisteskranker, gefährlich, lebensgefährlich für uns alle!«

»Aber warum auf Zimbrisch? Was soll das überhaupt?«

Don Barba war noch ganz aufgewühlt, und dies nicht nur durch die jüngsten Ereignisse und die zutage tretenden Erkenntnisse – es gab noch etwas, das ihm durch den Kopf ging, ihn verunsicherte. Er sprach jedes einzelne Wort langsam und deutlich aus, während ein Gedanke allmählich Form annahm, und das Knäuel aus Empfindungen und Vermutungen sich langsam entwirrte. »Ich könnte dir schlichtweg erzählen, wer die Zimbern sind, ihre Geschichte. Doch im Augenblick halte ich es für wahrscheinlich, dass ein direkter Zusammenhang besteht. Er durchzieht wie ein dicker roter Faden all die Gespräche der vergangenen Wochen hier in San Carlo, wie im übrigen diejenigen, die unten in Contrà Brunelli stattgefunden haben. Es kann unmöglich ein Zufall sein. Irgendein Vorkommnis oder irgendjemand muss wohl Vergangenes, Vergessenes wachgerufen haben. Begraben aber noch lange nicht tot – und dieses Etwas offenbart sich erneut, sendet auf einmal Signale aus. Angesichts der gewaltigen Reaktion muss es sich um eine ungeheuerliche Angelegenheit handeln, zwei ganz harmlose, unschuldige Menschen sind deshalb umgekommen. Aldo, ich will damit sagen, dass Worte wie »Ungar«, »Graf«, »Bischof« oder »Zimbern« auf direkt oder indirekt miteinander verknüpfte Geschichten hindeuten müssen, auf Menschen, Landstriche, und sie müssen wohl wenigstens zum Teil in einer Beziehung von Ursache und Wirkung zueinander stehen.«

»Wollen Sie mir gerade mitteilen, dass eine Litanei, eben weil auf Zimbrisch, keinen Zufall darstellt? Dass sie heraufbeschworen wurde?«

»Nein, nein. Aber das Ganze kommt mir sehr bedenklich vor. Denk an Pieros Manuskript, seine Schilderung der Überfälle durch die Ungarn und der daraus folgenden Verunsicherung. Sie führte dazu, dass der Kaiser Hilfe bei der einzigen seinerzeit handlungsfähigen Einrichtung suchte, der Kirche. König Berengar zuerst und später der Kaiser traten Besitztümer, Schlösser, ganze Regionen an die Bischöfe ab. Erinnerst du dich? Wir haben vor einer Woche mit Bortolo darüber gesprochen. Und infolge der Schenkungen kamen die Zimbern. Die Bischöfe von Verona, Vicenza und Padua förderten die Einwanderung germanischer Kolonen, überwiegend aus Bayern; sie sollten das verwilderte, soeben dazugewonnene Land bestellen.«

»Hätten nicht auch einheimische Bauern genügt?«

»Seinerzeit waren unsere Bischöfe selbst weitgehend germanischer Abstammung, außerdem verfügte Bayern über mehr Arbeitskräfte. Ab dem Jahr 1000 kamen also Gruppen bayerisch-tirolischer Holzfäller und Bergarbeiter ins Land. Sie ließen sich zunächst in der Hochebene von Asiago nieder, später bevölkerten sie nach und nach das gesamte Voralpengebiet.«

»Warum wurden die Einwanderer Zimbern genannt? Haben sie etwas mit dem Kimbervolk aus der Zeit des Römischen Kaiserreichs zu tun?«

»Nein, Kimbern und Teutonen aus der römischen Zeit haben hier nichts zu suchen, es handelt sich um eine rein zufällige Assonanz. Die Neuankömmlinge wurden »Tzimberer« genannt, Altdeutsch für »Zimmermann«. Daraus wurde mit der Zeit »Zimber«, und am Ende »Cimbro«; und Zimbrisch ist ihre Sprache.«

»Was für eine Sprache?«

»Es handelt sich um einen Dialekt aus dem bayerischen Sprachgebiet, der dank der Abgeschiedenheit unserer Bergdörfer bis heute erhalten geblieben ist. So hat die Geschichte der hiesigen Täler und Weiler eigentlich begonnen, mit den Zimbern, die über die Jahrhunderte im Gebirge gewirkt haben.«

»Auch das Leogratal also. Dabei dachte ich immer, es handle sich allein um die Bevölkerung Asiagos und Luserns. Bis heute hatte hier niemand seine zimbrischen Ahnen vor mir erwähnt.«

»Doch, doch, sie lebten auch hier. Das Gebirge nördlich von Verona und Vicenza war überhaupt zimbrisches Land. Eine kleine, eigenständige Nation.«

»Und dann sind sie verschwunden?«

»Nein, nein, verschwunden sind sie nicht. Die heutigen Bewohner sind nach wie vor zimbrischer Abstammung. In den entlegensten Winkeln ist man sich dessen sehr wohl bewusst. Du brauchst nur nach Lusern, Giazza oder Roana zu fahren; die Erinnerung an die ehemals unabhängige Gemeinschaft ist noch immer lebendig. In diesem Tal hingegen sind Sprache, Kultur und selbst die Erinnerung an die zimbrische Identität erloschen.«

»Und der Irre? Dem ist die Sprache keinesfalls verloren gegangen!«

»Verloren hat er den Verstand, lieber Aldo, und zwar endgültig. Was ja um einiges gravierender ist.«

So ist die Nacht vergangen bei einer Art schmerzvoller Totenwache. Bortolos Hinscheiden mit dem grauenhaften zimbrischen Lied im Hintergrund hatte uns in einen Zustand hellwacher Erschöpfung versetzt, die kein Ausruhen zuließ. Wir haben lange geredet, ohne den Sinn des Geschehens richtig begreifen zu können. Eine Verbindung zwischen den tragischen Morden an unseren Freunden und der Lokalgeschichte ist dennoch zu erahnen. Uns ist klar geworden, dass wir nachforschen müssen, um der Sache auf den Grund zu gehen. Es ist die einzige Möglichkeit, der Todesspirale in der Contrada entgegenzuwirken.

Erst bei Sonnenaufgang sind wir in den zwei Sesseln am Kamin eingenickt. Doch schon nach wenigen Minuten fuhr ich vor Schreck zusammen, die Kehle zugeschnürt vor Angst und Schmerz. Nachdem ich ein weiteres Mal absolute Verschwiegenheit beteuert hatte, habe ich San Carlo verlassen.

Don Barba und ich haben uns für die kommenden Tage verabredet. Wir sind uns einig, es gilt, möglichst unauffällig zu handeln. Auf der Hut zu sein. Mit niemandem über das Vorgefallene zu reden. Wir werden uns auch nicht mehr zusammen sehen lassen. Niemals den Wald oder sonstige einsame Orte ohne Begleitung betreten. Deshalb habe ich Romilda gegenüber Unwissenheit vorgetäuscht: Ich habe den Mörder gesehen, ich weiß, dass es ihn gibt. Das bringt mich in große Gefahr. Sage ich's ihr, ist sie ebenso gefährdet.

Flüsternd hat mir Romilda erzählt, Bortolos Leiche sei tief in der Nacht von Mario aufgefunden worden, den Bortoletta zum Kaninchenstall geschickt hatte, nachdem sie stundenlang vergebens auf die Rückkehr ihres Ehemannes gewartet hatte. Sie befürchtete, Bortolo könne einen Schwächeanfall erlitten haben. Sie ist mittlerweile von Verwandten in Torrebelvicino aufgenommen worden.

Die Beerdigung findet am Freitag statt.

Freitag, 29. Juni 1984

Die gesamte Contrada hat Bortolos Begräbnis beigewohnt, mit Ausnahme der Rosetta. Sie musste zu Hause bleiben. »Zur Bewachung«, hat Romilda gesagt.

Ich finde es gemein, dass sie wie ein Hund behandelt wird.

Auf dem Friedhof haben sich die Leute richtig zusammengedrängt, denn als ehemaliger Angestellter der Gemeinde sowie Mitglied hiesiger Ortsvereine war Bortolo bekannt und sehr geschätzt. Selbst Mario hat sich in das Dorf hinuntergewagt, um von seinem Landsmann Abschied zu nehmen: Ganz alleine ist er durch den Wald ins Tal hinabgestiegen, Bortolo zu Ehren hat er sich sogar gekämmt und rasiert.

Nur die arme Bortoletta fehlte, sie ist krank, gezeichnet von der Trauer.

Don Barba hat seine Bergklause kurzzeitig verlassen, um die Totenmesse zu lesen. Es war ein rührender, inniger Gottesdienst.

Ich habe mich dauernd umgesehen, etwas ratlos, denn außer den wenigen Contradabewohnern kannte ich niemanden. Und selbst meine Bekannten kamen mir heute fremd vor – so feierlich gekleidet, kaum zu erkennen. Immer wieder streifte mein Blick über die unbekannten Gesichter. Und wenn der Mörder unter ihnen ist?, habe ich mich immer wieder gefragt.

Samstag, 30. Juni 1984

Gegen sechzehn Uhr habe ich das Auto bei der Contrà Scapini abgestellt – hinter einer Holunderhecke, sodass es von der Straße nicht zu sehen war. Ich habe dann die Abkürzung über den Wald genommen und bin still und heimlich den Hügelhang hinaufgeklettert, um San Carlo ungesehen zu erreichen.

Don Barba saß draußen auf der Holzbank und sah mich nicht kommen. »Ach du Heiligster!«, rief er aus, als ich plötzlich vor ihm stand. »Du hast mir vielleicht einen Schrecken eingejagt!«

»Ich wollte nicht auffallen …«

»Schon gut, aber das nächste Mal sollst du gefälligst pfeifen oder einen Ast bewegen oder irgendetwas tun, um dich anzukündigen, sonst erreicht der Mörder in meinem Fall sein Ziel, ohne einen Finger zu rühren.«

»Ja, Don Barba, wird gemacht. Ich bin hierher, weil ich wissen wollte, ob Sie in Ihren Unterlagen weitere Anhaltspunkte zu den Zimbern im Leogratal gefunden haben.«

»Ich habe zwar überall gesucht, aber nicht viel gefunden, dazu habe ich wenig Literatur. In all den Jahren habe ich mich vorwiegend für die örtliche Kirchengeschichte interessiert, in den zimbrischen Sitten bin ich nicht so bewandert.«

»Aber einen Überblick werden Sie sich schon verschafft haben, nicht wahr, über diese mittelalterlichen Teutonen, die unser Tal kolonisiert haben?«

»Vorneweg musst du eines vor Augen behalten: Die um das Jahr 1000 allgemein als ›Teutsche‹ bezeichneten germanischen Völker entsprechen nicht den Leuten der Gegenwart. Deutschland und Italien als Nation gab es noch nicht, da war eher ein kunterbuntes Durcheinander an Ethnien, Völkern, Menschenmassen: Goten, Latiner, Byzantiner, Langobarden, Franken, Avaren, alle bunt zusammengewürfelt. Sie sprachen allerlei Kauderwelsch.«

»Deshalb hatten die Bischöfe keine Bedenken, Einwanderer aus Bayern zu holen. Auf einen Stamm mehr oder weniger kam es nicht mehr an, das Chaos war schon komplett!«

»Ja, genau, und in diesem Milieu ließen sich die Bayern, später Zimbern genannt, nieder. Sehr bald spezialisierten sie sich auf die Herstellung von Holzkohle, sie nutzten dazu die ausgedehnten Buchenwälder der Gegend. Sie betätigten sich ferner als Holzfäller und Schäfer oder arbeiteten im Steinbruch und in den Minen. Aber vor allen Dingen machten sie jeden Quadratzentimeter Boden landwirtschaftlich nutzbar, terrassierten jeden Hügel und Hang mit Masière aus Naturstein. Die Geschichte der Zimbern ist unsere eigene, es geht um unser Land, unsere Vorfahren, um die Urgroßväter, von denen in der Regel niemand erzählt.«

»Dieses Schweigen, diese Vergessenheit finde ich aber rätselhaft.«

»Tja, was soll ich dazu sagen, du solltest mal bedenken, die letzten einhundert Jahre haben dieses Tal nur mit Elend, Emigration und zwei Weltkriegen beschenkt. Es blieb wohl kaum Zeit, über die Ahnen nachzudenken. Hunger war die Hauptsorge, und eben um dem Hunger zu entkommen, wanderten viele Menschen nach Nordeuropa aus, wo sie in den Bergwerken arbeiteten. Auf dem Gebiet Metallgewinnung und -verarbeitung haben die Zimbern nämlich immer großes Geschick bewiesen.«

»Darüber hat mir der arme Bortolo viel erzählt, die Bergwerke waren sein Steckenpferd auf den sonntäglichen Treffen bei Romilda Brunelli.«

»Ja, ich weiß; ich habe ihn nämlich mit meiner Leidenschaft für die Mineralgeschichte angesteckt. Du wirst dich fragen, warum. Eines Tages fand ich einen uralten Vertrag aus dem Jahr 1509; es ging ums Silberschmieden, um einen Ofen, der hier in der Nähe aufgestellt werden sollte, auf dem Plateau von Tonezza, Ortsteil Barbarena. Laut Dokument befand sich dort ein Silber- und Kupferbergwerk. Barbarena, mein Familienname! Meine Vorfahren mussten also aus der Gegend stammen, und sie waren aller Wahrscheinlichkeit nach zimbrische Bergarbeiter. Dass meine Wenigkeit ein zimbrischer Priester sein soll, erfüllt mich mit Stolz.«

»Moment mal, gab es zimbrische Pfarrer? Wollen Sie damit sagen, der hiesigen Kirchenorganisation lagen ethnisch bedingte Umstände zugrunde?«

»Und wie! Die Teutonen, die von den Bischöfen hierhergeholt wurden, waren besonders fromm. Ich könnte nicht sagen, ob sie es von Haus aus waren oder ob unter ihnen eine gezielte Auswahl getroffen wurde. Schließlich ist die Kirche seit eh und je sehr geschickt im Diskriminieren. Da braucht man nur an die Nachkriegszeit zu denken. In den Fünfzigerjahren blieben die Fabriktore im industriereichen Norden Vicenzas den aus ›Kommunistenfamilien‹ stammenden jungen Leuten verschlossen, und dies infolge einer Absprache zwischen den Unternehmern und den dort ansässigen Priestern. Nur bekanntlich untertänigste, ja richtig spießig-bigotte Arbeitskräfte wurden angestellt. Die Kirchenmänner betrieben sozusagen Politspionage, sie entschieden aufgrund von Glaubensvorurteilen, wer arbeiten durfte und wer stattdessen zu emigrieren hatte.«

»Sie sind mir ein richtiger Revoluzzer, Don Barba! Ich glaube jedenfalls, Ihr lieber Gott errötet heute noch vor Scham bei dem Gedanken, was seine Vertreter auf Erden getrieben haben.«

»Nicht der Herrgott soll erröten; ich könnte eine lange Liste derjenigen liefern, die sich richtig schämen sollten – aber das ist eine andere Geschichte. Zurück zu den frommen Zimbern: Sie waren stolz auf ihre Sprache und Bräuche. Jahrelang, nein, jahrhundertelang kämpften sie um ihr Überleben und um ihre Eigentümlichkeit. Aus den dünn gesäten Dokumenten, die von unserer Region handeln, gehen lauter Priesternamen alemannischer Herkunft hervor.«

Don Barba las in ein paar Blättern nach, bevor er fortfuhr: »Die Pfarrer von Valli, Posina und den anderen Ortschaften wurden lange Zeit unter den Geistlichen deutscher Abstammung gewählt, und ihre Herkunft machte sie sehr selbstbewusst und stolz. Die Bergbevölkerung hatte sich lange gegen die Priester aus dem Flachland gewehrt, die unwillkommen, weil sie ihrer Sprache nicht mächtig waren. Solche Auseinandersetzungen kamen nicht nur dem Bischof zu Ohren, sie drangen zuweilen bis zum Vatikan vor.«

»Laut Ihrer Aussage«, fasste ich zusammen, »war hier mindestens bis ins sechzehnte Jahrhundert hinein eine deutschsprachige Bevölkerung mit eigenen Priestern ansässig. Aber was zum Teufel hat das alles mit den Ereignissen der letzten Monate zu tun? Da fehlt mehr als ein Glied in der Kette.«

»Du hast recht, und ich bin bisher nicht dahintergekommen, aber nichtsdestotrotz möchte ich mein Wissen mit dir teilen, denn in mir wächst die Überzeugung, hinter dem Mordmotiv steckt die tausendjährige Geschichte.«

Aus dem Fenster sah man die Sonne untergehen. Beim Gedanken an den Rückweg durch den finsteren Wald verspürte ich ein gewisses Unwohlsein. Seit ich die Umrisse des Mörders erblickt habe, ist mir das Risiko, das ich hier eingehe, durchaus bewusst. Für mich hat eine Art Countdown begonnen, ich muss den Täter finden, bevor ich seiner buchstäblich mörderischen Wut zum Opfer falle.

Ich denke an meinen ersten Tag in der Contrà Brunelli zurück, als ich mit dem Kaninchen dort ankam. Wie hätte ich damals die brenzlige Entwicklung der Lage auch nur erahnen können?

»Lieber Aldo, ich habe dir alles erzählt, was mir bisher bekannt ist. Ich weiß, dass wir auf dem richtigen Weg sind. Uns fehlen nur noch wenige Teile, um das Puzzle zu vervollständigen. Diese musst *du* suchen, in Büchern, Dokumenten, Zeugnissen. Du bist noch jung und beweglich. Solltest du Neues herausfinden, komm bitte sofort hierher, sodass wir gemeinsam darüber nachdenken können. Und pass auf dich auf, sei äußerst vorsichtig und diskret, rede mit niemandem über deine Nachforschungen oder über unsere Treffen, die Bestie hat dich ja gesehen!«

Zum Abschied hat mir Don Barba sanft den Kopf gestreichelt, eine väterliche Geste, die einiges bedeutete: Er war besorgt um mich und noch immer sehr gerührt wegen des anderen Schäfleins, das nicht länger unter uns weilte.

Als ich hinausging, blieb vom Tag nur noch eine diffuse Helligkeit hinter dem Berg Pasubio. Ich bin in den Wald hinein, und schon nach wenigen Schritten hatte ich, was ich suchte: einen schönen, knorrigen Stock aus Ahornholz. So bewaffnet gelangte ich ohne Zwischenfälle zu meinem Auto.

Sonntag, 1. Juli 1984

Ich muss zugeben, ich war heute Morgen beim Aufwachen ziemlich verstört. Es ist Sonntag, eine Woche ist erst vergangen, seit Bortolo und ich den Herrn Filippi vor Romilda erwähnt haben. Nur eine Woche! Aber inzwischen ist alles anders, Bortolo ist tot und begraben, und ich habe gesehen, wie der Mörder ihn wörtlich in den Abgrund getrieben hat.

Nein, heute war kein Sonntag wie jeder andere. Würden wir uns am Nachmittag treffen? Wozu überhaupt? Der Tod von Piero und Bortolo hat eine große Leere hinterlassen. Die Contrada Brunelli scheint am Ende zu sein, es ist ein betrübter, ja tragischer Untergang.

Ich kann nicht leugnen, auch schon an Flucht gedacht zu haben. Immer wieder habe ich mir in letzter Zeit gewünscht, ganz weit weg zu sein; doch immer wieder habe ich mich auch aus dem Schlafzimmerfenster gelehnt und die Landschaft erblickt – Bergspitzen, Felswände, Wälder und Wiesen, ein grünes Meer, umsäumt von Bergen, das mich immer aufs Neue fasziniert, ein Zauber, der mich fesselt. Ich zähle die Namen der Gipfel und der Siedlungen auf, denke an die Bäche, an die zahlreichen Trampelpfade im dichten und dennoch leuchtenden Voralpenwald, auf denen ich mit meinen Freunden gewandert bin. Ich habe ihre Gesichter noch vor Augen, höre ihre Stimme. Da fühle ich, mein Zuhause ist hier. Ich lasse mich von einem geisteskranken Mörder nicht in die Flucht treiben: Hic manebimus optime. Und wenn meine Freunde gerächt sind, wird's mir besser gehen. Vergeltung, das will ich jetzt. Von wegen Flucht!

Mir ist nicht klar, ob die übrigen Contradabewohner meine Einstellung teilen. Tatsache ist, wir sind am frühen Nachmittag nacheinander am Salizo erschienen, direkt vor Romildas Küchenfenstern. Und alle waren da, wirklich alle! Die gesamte Familie Brunelli Barbastrìji, Mario Vegnàle, Ennio, Rosetta und AveMaria. Nach und nach sind auch ehemalige Einwohner eingetroffen, darunter Ennios Vater, drei Brunelli aus Roveglia-na, sogar der Herr Smiderle, der mir seinerzeit das Grundstück verkauft hat, und Marcello Filippi, der Cousin des berühmt-berüchtigten Renato.

Romildas Stirn ist zwar von weiteren tiefen Furchen durchzogen, ein Zeichen dafür, dass Bortolos Tod sie schwer mitgenommen hat – nichtsdestotrotz ist sie sehr souverän mit dem Andrang fertig geworden. Mit Hilfe von Rosetta hat sie gleich zu Beginn Kaffee serviert und später, als die Temperaturen stiegen, kalte Getränke und frisch gepressten Orangensaft; später am Abend folgte angenehm kühler Rotwein aus dem Keller, in großzügigen Zweiliterflaschen.

Der Ernst der Lage wird allgemein wahrgenommen. Die beiden unerwarteten Trauerfälle bereiten den älteren Einwohnern Schwierigkeiten. Welchen Grund, welchen Zweck hat es, weiterhin im Weiler zu bleiben? Hat es überhaupt Sinn, auf dem Feld und im Wald zu schuften und die allzeit renovierungsbedürftigen Häuser instand zu halten? Wozu? Die Wege sauber zu halten, die Steinmauern zu reparieren, das Gestrüpp zu beseitigen …?

Warum? Weil die Contrà Brunelli als Gemeinschaft noch lebt, eben darum!

Gewiss, es handelt sich um eine teilweise auseinandergefallene Gemeinschaft, und ihre Mitglieder befinden sich im fortgeschrittenen Alter; auch haben ihnen die jüngsten tragischen Begebenheiten schwer zugesetzt, sie fühlen sich niedergeschlagen. Doch unter der Asche glüht es noch, die Flamme wird wieder aufleben. Man hat es heute gemerkt, als so viele Bewohner – frühere und neue – anwesend waren. Viele verspürten das Bedürfnis, sich um die Ansässigen zusammenzuschließen, sie kamen hierher, um Solidarität zu zeigen.

Anfänglich war die Stimmung nicht die beste, der Gesprächston traurig, betreten. Wie bei einer Totenwache eben – doch mit jeder Stunde wurden wir fröhlicher, dieses Beisammensein war allen ein Trost.

Als der Alkohol gegen Abend seine aufheiternde Wirkung zeigte, kam der Vorschlag auf, am 15. Juli, dem Tag der Heiligen Maria vom Berge Karmel, ein Straßenfest in der Contrada zu veranstalten. Seit fünfzehn Jahren wird die Schutzpatronin nicht mehr gefeiert, was hier früher eigentlich Tradition war.

Ich könnte gar nicht mehr sagen, von wem die Idee stammte, doch nach den anfänglichen Einwänden der wie gewohnt unvermeidlichen Pessimisten beteiligten sich alle eifrig an der Diskussion. So wurde bei erhobenen Gläsern einstimmig beschlossen, dass am Sonntag, dem 15. Juli, in der Contrà Brunelli ein Fest steigen wird.

Soweit der Wein es noch zuließ, haben wir die praktischen Aufgaben verteilt, sodass wir ab morgen schon zur Umsetzung schreiten können. Als Vorsitzende des Veranstaltungskomitees wurde Romilda Brunelli gewählt, als operativer Standort ihre Küche. Mario Vegnàle und die beiden Brüder Barbastrìji übernehmen die Ausschmückung der Contrada sowie den Bau der erforderlichen Stände (unter meiner Aufsicht, denn man hat mich spaßeshalber zum Baustellenleiter ernannt).

Ennio Ongaro, sein Vater und Marcello Filippi sind für die Tombola zuständig, was in etwa bedeutet, sie werden sämtliche Groß- und Einzelhändler im Tal abklappern, um die Verlosungspreise zusammenzutragen. AveMaria, Ines und Sonia aus der Familie Brunelli Barbastrìji, Ennios Mutter und einige weitere, in Abwesenheit zwangsverpflichtete Damen (ausgeschlossen ist nur Rosetta, obwohl sie ihre Hilfe angeboten hatte), sind mit der Essensvorbereitung beauftragt.

Die Diskussion über das Menü hat sich in die Länge gezogen, aber zum Schluss haben wir folgende Speisekarte festgelegt: deftige Pfannkuchen mit Anchovis und Maresinakraut, Schweinekoteletts, Sopressa-Wurst aus Valli del Pasubio, frischen, halb reifen und reifen Asiago-Käse, geröstete Polenta, Macafame, den typischen Maiskuchen mit Rosinen.

Das Programm wird in der Pfarreizeitung veröffentlicht:

16 Uhr: Heiliger Gottesdienst, der Altar wird am Salìzo eingerichtet.

16.45 Uhr: Eröffnung des Büfetts.

Im Anschluss: Tombola.

Für Musik ist ebenfalls gesorgt.

Die Feierlichkeiten werden Punkt Mitternacht enden.

An und für sich gestaltet sich das Straßenfest eher dürftig, doch uns allen ist bewusst, es wird ein wahres Wunder, wenn wir das alles überhaupt schaffen.

Freitag, 6. Juli 1984

Das Wetter ist in den letzten Tagen entschieden freundlicher geworden, der schlimme Frühling ist schon fast vergessen.

Ich genieße diese warmen Sonnentage, während ich hier und da im Tal meine Hausbesuche abstatte. Durch das schöne Wetter und die saisonbedingt anfallenden landwirtschaftlichen Arbeiten ist die Zahl der krankgeschriebenen Arbeitnehmer immens gestiegen. Ich widme mich meiner Tätigkeit ohne jegliche Missgunst und könnte ohnehin die Häuser der armen »Kranken« nicht bewachen. Dennoch ist mir zwischendurch aufgefallen, dass manch ein Patient, sobald ich weiterfahren wollte, aus dem Haus geschlichen ist, um in Richtung Acker zu gehen. Als Arzt kann ich keinerlei Gewissensbisse haben, ganz im Gegenteil: Ich bin der Meinung, die Tätigkeit im Freien zur schönen Jahreszeit, besonders in den Hügeln hier oben, ist um einiges gesünder als die Fabrikarbeit in der geschlossenen Halle unten in der schwülen Ebene.

Auch in meiner Freizeit halte ich mich so oft wie möglich von der Contrada fern. Ich versuche, mich wenig zu zeigen, die Nachbarn sollen sich nicht mit mir beschäftigen. Mit Mario haben wir uns geeinigt, die Waldarbeit wird erst nach dem Straßenfest fortgesetzt, denn es ist jetzt zu heiß. Ansonsten fällt zurzeit nichts Dringendes an.

Meine Recherchen gehen dagegen weiter. Seit Montag fahre ich jeden Nachmittag zur Stadtbibliothek von Schio, um Unterlagen und Angaben zu den Zimbern zu suchen. Ich brauche unbedingt das fehlende Teil im Puzzle.

Die Stadtbibliothek befindet sich in einer schmalen Gasse der Innenstadt zwischen hohen Gebäuden, die kühle, sehr finstere Schatten werfen. Auf meinem Weg dahin habe ich den Gasthof

Due Spade, die Konditorei-Kaffeebar *Caoduro*, die Café-Bar *Commercio,* die Trattoria-Kaffeebar *All'Ancora,* die Billard-Bar *Roma* gezählt: Es liegt wohl auf der Hand, die Einheimischen haben einen ausgeprägten Hang zu öffentlichen Lokalen samt einer ausgesprochenen Vorliebe für alkoholische Getränke.

Geht es auf der Straße lebendig und laut zu, so dringt in den strengen Bibliothekssaal nichts vom regen Menschentreiben. Eine wattierte Stille herrscht dort, durchbrochen zuweilen von leisem Räuspern, vom Fallen eines Kugelschreibers oder vom Rascheln der Zeitungsseiten, die ältere Herren umsichtig umblättern.

In dem Saal verbringe ich täglich einige Stunden mit dem Lesen staubiger Bände. Nur ungern hat der Bibliothekar sie mir ausgehändigt, dabei beteuernd, ich solle äußerst vorsichtig damit umgehen und jene kostbaren Seiten weder mit Kugelschreiber noch mit Bleistift bekritzeln. »Sonst ziehe ich die Bücher ein und schmeiß Sie raus!«, hat er mir ins Ohr gezischt, bemüht, die andächtige Ruhe im Saal nicht zu stören.

Ich habe zwar mit dem Kopf genickt und mich demütig und zerknirscht gezeigt, in Wirklichkeit aber gedacht, er kann mich gerne mal …

Seit vier Tagen notiere ich in einem karierten Heft alles Interessante und Kuriose, was ich in den dicken Wälzern finde. Nach einigen Stunden Recherchieren verlasse ich das Gebäude; in der Regel macht mein Tischnachbar schon entsprechende Zeichen, wenn es Zeit wird, »Leine zu ziehen«, wie er zu sagen pflegt.

Ja, schon am ersten Tag meines Bibliothekaufenthalts habe ich nämlich mit einem untersetzten, zerzausten Kerl Bekanntschaft gemacht. Er ist unrasiert, sein Anzug unglaublich zerknittert – der Stoff derart zugerichtet, dass man meinen könnte, er schläft auch darin. Nach meinem verhaltenen Gespräch mit dem Bibliothekar am Montag ist dieser Typ auf Zehenspitzen näher gekommen und hat mir zugeflüstert: »Der da, das ist ein armer Hund. Angenehm, Dante Silvestri ist mein Name.« Dann hat er leise hinzugefügt: »Eine Hitze haben wir heute! Komm, lass uns was trinken gehen.«

Ich habe nicht ohne Begeisterung eingewilligt und gleich festgestellt, der neue Bekannte war von meiner Aufgeschlossenheit sehr angetan. Kaum hatten wir das Gebäude verlassen, ist Dante gleich in die Kneipe nebenan geeilt, den Gasthof *Due Spade,* und hat beim Eintreten »Zwei kleine Prosecco, please!« gebrüllt.

Das Lokal besteht aus einem quadratischen Raum, eingerichtet mit einer langen Theke und mehreren kleinen Tischen, an denen ein Heer betagter Kartenspieler sitzt. Ich betrat den Raum erstmalig und sah, dass alle rauchten. Die Luft war also ziemlich verpestet, ungeachtet der offenen Fenster, an denen lange weiße Gardinen hängen.

Aber schön ist es da, selbst mitten im Dunst und Geraune, und wunderbar kühl; die niedrige Decke sorgt für intime Atmosphäre, es gibt kein Neonlicht wie sonst wo üblich, da sind weder Flipperautomaten noch Stühle aus Kunststofflaminat. Alles darin ist wunderbar altmodisch und unzeitgemäß, selbst der Kneipenname: *Zu den zwei Schwertern.*

»Gefällt's dir hier?«, hat mein Begleiter gefragt. »Du wirst es nicht glauben, aber in diesem Gasthaus hat sich im Jahr 1918 Ernest Hemingway aufgehalten, hat ein paar Mal hier übernachtet; das war die Zeit von *In einem andern Land.*«

Die ersten zwei Kelche kühlen Perlwein hatten wir im Nu geleert. Sogleich wandte sich mein Bekannter an den Wirt: »Zugabe!«

Einmal den großen Durst gelöscht, konnten wir die zweite Runde richtig genießen: Jenes Weinchen ließ sich durchaus trinken, es floss förmlich in den Rachen. Der Wirt beäugte uns, dann brachte er unaufgefordert einen halben Liter in der Karaffe – er hatte wohl keine Lust, ständig hin und her zu laufen. Das nennt man Berufserfahrung.

Wir saßen sehr erquickt und zufrieden da, als Dante Silvestri unvermittelt seine Frage stellte: »Warum interessierst du dich für die Zimbern?«

»Einfach so, Allgemeinbildung.«

»Na klar, da kommt einer von Padua in dieses unsägliche Kaff, um sich fortzubilden!«

»Woher weißt du, dass ich aus Padua komme?«

»Hab ich's erraten? Ich hab's mir nur zusammengereimt. Weil du Dialekt sprichst, aber mit dem vornehmen Akzent eines Forèsto; also hab ich gedacht, du kommst aus der Stadt. Da du nicht gerade wie ein Mesner aussiehst, habe ich Vicenza glatt ausgeschlossen. Venedig ebenso, die Leute von dort erkennt man aus fünf Kilometern Entfernung, die kreischen wie Neapolitaner. Aus Verona konntest du auch nicht kommen, die sprechen doch ein venetisch-lombardisches Kauderwelsch. Also blieb nur noch Padua, da kommen doch alle Dottori her. Die im Prinzip Bauern geblieben sind, so wie wir alle Festland-Veneti.«

»Und woher weißt du, dass ich mich für die Zimbern interessiere?«

»Weil ich alle Bücher aus der Bibliothek kenne, ich identifiziere jeden Band auf den ersten Blick. Gelesen habe ich sie selbstverständlich auch, und zwar alle!«

»Ach so. Ich befasse mich mit etwas Speziellem, so viel kann ich dir sagen. Mir fehlt nur ein winziges Einsatzstück im Mosaik, um meine Recherche abzuschließen. Vielleicht steckt das Teilchen in den alten Zimbernchroniken.«

»In den Büchern wirst du wenig finden, befürchte ich; höchstens etwas Folklore, mehr nicht.«

»Ich kann alles gebrauchen, jeden noch so winzigen Hinweis. Muss alles auswerten, was ich finde, um überhaupt erst zu begreifen, was wirklich zählt.«

»Na dann, viel Glück! Die alten Schinken dort, die strotzen von Quatsch!«

Das war unser erstes Gespräch. An den folgenden Tagen bin ich diesem Kauz wieder begegnet, und jedes Mal hat sich das Prosecco-Ritual im *Due Spade* abgespielt. Ich habe keine Ahnung, was er von Beruf ist, ich habe ihn gar nicht gefragt. Er will auch nichts Weiteres über mich erfahren, das scheint ihm schnurzegal zu sein.

Sonntag, 8. Juli 1984

Den heutigen Tag haben wir den Vorbereitungen unserer kleinen Kirchweih gewidmet. Ab Sonnenaufgang haben wir gesägt und gehämmert. Als die Sonne unterging, war die Contrada kaum wiederzuerkennen. Vor dem Madonnenhäuschen am Salizo haben wir mit groben Holzlatten und Pinienstämmen einen rustikalen Altar für den Gottesdienst errichtet. Nebenan, wo früher die genossenschaftliche Molkerei stand – mittlerweile von Brennnesseln übersät – wurden zwei lange Tische und eine Theke aufgestellt. Wir hängten sogar bunte Fähnchenketten zwischen die Häuser, die allseits gelobt wurden, weil sie dem Platz eine richtig festliche Stimmung verliehen. Meine Farbwahl konnte ich sogar mit dem Hinweis auf das Bildnis der Heiligen Jungfrau begründen: Gelb ist der Heiligenschein der gemalten Madonna, rot das Kleid, blau der Mantel. Wäre Piero noch am

Leben, er hätte sich über diese farbenfreudige Marienkunde … totgelacht.

Vor Romildas Heuschuppen, der auf den Salizo blickt, haben wir ein hohes Gestell für die Tombolapreise aufgebaut. Diese werden übrigens strengstens geheim gehalten. Man hat Ennio Ongaro wiederholt wegfahren sehen, und immer wieder kam er mit zunehmend sperrigen Paketen zurück. »Ich hab so viel Zeug zusammen, da könnt man ein Geschäft aufmachen, wenn wir die Tombola net veranstalten wollten!«, hat er zwischen den Fahrten ausgerufen.

Rosetta wollte auch helfen. Bewaffnet mit der Motorsense hat sie alle Schotterwege der Contrada vom Unkraut befreit. Zur Belohnung hat sie eine Kokarde aus gelben, roten und blauen Bändern von mir bekommen, die sie sich lächelnd an die Brust gesteckt hat; sie war richtig stolz auf ihren Preis.

Montag, 9. Juli 1984

Heute war es richtig heiß. Da keine Hausbesuche auf dem Plan standen, habe ich die Zeit genutzt, um nach Giazza zu fahren, etwa zwei Autostunden von der Contrà Brunelli entfernt. Ein gottverlassenes Nest in der Lessiner Region ist dieses Giazza, es liegt am Ende eines engen, kilometerlangen Tals. Ein düsterer und faszinierender Ort zugleich: Am Hauptplatz befindet sich das Zimbernmuseum, Dokumentationszentrum zur Geschichte der im Veneto angesiedelten Zimbern. Ich habe einiges an Material zusammengetragen, das ich unbedingt mit Hilfe von Don Barbarena aufarbeiten muss.

Dienstag, 10. Juli 1984

Heute war wieder schönes Wetter, so habe ich viel Zeit mit Holzsammeln im Wald verbracht. Mittags habe ich mein mitgebrachtes Panino verzehrt, dann habe ich mich zur Siesta in den Schatten eines Baums gelegt. Nach einer Weile hörte ich aus dem dichten Wald das Geräusch brechender Zweige, Getrampel, ein abgewürgtes Grunzen. Ganz vorsichtig auf dem Boden kriechend, näherte ich mich der Stelle. Ich wollte die Rehe ertappen, sie endlich mal aus der Nähe betrachten. Rehe waren jedoch nicht zu sehen, vielmehr Sonia, die Tochter der alten Ines Brunelli, die ganz vergnügt mit einem Unbekannten im Gebüsch bumste. Daraufhin habe ich mich diskret zurückgezogen. Der Anblick von Sonias blassen Arschbacken hat mich etwas verlegen gemacht.

Jetzt frage ich mich andauernd, wer Sonias gelegentlicher Gespiele sein könnte.

Und wenn Piero ebenso zufällig die Bühne betreten hätte, auf der sich eine ländliche Beischlafszene abspielte? Und wenn jemand die eigene Privatsphäre auf übertriebene Art und Weise hatte schützen wollen?

Freitag, 13. Juli 1984

In den vergangenen Tagen habe ich meine Recherche in Schios Stadtbibliothek fortgeführt, obwohl mir inzwischen klar ist, an Informationen ist dort nicht viel zu holen.

Dafür habe ich täglich jenen eigenartigen Kerl getroffen, Dante Silvestri.

Ich muss gestehen, ich habe mich geradezu in der Hoffnung ins Städtchen begeben, ihn zu treffen. Seit Piero und Bortolo nicht mehr leben, verspüre ich das Bedürfnis, mich mit einem meinen beiden Bergfreunden ebenbürtigen Freigeist zu unterhalten.

Darin steht Dante niemandem nach, er ist gebildet und originell. Man braucht ihm nur eine Karaffe Prosecco vor die Nase zu setzen, um den Stein ins Rollen zu bringen. Er ist nicht aufzuhalten. Meine eigenartige Dokumentationsarbeit über das zimbrische Volk macht ihn sehr neugierig; wenn sonstige Konversationsthemen ausgehen, kommt er immer wieder darauf zu sprechen, stellt tausend Fragen dazu.

Heute habe ich jede Zurückhaltung aufgegeben, der Prosecco scheint wohl auch auf mich enthemmend zu wirken. So habe ich einige naheliegende Fragen aufgeworfen: Wieso werden die Zimbern in diesem Tal einfach nicht erwähnt? Warum will niemand in dieser Gegend an seine Wurzeln erinnert werden? Wie kam es, dass die Zimbern samt ihrer Geschichte, Sprache und Kultur aus dem Leogratal verschwunden sind?

»Sie sind verschwunden, weil der Wind der Geschichte Zerstörung mit sich bringt. Er wütete in diesem Tal gnadenlos, unter Mitwirkung zweier weiterer, ebenso mächtiger Faktoren: Kapitalismus und Krieg. In Schio hatte ab dem achtzehnten Jahrhundert die Großindustrie Fuß gefasst. Mit außerordentlichem Aufwand.« Dantes Stimme wurde an dieser Stelle lauter. »Es entstand ein auf Textilherstellung spezialisierter Industriebezirk mit über dreißigtausend Mitarbeitern. Was Größe und Produktionspotenzial anbelangte, stand er im direkten Wettbewerb zu England, Deutschland, Frankreich und lockte die gesamte Bevölkerung aus den Bergtälern in die Ebene. Bei Hunderten von Familien wurden Lebensrhythmus, Bräuche, Sitten und zwischenmenschliche Beziehungen auf den Kopf gestellt. In keinem anderen Niederlassungsgebiet der Zimbern, ob in den Lessiner Bergen oder auf Asiagos Hochplateau, hatte sich solch ein gewaltiger Industrieapparat herausgebildet. Die zimbrischen Bauern aus dem Leogra-, Posina- und Agnotal kamen also nach Schio und wurden zu Fabrikarbeitern, zu rein proletarischer Arbeitskraft.«

»Verstehe ich das richtig? Nach deiner Meinung ist aufgrund des starken Industriewachstums und der daraus folgenden Integration der Zimbern in die Stadtbevölkerung das Bewusstsein der gemeinsamen zimbrischen Abstammung abhandengekommen? Und was hat der Krieg damit zu tun?«

»Der Krieg erklärt, wie jener Integrationsprozess vonstattenging. Die Entwicklung der Industrie allein hätte niemals den ursprünglich germanischen Kern dieser Leute verdrängen können und ihre Sprache erst recht nicht. Dazu war eine regelrechte Gehirnwäsche der Massen erforderlich, samt Auslöschen ganzer Generationen. Dafür hat der Erste Weltkrieg gesorgt.«

»Waren denn die Auswirkungen so verheerend?«

»Und wie! Die Zerstörung, die Massaker, die Deportation der Bergbevölkerung, die Besessenheit nationalistischer, deutschfeindlicher Propaganda, die im Land tobte. Das alles hat das Todesurteil für die überlebende Zimbernkultur im Leogratal herbeigeführt. Stell dir vor, es war in den Bergen strengstens verboten, Zimbrisch zu sprechen, die Sprache des Feindes!«

Samstag, 14. Juli 1984

Meine Annäherungsroute an die Kirche zu San Carlo war heute besonders umständlich und, wie ich sehr hoffe, für eventuelle Beschatter irreführend.

In Valli del Pasubio habe ich zwar die Straße nach San Carlo genommen, bei der ersten Gabelung jedoch wieder verlassen, um in Richtung der Contrà Ariche zu fahren, durch den zu dieser Jahreszeit besonders dichten Wald. An Ariche vorbei habe ich den Wagen wie gewohnt hinter einem Gebüsch versteckt. Die Trampelpfade, die an der Stelle abgehen, sind aufgrund allerlei wuchernden Unterholzes nur schwer begehbar. Mit Mühe und stets von Fliegenschwärmen umzingelt – sie spielten verrückt vor lauter Hitze – bin ich endlich zur kleinen Kirche gelangt. Eingedenk der erhaltenen Anweisungen ging ich trällernd wie eine Amsel auf das Gebäude zu. Sogleich schaute der Kopf hinter der Mauer hervor. Don Barba hatte sich aus dem nun in der prallen Sonne liegenden Vorbau auf die Rückseite zurückgezogen und ruhte sich im Schatten aus, angenehm gekühlt von der Brise, die das Tal hinaufstieg. »Gelobt sei Jesus Christus!«, rief er aus.

»Hurra!«, erwiderte ich.

»›Es ist mit Heiligen nicht gut scherzen. Sie tun gerne Wunder.‹ Du hast bestimmt keine Ahnung, von wem das stammt«, mahnte er prompt, ganz und gar nicht von meinem Ton angetan.

»Also gut, in alle Ewigkeit sei er gelobt!«, äffte ich die Stimme einer alternden Betschwester nach.

»Und, was gibt's Neues? Seit Tagen schon warte ich auf dich. Ist jetzt endlich Schluss mit der Sauferei in Schios Tavernen?«

»Wie ich sehe, wissen Sie über jeden einzelnen Schritt von mir Bescheid – trotz Ihres Einsiedlerdaseins.«

»Im Nest tratschen die Leut', sagt man hier. Man hat dich in Gesellschaft jenes Möchtegern-Anarchisten namens Dante Silvestri gesehen.«

»Sie kennen Dante?«

»Selbstverständlich kenne ich Herrn Studienrat Dante Silvestri, der Geschichte der Philosophie am hiesigen Gymnasium lehrt. Du wirst dich wundern, auch er hat unsere bischöfliche

Seminarschule besucht. Offensichtlich ohne jeglichen Nutzen und Erfolg.«

»Wir leben wahrhaftig in Italiens Sakristei! Wo ich hinschaue, nur Pfaffen!«

»Lass dein gewohntes kirchenfeindliches Gerede sein und erzähle mir lieber, ob du schlauer geworden bist.«

Ich holte das Notizheft aus der Tasche hervor und teilte dem betagten Pfarrer das Ergebnis meiner Nachforschungen mit – das heißt verstreute und recht verworrene Angaben zu Sitten, Sprache und Geschichte der Zimbern aus dem Leogratal.

»Ich glaube, wir müssen etwas Ordnung in dieses Informationsgewirr bringen«, fiel mir Don Barba ins Wort, nachdem ich etwa eine Stunde frei Schnauze geredet hatte. »Steuern wir wieder den Umkreis der Contrada Brunelli an, konzentrieren wir uns auf die tragischen Ereignisse, wir haben ja keine historische Abhandlung im Sinn.«

»Ich sehe es genauso, deshalb habe ich versucht, eventuellen Hinweisen auf die Zimbern in der Contrà Brunelli nachzuspüren. Ich habe nach Ihrem berühmten roten Faden gesucht, nach irgendwelchen Indizien, überhaupt nach etwas, das unserer Ermittlung von Nutzen sein könnte.«

»Dann erzähl mal weiter.«

»Nun, ein erstes Zeugnis zimbrischer Vergangenheit ist genau in der Ortsmitte zu finden, und zwar am Salizo, gegenüber der Kapelle der Heiligen Jungfrau vom Berge Karmel.«

»Ach ja? Dort ist doch nur ein weiteres, uraltes Heiligenbild an die Wand eines verfallenen Häuschens gemalt.«

»Ganz genau, das meine ich, eine Freske in üblem Zustand, die Darstellung der Krönung der heiligen Maria. Höchstwahrscheinlich Anfang des achtzehnten Jahrhunderts angefertigt. Ein zimbrischer Brauch, die Fresken an den Häuserwänden, wunderbare Beispiele sind in der ganzen Region zu finden. Das

Heiligenbild verweist somit auf eine enge Beziehung zwischen der Contrada und den Lessiner Bergen, wo die Zimbern stark vertreten waren.«

»Es freut mich, dass du deine Zeit sinnvoll genutzt hast. Ich hoffe aber sehr, dass du solche scharfsinnigen Ausführungen nicht von Professor Dante übernommen hast …«

»Ach was, jetzt kommen Sie mir wieder mit dem Dante. Das ist nicht auf seinem Mist gewachsen, diese Angaben rühren von Stunden über Stunden tödlich langweiliger Lektüre her. Dante Silvestri hat zwar seinen Beitrag geleistet, aber an einer ganz anderen Front.«

Don Barba hing an meinen Lippen, während ich von Dantes Theorie zum Verschwinden der Zimbern aus dem Leogratal berichtete. Dann nahm ich den Faden wieder auf: »Zurück zur Contrà Brunelli. Ich habe einen weiteren Anhaltspunkt bezüglich deren zimbrischen Ursprungs und der besonders engen Beziehungen zu den Zimbern aus den Lessiner Bergen. Sehen Sie sich dieses Foto an.«

»Seltsame Hakenbüchse. Woher hast du das denn?«

»Ich hab's von Bortolo, es handelt sich um eine Gruppe von Contradabewohnern Anfang des Jahrhunderts. Der Mann mit dem schwarzen Schnurrbart in der Mitte ist Bortolos Großvater. Eigenartig an diesem Bild sind die mit Stolz vorgezeigten Geräte. Auf der Rückfahrt von Giazza habe ich einen Abstecher nach San Bartolomeo delle Montagne genommen; das Dorf hieß früher bezeichnenderweise ›San Bartolomeo dei Todeschi‹, ›der Deutschen‹ also. Dort ist auch das Museum der Trombini. So heißen nämlich die riesigen Arkebusen auf dem Foto. Damit wurden zu feierlichen Anlässen Knaller geschossen; auf den Dorffesten hat es richtig gekracht.«

»Na so was, bislang hat mir niemand davon erzählt.«

»Soll ein typisch zimbrischer Brauch aus der Lessiner Region sein; und, wie das Foto beweist, auch aus dem Leogratal. Laut Historikern sollen die Trombini von den Waffen hergeleitet worden sein, mit denen die urtümlichen Krieger im Tal ihre Grenzen zum Trentino hin verteidigten. Ich hätte gern mehr darüber erfahren und Romilda oder Mario dazu befragt, doch dann hätte ich unsere Abmachung nicht eingehalten. Verschwiegenheit geht vor. Deshalb steht auch in meinem Tagebuch nichts darüber.«

»Du führst ein Tagebuch?«

»Ja, ich glaube, das könnte nützlich sein.«

»Mach, was du willst, aber du musst es gut verstecken! Jedenfalls sind diese Trombini beeindruckend. Wie kommt es, dass solch ein lokaler Brauch aus dem Gedächtnis der Leute schwindet, so weit, dass man nicht einmal die Fotos der Vorfahren deuten kann?«

»Hiermit wäre ich am Ende meiner Ausführungen. Wobei mir noch nicht klar ist, ob das Ganze für unsere Ermittlungen überhaupt zu gebrauchen ist.«

»Alles kann von Nutzen sein, lieber Aldo. Wir müssen jede Kleinigkeit berücksichtigen, jeden einzelnen Grashalm, jeden Stein aus dem Weiler in Betracht ziehen. Während du auf Forschungsreise warst, habe ich lange nachgedacht. Mich beschäftigt vor allen Dingen ein Aspekt: Man kann ein Volk nicht kennen, solang man seine Sprache nicht versteht. Wir müssen uns das Zimbrische aneignen, Aldo.«

»Nicht gerade eine leichte Aufgabe …«

»Wir brauchen es doch nicht sprechen zu lernen. Aber lesen, verstehen, den Hauch der Sprache erfassen. Das unheimliche Ogerlied war eine Mitteilung an uns, es lässt auf einen Zusammenhang zwischen dem Tod unserer beiden Freunde und dem Gebrauch jener Sprache schließen. Ich habe in den letzten Tagen das alte Bändchen mit den überlieferten Reimen aus Asiago wieder zur Hand genommen, ein paar Wörter nachgeschlagen. Und nun habe ich den endgültigen, unwiderlegbaren Beweis für den zimbrischen Ursprung der Contrada Brunelli und deren Bewohner. Den Beweis, nach dem du lange gesucht hast.«

»Moment, wovon reden Sie denn da?«

»Mein lieber Aldo, was bedeutet das Wort Brunelli, deiner Meinung nach?«

»Tja, vielleicht dunkel, braun …«

»Nein. Brunelli stammt aus dem Zimbrischen ›brun‹ oder ›prun‹, also ›Brunnen‹ oder ›Springbrunnen‹. In allen ›Bruni‹ oder ›Brunelli‹ genannten Ortschaften haben die Zimbern ehemals Springbrunnen ausgemacht oder Brunnen gebaut. Die Contrà Brunelli ist eine zimbrische Ansiedlung. Also kein Wunder, dass jemand unter den Einwohnern eine solche Litanei kennt.«

»Donnerwetter, Don Barba, das ist aber interessant, eine entscheidende Erkenntnis! Unter all diesen Elementen lässt sich vielleicht ein vernünftiger Ansatz finden.«

»Ein Hoffnungsschimmer. Aber drum herum ist es noch richtig finster.«

Lange haben wir noch diskutiert und Aufgaben verteilt. Ich soll meine Erforschungen auf den sprachlichen Bereich ausweiten, unter anderem nach Lusern fahren, wo sich angeblich ein weiteres Dokumentationszentrum zu den Zimbern befindet. Don Barbarena hat wiederum vor, sich zu Verwandten nach Posina zu begeben, die er lang nicht mehr gesehen hat, in der Annahme, sie könnten wertvolle Hinweise für unsere kultiviert-konfuse Ermittlung liefern.

Nach so viel Kopfzerbrechen habe ich unsere Sitzung eilig beendet. Ich wollte mich nicht schon wieder, Knüppel in der Hand, bei Sonnenuntergang im Wald herumtreiben.

Vor dem Abschied hat Don Barba mich gesegnet.

Ich war schnell und ohne nennenswerte Ereignisse wieder zu Hause. Dennoch hing, als ich das Haus betrat, ein nicht gänzlich fremder Geruch in der Küche, der an Schweiß erinnerte. Kam mir bekannt vor, hatte ich schon einmal gerochen. Jemand war bei mir gewesen. Ich habe mich umgesehen, alles war an seinem Platz. In der Türschwelle war aber eine staubige Fußspur deutlich zu erkennen. Ich habe meinen Fuß daraufgelegt. Nicht meine Schuhgröße.

Ich muss dieses Tagebuch gut verstecken, Don Barba hat vollkommen recht.

Sonntag, 15. Juli 1984

Ein schwüler Sommernachmittag. Pünktlich um sechzehn Uhr hat das Fest begonnen. Bewohner, Freunde und Verwandte haben sich zum Gottesdienst vor dem Heiligenbild am Salìzo versammelt. Am rustikalen Plätzchen hing feierlich die bunte Flaggengala, die Mario und ich vor einer Woche aufgespannt hatten. Die Madonnenkapelle war zur Feier des Tages mit einer weißen, gestickten Tischdecke geschmückt, darauf stand ein üppiges Wiesenblumengesteck.

Die Messe hat der hocherfreute Pfarrer aus Torrebelvicino gelesen, ein breites Lächeln im Gesicht. Don Barba war zwar eingeladen, hatte aber allerlei Altersgebrechen als Entschuldigung vorgegeben. Zum Abendmahl sind lediglich ein paar Frauen vorgetreten, mit AveMaria an der Spitze. Romilda ist an ihrem Platz geblieben, damit beschäftigt, Rosetta, die unbedingt auch eine Hostie bekommen wollte, am Rockzipfel festzuhalten. Die Männer schauten dagegen in die Ferne, sie hatten wohl ganz andere Dinge im Kopf. Indessen schwirrten die völlig desinteressierten, jüngeren Leute bereits um die ausgestellten Speisen herum.

Nach dem Gottesdienst las Ennios Vater ein Gedicht von Piero vor, es war der Contrà Brunelli gewidmet. Dieser Augenblick der Rührung war mehr als tausend Worte wert.

Die längst im Flachland lebenden, ehemaligen Contradabewohner hatten zur Eröffnung der Feierlichkeiten für eine Überraschung gesorgt: Eine Musikgruppe mit Bandoneon und Geigen, die nach dem Gottesdienst alte ländliche Arien spielte. Sogleich heizte sich die Stimmung auf: Es wurde getanzt, gegessen, Arm in Arm wie im Park auf dem Fondi-Gelände spazieren gegangen.

Ennio und die anderen Beauftragten haben dann begonnen, die Lotterielose zu verkaufen. Gleichzeitig wurde das Büfett eröffnet, und der Wein floss geradezu. Sogleich gingen die Bergchöre los, die sich zu solchen Anlässen nicht vermeiden lassen.

Die alten Rentner schwelgten dagegen in Erinnerungen an verstorbene Menschen, an nunmehr völlig verwandelte Orte, an die vielen in Vergessenheit geratenen Namen.

Es war alles bestens, und auch die Hitze trug neben Gesang, Dekoration, Feld- und Berglandschaft zur allgemeinen Heiterkeit bei.

Als die Lieder zu später Stunde sich allmählich in Gegröle verwandelten, wollte das Wetter nicht mehr mitmachen: Ein gewaltiger und doch gewissermaßen fröhlicher Regenschauer verjagte die meisten Feiernden. Nur die Unverbesserlichen zogen sich in AveMarias Haus zurück, wo übrig gebliebene Getränke und Verpflegung rasch hineingetragen worden waren. Nach wenigen Minuten waren die Berglieder verklungen; dafür setzten die Hymnen ein, wobei AveMarias penetrante Fistelstimme alle anderen übertönte.

Mit einem feierlichen, schief gesungenen *Te Deum* war das Dorffest um Punkt Mitternacht zu Ende.

Samstag, 28. Juli 1984

Kaum war die Feier vorbei, hat das Leben in der Contrà Brunelli wieder den gewohnten Lauf genommen – mit Arbeit auf dem Acker, im Gemüsegarten und im Wald und abendlichen Gesprächen vor Romildas Herd.

Ich habe mein Versprechen eingehalten und fast jeden Tag Mario mit dem Holz geholfen. Ende Juli beschränkt sich die Arbeit nicht auf die grobe Holzfällertätigkeit. Die Saison der Pilze und Waldbeeren beginnt. Auch wird der Holunder aufgelesen, Romilda macht daraus Saft und Marmelade. Diese Früchte sind kaum noch hängend an den Bäumen vorzufinden, da im Sommer die Horden hungernder Städter aufkreuzen, die auf der Suche nach Abkühlung die Berge hinauffahren.

Würden sie sich nur von der Hitze erholen, so wäre nichts dagegen einzuwenden. Aber sie haben leider die Angewohnheit, alles, was sie finden, an sich zu raffen; bei jedem verschimmelten Pilz schreien sie vor Begeisterung auf. Ich habe versucht, die fröhlichen Wochenendausflügler vor Romilda zu rechtfertigen, denn sie hatte vorgeschlagen, die Straße nach Torre mit Felsblöcken zuzusperren. Just während ich auf sie einredete, sah Romilda, wie ein paar unter ihnen Möhren aus ihrem Gemüsegarten auflasen. Da rannte sie zeternd in Richtung Fondi los, den Besen in der Hand. Die Diebesfamilie hat die Flucht durch den Wald ergriffen, entlang der Rehfährten.

Freitag, 10. August 1984

Ich habe von ein paar Urlaubstagen profitiert und bin nach Lusern gefahren, zum gerade entstehenden Dokuzentrum, wo ich in etlichen Veröffentlichungen über die zimbrische Sprache nachschlagen konnte.

Man hatte mir zugesichert, in Roana befinde sich ein weiteres Institut für zimbrische Kultur. Es war früher Nachmittag, ich hatte noch Zeit, also steuerte ich Asiagos Hochebene an. Leider war das Kulturzentrum wegen Urlaub geschlossen, so bin ich für eine Weile ziellos in der Landschaft herumgefahren. Von jedem Ort, an dem ich vorbeikam, kannte ich mittlerweile die ursprünglich zimbrische Bezeichnung – »Sclège« für Asiago, »Ghel« für Gallio, »Vusch« für Foza, »Kunken« für Conco, »Lusaan« für Lusiana, »Genebe« für Enego.

Ich stellte mir vor, wie früher die typisch zimbrischen Häuser mit Strohdach dort standen, ähnlich denjenigen in Lusern, die ich auf einer alten Ansichtskarte der Vorkriegszeit gesehen hatte.

Donnerstag, 30. August 1984

Der August ist im Nu vergangen. Die Tage habe ich mit Herumirren in den Bergen verbracht (bin unter anderem wieder nach Giazza, um meine Recherche fortzuführen).

In der letzten Urlaubswoche bin ich dann Romilda und Rosetta im Gemüsegarten zur Hand gegangen. Wir haben zunächst die ersten reifen Tomaten geerntet, die Bohnen und manch eine kümmerliche Aubergine, die Romilda versuchsweise angebaut hatte. Dann haben wir Kopfsalat, Chicorée und Spinat gesät; anschließend Mangold, Kraut- und Blumenkohl gepflanzt. Es handelt sich um langwierige Arbeiten, die größte Sorgfalt erfordern – will man überhaupt etwas ernten.

Mit beiden Frauen arbeite ich gern zusammen; sie sind flink, selbstsicher und immer bereit, dir jeden einzelnen Griff zu zeigen, ohne zu meckern. Beim Hacken um die Beete, wenn sie die Rillen und Durchgänge graben, schauen sie konzentriert wie zwei Hausfrauen beim Kuchenbacken. Romilda hat sich langsam vom Schock durch Bortolos Tod erholt, aber gut aufgelegt wie früher ist sie noch lange nicht. Sie ist abwesend, oft nachdenklich. Ihr Blick wirkt zuweilen hart und eisig, dann wird er wieder leer, und man nimmt ihre ganze Erschütterung wahr.

Dagegen ist Rosetta ruhig und heiter, schuftet unermüdlich wie immer – einer Maschine ähnlich, wenn man vom zahnlosen Lächeln absieht, das sie mir hin und wieder schenkt.

Das Leben in der Contrada verläuft unverändert ruhig; schläfrig, würde ich beinah sagen. Bis auf manch ein unerwartetes Verbrechen, könnte man behaupten, tut sich so gut wie nichts.

Das Spannendste in diesem heißen August hat sich gewiss gestern ereignet, früh am Morgen, während ich am Brunnentrog saß und auf Mario wartete, um mit ihm zusammen in den Wald arbeiten zu gehen.

Ich sah recht leger aus mit meinem Dreitagebart und der Arbeitskleidung, die aus Wanderschuhen, Jeans und Holzfällerhemd besteht. Mario war mit zwei Beilen und einer Motorsense bewaffnet, ebenfalls kampfbereit und mit Cordhose, Arbeitsschuhen und blauem Unterhemd bekleidet.

Seit Bortolos Beerdigung hat er sich weder gekämmt noch rasiert. Zu behaupten, er sehe leicht zerzaust aus, wäre ein barmherziger Euphemismus.

Wir waren dabei, ein paar knurrende Laute zur morgendlichen Begrüßung auszutauschen, als Dante Silvestri – unangekündigt und völlig fehl am Platz – vor uns trat.

»Wo kommst du denn her?«, rief ich aus.

»Aus dem Wald, wie der Kobold!«, erwiderte Dante kichernd. »Ich wollte nach dir sehen und stehe nun mitten in der

Pampa. Wo hast du gesteckt? Im *Due Spade* wird dein trauriges Schicksal schon beweint. Doch wie ich sehe«, er zeigte dabei auf meine Aufmachung, »gibst du dich hochintellektuellen Tätigkeiten hin. Was stellst du da an? Eine historische Aufführung mit zimbrischen Holzfällern? Oder wollt ihr etwa ein Motorsenserennen veranstalten?«

Mario Vegnàle warf ihm einen missmutigen Blick zu, und sogleich schlug der werte Philosophielehrer einen anderen Ton an. »Na ja, ich wollte auch mal zur Sommerfrische, und ich habe dich schon vermisst, also habe ich gedacht, ich könnte dich besuchen. Bin bei Sonnenaufgang von Schio losgezogen, zu Fuß. Ja, ich weiß, das wird nicht als heroisches Unterfangen in die Geschichte des Bergsteigens eingehen, aber für mich war's ein ganz schöner Marsch. Ich denke, ich habe mir ein Gläschen gekühlten Wein durchaus verdient.«

Unser Geschwätz hat Romilda vor die Haustür gelockt. Beim Wort Glas hat sie sich glatt angesprochen gefühlt, als führe sie eine Schenke. Sie war heute besser gelaunt, unsere betagte Bürgermeisterin, jene seit Bortolos Hinscheiden gewohnte, leicht halluzinierende Steifheit hatte sie beiseitegelegt. »Kommen S' her, wenn S' was trinken wollen, in der Contrà Brunelli lassen wir niemand verdursten.«

Wohl gezwungen, gute Miene zum ungeplanten Spiel zu machen, betraten wir Romildas Küche und hoben die Gläser zu Ehren unseres Gastes, wohl etwas zu früh am Tage.

»Aber jetzt musst du mit, wenn du die Sommerfrische suchst, hinauf in den Wald unterhalb vom Berg Civillina. Da weht ein Lüftchen, ein schneidendes, das selbst die Neunzigjährigen wieder aufleben lässt!«

Dante wusste ja nicht, wie steil der Pfad ansteigt, und nahm das Angebot begeistert an. Auch hat er sich – mit der typischen, unbewusst dreisten Haltung des Stadtbewohners gegenüber dem Bergmenschen – eine Flasche gekühlten Wein aus Romildas Keller schenken lassen.

Wir haben uns zu dritt auf den Weg gemacht, Mario, Dante und ich, wie zur schönen alten Zeit, als Piero Ongaro mit von der Partie war.

Was das Quasseln angeht, lässt unser neuer Weggenosse Freund Piero kaum vermissen: Herr Professor Silvestri hat, dem steilen Hang und der steigenden Hitze zum Trotz, pausenlos geredet, zwischendurch unaussprechliche Flüche gegen jeden Fels oder Strauch ausstoßend, die ihm den Weg versperrten.

Wir waren auf halber Hanghöhe zu Füßen des Civillina angelangt, als Dante Silvestri, erschöpft und verschwitzt, auf einmal stehen blieb. »Schau mal!«, rief er aus.

»Was?«

»Da, du Blinder von Sorrent, siehst du es nicht?«

Vor und hinter mir waren nur Wald, ein grasbewachsener Trampelpfad, eine kleine Terrassenanlage, vereinzelte Steine.

»Da, die Rillen am Pfad entlang … Eine verdeckte Spur im Gras. Falls es dich interessiert: Im Ersten Weltkrieg war das die glorreiche vierte Widerstandslinie der Ersten italienischen Armee. Mancherorts nur angedeutet, an anderen Stellen richtig ausgebaut, mit weitläufigen Schützengräben wie diesem hier vor uns, daneben Maschinengewehrnester.«

Mario war sehr angetan. Er ist für jeden Hinweis auf den »Großen Krieg« dankbar und von jeder neuen Einzelheit zum Alpenjägerkorps begeistert, denn dort hat er seinerzeit den Militärdienst geleistet. »Aber stimmt es, dass die Gräben bis zum Berg Enna reichten?«, fragte er, die Augen ganz groß vor Neugier.

»Sicher doch. Diese Schützengräben sollten dem Vordringen des Feindes Einhalt gebieten, falls die Front auf dem Pasubiomassiv zusammenbrechen würde. Dort oben war das Fort

Enna, der unglücklichste Kriegsbau aller Zeiten. Im Juni 1916 erlebte es im Rahmen der berühmten ›Strafexpedition‹ eine glorreiche Viertelstunde: Der austroungarische Feind bedrängte unsere Soldaten auf den Berggipfeln direkt gegenüber. Da wurde der Einsatz der Festungsartillerie beschlossen. So kam es zu Kanonenschüssen, die jedoch anstatt des Feindes unsere eigenen Soldaten trafen. Sogleich wurde der Befehl zur Feuerpause erteilt. Der Kommandant wurde abgesetzt, eine Ermittlung eingeleitet. Nie wieder schoss es aus den Kanonen, und Fort Enna wurde ohne Weiteres seinem Schicksal überlassen.«

Wir schwiegen eine Weile und sinnierten über das Pech des Befehlshabers. Nach dieser Gedenkpause nahmen wir unseren Marsch gestärkt wieder auf und gelangten kurz danach ans Ziel, eine Wiese am Bergrücken, umgeben vom verwilderten Wald nahe dem Civillina-Springbrunnen.

Den Rest des Tages haben wir mit Reinigungsarbeiten (Mario und ich) sowie Schlafen (der werte Dante Silvestri) verbracht. Erst gegen Mittag legten wir eine Pause ein und nahmen einen leichten Imbiss aus Polenta, Käse und Sopressa zu uns. Bei der Gelegenheit leerten wir die Weinflasche – jeweils ein Glas für Mario und mich, sechs für Dante, der im Anschluss fröhlich weiterschnarchte.

Für den Heimweg haben wir uns auf einen Saumpfad geeinigt, der vom Manfronpass direkt zur Contrà Brunelli hinunterführt. Dort sind wir bei Sonnenuntergang angekommen. Der Himmel wechselte gerade von Gelb zu Rot, dann endlich zu Blau. Ja, ganz genau, die Farben der Madonna am Salìzo.

»Heute war ich im Paradies«, gestand mir Dante anerkennend. »Schade nur, dass keine Maschinengewehrnestruinen zu sehen waren.«

»Was soll diese allgemeine Begeisterung für den Ersten Weltkrieg eigentlich?«, fragte ich.

»Tja, so genau weiß ich's nicht; in jeder Kaffeebar, in jeder Kneipe des Tals horchen alle auf, sobald man vom ›Großen Krieg‹ spricht. Er scheint, zumindest hier im Leogratal, all die vorhergehenden historischen Ereignisse gelöscht zu haben. Und ich hab es gerne, wenn man mir zuhört. Nicht umsonst bin ich Lehrer geworden!«

Auf dem Rückweg hat Dante mit einiger Mühe Wiesenblumen aufgelesen, bis er einen bunten Strauß zusammenhatte. Bevor er die Wanderung nach Schio fortsetzte, übergab er Romilda das Präsent und dankte ihr für den Wein. Sie war natürlich sehr geschmeichelt: Von uns war bislang niemand auf die Idee gekommen.

Samstag, 1. September 1984

Heute Morgen bin ich sehr früh losgezogen. Ich hatte vor, Don Barba den ganzen Tag zu widmen, denn im letzten Monat habe ich doch einiges an Material gesammelt, das wir zusammen prüfen müssen. Ich war auch sehr gespannt auf die Informationen, die er möglicherweise bei den Verwandten in Posina und im örtlichen Pfarreiarchiv eingeholt hatte. Laut Don Barba ist Posina nämlich die Wiege der hiesigen Zimbernkultur – und dazu das kleinste und sehr grüne Tal der venezianischen Voralpen, wild und abgeschieden.

Sich nach Posina zu begeben, ist ein Erlebnis für sich. Man fährt an Arsieros Ortskern vorbei, dann steigt die Straße an. Nach dem Tunnel befindet man sich bereits im Posinatal und gleichzeitig irgendwie nicht mehr in Venetien. Verschwunden sind die Fabriken und die wild in die Landschaft gestellten Siedlungen, weg ist der Lärm, der Verkehr. Die Luft wird auf einmal klar, man atmet auf.

Während ich mich an dieser Idylle erfreute, bin ich in die Straße nach San Carlo abgebogen. Sämtliche Vorsichtsmaßnahmen vergessend, habe ich das Auto erst zu Füßen des höchsten Hügels abgestellt. Schon zu spät: die vom Wagen aufgewirbelte Staubwolke war von jedem Winkel im Tal aus zu sehen.

Trällernd bin ich auf die Kirche zugelaufen, eher um mich gelassen zu geben, als um meinen Besuch anzukündigen, denn den Motor hatte man nicht überhören können. Aber Don Barba stand nicht in der Haustür. Ich klopfte: absolute Stille. Dann rief ich: »Don Barba! Ich bin's, Aldo!« Keine Reaktion. Ich rüttelte an der Tür und rief noch lange, doch Don Barba war einfach nicht da. Was war denn los? Wo steckte er bloß? Ob er in Posina geblieben war? Seltsam, dachte ich, er bleibt nur ungern seiner weißen Klause fern.

Neugierig und selbstverständlich auch leicht beunruhigt begab ich mich in die nahe gelegene Contrada Zorzelletti, um nachzufragen. Auf der breiten Wiese bei den Häusern hängte eine junge, dunkelhaarige Frau gerade die Wäsche auf die Leine. Ich näherte mich, während sie misstrauisch zwischen den Bettlaken auf mich schielte.

»Verzeihen Sie, ich suche Don Giovanni Barbarena, den Priester von San Carlo, wissen Sie, wo er sich befindet?«

»Don Barba?«

»Ja.«

»Der liegt im Krankenhaus, unten in Schio; nix Schlimmes aber, hat man uns zumindest gesagt. Routinekontrolle, der ist ja schon ziemlich alt.«

»Ach ja, besten Dank!«

Ich bin ins Auto gestiegen und nach Schio gerast. Don Barba lag da, bleich und zerzaust, in einem kleinen Zimmer im sechsten Stockwerk.

»Endlich denkst du wieder an mich!«, maulte er los, sobald ich eintrat.

»Don Barba, Sie Schuft, was ist mit Ihnen los? Ich dachte, Sie ermitteln in Posina, dabei faulenzen Sie im Krankenhaus, bestens versorgt wie ein Kleinkind.«

»Jaja, scherz du nur, Doktor, aber ausgerechnet deine Kollegen haben mich hier eingesperrt. Wenn es nach mir ginge, wäre ich jetzt in Posina und würde mir ein schönes Glas Rotwein im Gasthof *All'Alpino* gönnen«, gab er stöhnend von sich.

»Den Patientenunterlagen nach zu urteilen, brauchen Sie nicht so anzugeben: niedrigen Blutdruck, Anämie, andauerndes Fieber. Den Urlaub im *Grand Hotel* haben Sie sich durchaus verdient.«

Einige Minuten lang flachsten wir weiter herum, dann kamen wir auf unsere geheime Abmachung zu sprechen.

»Was gibt's Neues?«, wollte er wissen.

»Nichts Besonderes, ein paar Daten und Angaben, die wir gemeinsam besprechen sollten. Und bei Ihnen?«

»Leider nichts, ich bin just vor einem Monat hier eingeliefert worden, als ich gerade nach Posina wollte. Die Ärzte sagen, ich hab nichts Besonderes, außer dass ich alt bin. Man hat mich hierbehalten, weil das Fieber nicht nachlassen wollte, aber inzwischen scheint es mir besser zu gehen. Sobald man mich rauslässt, soll mein Genesungsaufenthalt in Posina beginnen.«

Ich verabschiedete mich mit dem Versprechen, bald wiederzukommen, um ihm Gesellschaft zu leisten.

Dienstag, 4. September 1984

Als ich gegen Abend nach Hause gekommen bin, hatte ich wieder den Eindruck, dass jemand in meiner Abwesenheit ins Haus eingedrungen war. Ich habe wieder den sonderbaren Geruch wahrgenommen wie schon vor einigen Tagen. Im Haus war nichts angerührt worden, keinerlei Spuren fremder Einwirkung zu sehen. Wieder alles nur Einbildung?

Mittwoch, 5. September 1984

Ich habe schon einige Male Don Barba im Krankenhaus besucht. Er ist guter Dinge und erholt sich prächtig; die Ärzte staunen nicht wenig über so viel Lebenskraft.

Wenn ich bei ihm bin, vermeide ich, unsere Ermittlungen anzusprechen, ich möchte nicht, dass er sich zu sehr aufregt oder anstrengt. Auch wäre es bei all dem Pflegepersonal, das ein- und ausgeht, äußerst ungünstig. Wir werden später in aller Ruhe darüber sprechen, sobald er entlassen wird.

»Ich will bloß keinen Pfaffen auf dem Gewissen haben«, raunte ich ihm zu. »Die Ärzte haben absolute Ruhe verschrieben.«

»Gewissen? Hast du etwa ein Gewissen? Gib doch gleich zu, dass du zu sehr mit dem Begaffen der Krankenschwestern beschäftigt bist und keine Zeit für mich hast!«

Nichts entgeht diesem Beichtvater voralpenländischer Sünder. In der Tat brachten die sommerlich leichten Kittel des Pflegepersonals gegen das Licht hochinteressante Kurven zur Geltung, ich spürte auch meinerseits neue Lebenskraft in mir. Soll es vielleicht bedeuten, ich erhole mich allmählich von allen Liebesenttäuschungen der Vergangenheit?

Samstag, 15. September 1984

Endlich habe ich das perfekte Versteck für mein Tagebuch. Es geht nicht nur darum, den passenden Ort dafür zu wählen – davon gäbe es genug, und ich wette, niemand würde es ohne einen Hinweis von mir entdecken. Die Frage ist eher: Wer würde es finden, falls mir etwas – möge es Gott nicht wünschen – zustößt?

Don Barba geht es inzwischen wieder gut, er hält sich zur Genesung in Posina auf. Auf einen Überneunzigjährigen allein kann ich mich allerdings nicht verlassen, obwohl ich ihm wünsche, weitere hundert Jahre glücklich zu leben. Deshalb musste eine geniale Lösung her, das Tagebuch soll gegebenenfalls von meinem Freund Carlo Zampieri gefunden werden. Bei seinem extremen Sauberkeitsfimmel bin ich ziemlich sicher, er wird hier eine gründliche Reinigungsaktion veranstalten und dabei mein Päckchen schleunigst entdecken.

Etwas umständlich ist diese ansonsten geschickte Lösung schon, denn bei jedem neuen Eintrag muss ich das Tagebuch aus- und wieder einpacken, es zwischen Balken und Badezimmerdecke stecken. Ich sollte mir vielleicht ein weniger kompliziertes Versteck ausdenken.

Sonntag, 16. September 1984

Der Sommer geht in der Contrà Brunelli offiziell zu Ende. Dafür haben ein paar Gewitter gesorgt, die die warme Jahreszeit vertrieben und einen vorzeitigen Herbst eingeleitet haben. Seit gestern sind die Temperaturen um zehn Grad gesunken, der Himmel ist grau, am Abend steigt bereits Rauch aus den Kaminen.

Das gewohnte Beisammensein am Sonntagnachmittag ist den Sommer über ausgefallen, denn durch die Urlaubsstimmung und das schöne Wetter kann man Werk- und Feiertag beinah nicht unterscheiden. Auch gab es ein ständiges Kommen und Gehen, jeden Tag schauten Verwandte oder Bekannte vorbei. Am Salìzo war jeden Abend was los, Getratsche, Gelächter, Umtrünke; von Zeit zu Zeit waren sogar Kinder da, sie haben Verstecken gespielt.

Heute hat das miese Wetter dazu beigetragen, dass die guten alten Sitten wieder aufgenommen wurden, und so haben wir uns ohne vorherige Absprache in Romildas Küche zusammengefunden.

Hauptthemen waren selbstverständlich das schlechte Wetter und die ungnädigen Jahreszeiten, so wechselhaft und unbeständig gegenüber der Vergangenheit. Nach zwei Tagen Regen herrscht bei den Contradabewohnern allgemeine Besorgnis bezüglich der kommenden Kartoffelernte. Als dieses Wort fiel, war mir klar, die Diskussion würde sich in die Länge ziehen. Und genauso ist es gekommen.

Donnerstag, 20. September 1984

Aufgrund des Septemberregens herrscht in der Contrada eine feucht bedrückte Stimmung. Deshalb wollte ich mir heute einen Tag in der Stadt gönnen, so bin ich nach Schio hinuntergefahren.

Im Regen verwandelt sich die »liebliche« Voralpenstadt ebenfalls in einen der traurigsten Orte auf der Welt, und darin steht sie nur Torrebelvicino nach. Das Licht wirkt fahl, die umgebenden Berge bilden einen dichten, bleiernen Vorhang, an dem die Wolken vorbeiziehen. Der Gasthof *Due Spade* war leer, die Kartenspieler ausgeflogen wie die Schwalben.

Meine Laune verschlechterte sich mit jeder Sekunde, die ich herumlungernd in der Innenstadt verbrachte, während der Regen meine Kleider durchnässte.

Dann hakte sich auf einmal jemand bei mir unter, weshalb ich erschrocken zusammenfuhr.

»Ganz ruhig, Aldo! Es ist nur der Dante und leider keine schöne, sexhungrige Dame.«

»Ma vaffanc! Musst du mich unbedingt überfallen, um Aufmerksamkeit zu gewinnen?«

»Ich war im *Nazionale* und hab dich vorbeigehen sehen, wollte dich überraschen.«

Und genau dahin schleppte er mich, ins *Nazionale*, ein Lokal, das zwar genauso verraucht ist wie das *Due Spade*, dafür mit einem breiten Schaufenster versehen, das den Blick auf den Marktplatz sichert.

»Hast du etwa nach mir gesucht?«, fragte er.

Wir nahmen Platz, und schon wurden zwei Gläser Rotwein aufgetischt.

»Tja, wärst du eine schöne junge Dame, hätte ich's vielleicht getan. In Wirklichkeit brauchte ich Ablenkung, denn bei diesem Sauwetter herrscht in der Contrada eine wahrhaftige Selbstmordstimmung.«

»Das kann ich mir gut vorstellen. Ich sehe dich da oben unter schwarzen Gewitterwolken sitzen, in das Studium der ursprünglichen Zimbernsprache vertieft – gefesselt an den Arbeitszimmerstuhl wie unser edler Poet Alfieri.«

»Jaja, verarsch mich nur … Aber es stimmt, je intensiver ich mich mit der Sprache auseinandersetze, umso mehr fasziniert mich diese Kultur.«

»Weil du dich rein mit der Sprache und den Bräuchen beschäftigst. Versuch doch mal Näheres über die Lebensumstände der Menschen zu erfahren, über ihren Kampf ums Überleben, über Ernährung, Krankheiten, Bildung und hygienische Verhältnisse … Du wirst entdecken, die Kultur in Vicenzas Voralpenland konnte bis vor wenigen Jahrzehnten in zwei Worten zusammengefasst werden, ›Elend‹ und ›Unwissenheit‹. Dann wirst du auch begreifen, warum der Zauber der Gebirgswelt seinerzeit kaum wahrgenommen wurde.«

»Aber alle Bauern teilten damals dieselben ärmlichen Lebensumstände, selbst hier in der Ebene.«

»Aber in den Bergen war's allemal extremer, da kamen nämlich der unfruchtbare Boden und die Abgeschiedenheit der Ansiedlungen erschwerend hinzu. Ende des neunzehnten Jahrhunderts löste der Bevölkerungszuwachs eine bald chronisch gewordene Hungersnot aus, die Unterernährung war trotz kontinuierlicher, harter Arbeit nicht zu besiegen. Ganz im Gegenteil: Die allzu intensive Tätigkeit schadete der Gesundheit der Bergbewohner.«

»Falls das zutrifft, wäre dann anzunehmen, dass eine weitere Ursache des Untergangs der Zimbern in diesen Tälern die Verdrängung ist: Man hat all das vergessen *wollen,* was an das Elend, den Hunger und die Mühen der Väter erinnerte.«

»Ganz gewiss wirkte der Wohlstand der Nachkriegszeit befreiend, er führte aus einer finsteren Zeit hinaus, die man schnell hinter sich bringen wollte. Erst nach dem Krieg konnte das Elend als Dauerzustand beseitigt werden. Durch Wohlstand war die Ignoranz allerdings kaum zu bekämpfen.«

»Jetzt übertreib aber nicht! Hör auf, den meckernden Professor zu spielen. Vom heutigen Bildungsniveau konnte man vor hundert Jahren nur träumen.«

»Bildung? Du meinst wohl Un-Bildung! Ungebildet waren sie damals und sind's geblieben. Zwar längst keine Analphabeten mehr, zumindest nicht im herkömmlichen Sinne, doch *wissen* tun sie nichts: Sie kennen ihre Geschichte, ihre eigene Kultur nicht, alles wurde vom Reichtum ausgelöscht. Und über die gegenwärtige Geschichte wissen sie ebenso wenig, weil sie nicht lesen, nicht nachdenken, sich nicht informieren wollen. Sie verbringen ihre Zeit vor dem Fernseher, ziehen sich die übelsten Unterhaltungssendungen rein und setzen sie als eigene ›Lebensweise‹ um, lassen hohle Inhalte als allgemeinen Menschenverstand gelten. Die Kinder werden nach den Seifenopernstars getauft, die Hausfrauen glauben tatsächlich, ein glitzerndes Klo sei ihr einziger Lebenszweck, die älteren Leute kleiden sich mit immer bunteren, schrillen Trainingsanzügen wie ganz perverse Farbenblinde.«

»Ich kann kaum glauben, dass unser Land wegen ein paar benebelter Konsumgeier untergehen soll. Es sind schon etliche barbarische Völker hier vorbeigezogen, irgendwann wird es auch *damit* zu Ende sein.«

»Doch heutzutage muss ein weiterer Faktor berücksichtigt werden. Das eigentliche Problem ist das Geld – oder besser, die Kaufkraft dieser Unseligen. Jeder Depp kann inzwischen für ein paar Tausend Lire einen Bagger mieten und über den Vormittag einen ganzen Hügel abtragen. Jeder reich gewordene Halbanalphabet kann eine ganze Mannschaft von ebenfalls beschränkten Handwerkern verpflichten, um überdimensionierte, geschmacklose Wohnhäuser hinzustellen, gebaut nach dem Zufallsprinzip. Kein einziger dieser Voralpenvandalen nimmt Rücksicht auf einen alten Trampelpfad, eine Masièra, einen Weinberg, eine Wiese oder ein Waldstück. Sie bringen es fertig, binnen einer Viertelstunde eine hundertjährige Kastanie niederzureißen und an ihrer Stelle eine Araukarie zu pflanzen. Ja, genau, dieses Gewühl an schuppigen, schlauchartigen Ästen! Von der Thuja ganz zu schweigen, die die ach so ›unsauberen‹ Hecken ersetzt. Ein regelrechtes Attentat auf das italienische Kulturgut!«

»Wenn du dich aufregst, kommst du mir vor wie ein predigender Kapuzinermönch. Oder wie ein fanatischer Architekt, der …«

»Von wegen Architekt! Man braucht kein Architekt zu sein, um seine Intelligenz zu beweisen. Und ich bin ja ziemlich gescheit.«

Ich habe längst festgestellt, die Gespräche mit Dante wirken wohltuend auf meine Laune – und sogar auf die Wetterlage, denn gegen Abend verzogen sich die Wolken.

Der Sonnenuntergang war geradezu spektakulär. Ich kam bestens aufgelegt nach Hause.

Dienstag, 25. September 1984

Ines, das garstige Familienoberhaupt der Brunelli Barbastrìji, macht mir Sorgen. Nicht so sehr wegen ihres körperlichen oder geistigen Zustandes, sondern vielmehr aufgrund ihres ständigen Herumirrens in der Contrada. Heute habe ich sie wieder um mein Haus herumlaufen sehen, immer wieder ging sie an meinem Gemüsegarten vorbei, als wolle sie mich im Auge behalten. Sobald sie mich sieht, senkt sie den Kopf und wechselt die Richtung. Ich habe für eine Weile versucht, ihr zu folgen, in einem leicht absurden Versteckspiel, bei dem es eher gilt, einander zu meiden, als sich zu finden. Bei diesem schwachsinnigen Zeitvertreib haben sich irgendwann unsere Wege doch gekreuzt, direkt hinter meinem Haus, und ich habe sie ganz offen angesprochen: »Kann ich Ihnen helfen? Haben Sie mich gerade gesucht?«

»Ne, ne … bin grad hier vorbeigekommen … Grüß Gott!«

»Grüß Gott.«

Und sie ist weitergezogen. Doch etwas hat mich stutzig gemacht, als ich kurzzeitig in ihrer Nähe war: der Geruch. Ja, die alte Ines riecht … nach einer Mischung aus Schweiß und brennendem Holz. Der Geruch, den ich neulich am Abend in meiner Küche wahrgenommen habe!

Im Geist habe ich diejenigen Bewohner der Contrà Brunelli Revue passieren lassen, die über einen Gasanschluss verfügen: Rosetta, AveMaria, Ennio. Alle anderen benutzen einen Holzherd.

Samstag, 6. Oktober 1984

Der Wald wechselt die Farbe. Auch das Grasgrün verblasst allmählich, und manche Stelle am Berghang, an der nicht gemäht wurde, ist von einem gelblich wogenden Mantel bedeckt. Ja, seit die Tierzucht aufgegeben wurde, und die jungen Leute in die Ebene ziehen, verkommen die Wiesen von Jahr zu Jahr. Einmal sich selbst überlassen, leisten sie gewissermaßen Widerstand und verwandeln sich in eine Steppe; das Gestrüpp wuchert, und irgendwann nimmt das Dickicht überhand.

Darüber habe ich heute Morgen mit Ennio gesprochen. Ich wollte mich nach dem Stand der Umbauarbeiten erkundigen, sie scheinen im Moment lahmzuliegen, also bin ich dort vorbeigegangen. Bei der Gelegenheit wollte ich versuchen, das merkwürdige Verhalten von Ines zu klären. Ennio verkehrt nämlich als Einziger regelmäßig mit den Barbastrìji, ist mit den beiden Brüdern sogar eng befreundet.

Selbstverständlich hat seine ausufernde Fantasie auch für die verlassenen Wiesen eine Lösung hergezaubert. Es käme demnach erneut zum Mähen, und dies ohne jegliche Mühe für die Einwohner. Wahrscheinlich ließe sich auch Geld damit verdienen.

»Wir schaffen das Markenzeichen ›Heu der Voralpen d.o.c.‹ – Bezeichnung kontrollierten Ursprungs – und verkaufen's den Tierzüchtern aus dem Flachland. Ja genau, denen, die die Kühe im Betonbau gepfercht halten. Stell dir das einmal vor, sie machen Werbung, sagen, dass ihre Kühe mit dem Gras unserer Berge gefüttert werden, als ob sie auf der Alm grasen würden. Das Fleisch ist daher gesünder und wieder saftig, so wie früher. Und wir, wir müssen's aber ganz geschickt einrichten: Die kommen, wiegen das Heu ab, zahlen. Dafür können sie mit der Bezeichnung ›Heu der Voralpen d.o.c.‹ für die Produkte werben.«

Typisch Ennio, immer hat er eine kreative Lösung parat, egal zu welcher Angelegenheit. Ich behaupte es ja schon länger, der Kerl ist ein Genie.

Was Ines Brunelli angeht, konnte ich Folgendes in Erfahrung bringen: »Die hat einen totalen Dachschaden! Bildet sich jetzt ein, dass sie einen Gehirntumor hat, weil sie in letzter Zeit immer Kopfweh hat. Aber der Alfredo Brunelli meint, die Alte hat viel zu hohen Blutdruck, deswegen ist die net ganz klar im Kopf.«

»Sie kann ruhig zu mir kommen, wenn sie Rat braucht, das kannst du ihr ausrichten. Ich hatte den Eindruck, sie ist richtig in Sorge.«

»Eigentlich müsste *ich* mir Sorgen machen. Schau her, das Haus ist noch net zu Ende gebaut, die Arbeit zieht sich hin.«

»Wieso seid ihr noch nicht fertig geworden, Mario und du?«

»Weil der Mario an sich schon komisch genug ist, aber seit Bortolo tot ist, streikt er. Der schaut nur nach seinem Wald, ansonsten tut er nix, wäscht sich net, kämmt sich noch weniger, isst nur Gemüse, und das war's.«

»Du musst Geduld haben, Ennio, Mario macht eine schwere Zeit durch. Er hat seine zwei liebsten Freunde verloren, aber ich bin sicher, er wird sich bald erholen. Und wir werden wieder den alten redseligen Zeitgenossen erleben.«

Donnerstag, 11. Oktober 1984

Don Barba lässt nichts mehr von sich hören. Ich bin ein paar Mal nach San Carlo hinauf, um nach ihm zu sehen, in der Hoffnung, er sei aus Posina zurück, doch die Kirchentür ist verriegelt, und vor dem Eingang beginnt sogar das Gras zu wachsen. Das Anwesen sieht einigermaßen verwahrlost aus. Ich habe wieder die junge Dame angesprochen, die mich im September über seinen Krankenhausaufenthalt informiert hatte.

Sieht gar nicht schlecht aus, die Ragazza: dunkelhaarig, robust, schöner Busen. Ein wenig rau im Benehmen, was irgendwie – ja, auf charmante Weise – im Widerspruch zu ihren zarten Gesichtszügen steht. Vor allen Dingen ist sie über Don Barbas Befinden bestens im Bilde und von ihm ermächtigt, den zahlreichen Besuchern Auskunft zu erteilen. Er weilt noch in Posina, es geht ihm gut, angeblich befasst er sich mit rätselhaften Recherchen.

Also habe ich auch meinerseits die angesammelten Unterlagen in Angriff genommen, um ihn dann eben – sollte der betagte Detektiv nicht zurückkehren – im Posinatal aufzusuchen. Wenn der Berg nicht zum Propheten kommt …

Meine chaotischen Aufzeichnungen sinnvoll zu gestalten, war ein ziemliches Unterfangen. Habe sogar versucht, ein elementares zimbrisches Wörterbuch anzulegen, in dem ich sämtliche zimbrischen Wörter, die ich entziffern konnte, mit Übersetzung aufgelistet habe. Es war keine leichte Arbeit, dieses Zimbrisch ist eine komplexe Sprache, die man sich nicht einfach aneignet;

auch sorgen etliche Gelehrte dafür, dass sie noch verschrobener wirkt.

Ganze Bände sind über den Unterschied zwischen der mittelhochdeutschen und der Zimbernsprache vorhanden. Des Weiteren muss berücksichtigt werden, dass viele zimbrische Wörter im Laufe der Jahrhunderte ins Italienische oder gar in den venezianischen Dialekt übertragen wurden, allerdings nicht unbedingt auf korrekte Art und Weise. So kam es mit der Zeit zu etlichen Schnitzern, die das ohnehin wirre Sprachknäuel noch undurchdringlicher machen. Auch wurden viele Wörter von der venetischen Mundart beeinträchtigt, oder es gingen gar neue Wendungen aus der Vermischung beider Sprachen hervor. Jedes Dorf, jede Contrada hatte ferner eine eigene Aussprache, sodass endlos viele Varianten ein und desselben Wortes vorhanden sind.

Mithilfe meines primitiven Glossars wollte ich die Ortsnamen aus dem Tal aufschlüsseln, nach Don Barbas Lehre: »Man recherchiert einen Namen, und ganze Welten tun sich auf, wir entdecken ein weiteres Stück Geschichte einer Gegend samt ihren Einwohnern.«.

In der Tat hat sich eine geheimnisvolle Welt vor mir aufgetan, sobald ich mich – Glossar in der Hand – über die Landkarte gebeugt habe: Berge, Hügel, Sturzbäche, Dörfer und Weiler verrieten auf einmal ihre ›eigentliche‹ Bedeutung. Hinter abstrusen Bezeichnungen verbargen sich uralte, wesentliche Inhalte. Insbesondere traten Laute wieder ans Licht, die dieses Volk vor Jahrhunderten gebrauchte – Worte, die an altertümliche Sitten und Bräuche erinnern und unwiderlegbar beweisen, dies ist seit jeher zimbrisches Land. In diesen Tälern und Bergen spielte sich die Geschichte eines Migrantenvolkes ab, das hier seine neue Heimat gefunden hatte.

Ich habe mich zunächst mit den Namen der Weiler befasst; bald stellten sie sich als bedeutende Schauplätze der ersten Siedlungswelle heraus, denn sie bezeichnen die Gründer oder alte Handwerksberufe, typische Ortsmerkmale oder gar die Tiere aus der Gegend. So zum Beispiel Contrada Bèber, was für »Weber« steht, oder Contrada Sostere, von »Schuster«. Was die typisch zimbrischen Berufe angeht, gibt es Contrada Gecchelini, von »Zeche«, Contrada Stonera, von »Steiner«, Contrada Ertele, von »Hirte«, Contrada Lèder und viele mehr. Eine weitere Namensgruppe verweist auf Wiesen, Täler und Wälder, wie sie von den deutschen Einwanderern vor beinah tausend Jahren erfasst wurden. Dazu gehören Contrada Bàlpese, von »Wald + Wiese«, Contrada Bàrcetal, von »Wasser + Tal«, und so weiter. Das Tierreich spiegelt sich in Ortsbezeichnungen wider wie Contrada Bariola, von »Bär«, Contrada Bolfe, von »Wolf«, Contrada Fochesati, von »Fuchs«.

Im Anschluss habe ich mich mit dem zimbrischen Kulturgut aus Kinderreimen, Liedern und Märchen beschäftigt, unter besonderer Berücksichtigung der Namensgebung.

Angesichts des imponierenden Ausmaßes an Dokumenten, die zu prüfen waren, kam ich mir streckenweise hoffnungslos verloren vor. Die zimbrische Geschichte mag zwar bei den Einwohnern in Vergessenheit geraten sein, doch keinesfalls bei einheimischen Forschern. Im Dickicht der Angaben und Hinweise diente mir als Kompass einzig das feste Vorhaben, den irrsinnigen Mörder aufzuspüren, der sich in der Contrà Brunelli herumtreibt.

Apropos: Brunelli, »Brunnen«. Auch Bortolos Familienname Sterchele stammt von »Starke«, wieder ein Hinweis auf die zimbrische Abstammung der Contrada.

Ich blätterte gerade in einem weiteren Bändchen über zimbrische Sprichwörter; da stolperte ich ausgerechnet über solche, die ich in der Contrà Brunelli schon einmal gehört hatte, allerdings in der italienischen Fassung: »'s bizzen steet net in part«, das Wissen steckt nicht im Bart, hatte auch Romilda eines Tages Bortolo gesagt, als sie ihm Überheblichkeit vorwarf. Und »dar pomo ballet net am ersten troche« – der Baum fällt nicht beim ersten Hieb, hatte Bortolo mir am selben Abend tröstend ins Ohr geflüstert.

Der Täter kennt das Ogerlied, er muss es wohl von den alten Talbewohnern gelernt haben. Ich fühle mich nah am Ziel und kann es kaum erwarten, mich mit Don Barba auszutauschen.

Freitag, 26. Oktober 1984

Marios Laune verschlechtert sich von Tag zu Tag, er wird zunehmend mürrisch, kratzbürstig. Dazu sieht er sehr ungepflegt aus. Mehrmals habe ich versucht, ihn zum Reden zu bringen, damit er mir seine Sorgen anvertraut, doch vergebens. Wir waren heute Morgen am Brunnentrog verabredet. Er knurrte, war außer sich vor Wut.

»Was ist mit dir los? Du wirkst wie von der Tarantel gestochen!«

»Viel schlimmer! Bin erst jetzt grad mit den zwei Barbastrìji fertig geworden, diesen Verbrechern!«

»Was haben sie dir denn angetan?«

»Mir persönlich nix, und sie sollen's ja nur wagen! Aber die Romilda wollen sie net in Ruh lassen, die nehmen das Holz mit, ohne was zu sagen. Und vor allem haben sie Geld in der Tasche, das eigentlich der Bürgermeisterin gehört.«

»Bist du dir ganz sicher? Und weiß die Romilda Bescheid?«

»Na klar bin ich mir sicher, ich bin doch ständig im Wald unterwegs, da sehe ich doch, dass Bäume fehlen. Ich sehe auch den Traktor hin und her fahren, seh, wie die den ganzen Tag lang die Stämme nach Hause schleppen.«

»Aber sie haben doch den Auftrag, den Wald zu pflegen, Romilda hat mir immer gesagt, diesen Teil ihres Waldes hat sie ihnen anvertraut.«

»Die Romilda ist ein Weibsbild, und als solches hat sie von Wald und Bäumen keinen blassen Schimmer! Die beiden Barbastrìji richten grad den Wald zugrunde, sie fahren hundert Stämme ins Tal, schreiben aber dreißig auf den Wiegeschein, und dann erst wird geteilt – zehn für die Romilda, zwanzig für sich. Und so ist das Geschäft gesichert!«

»Aber warum sagt die Romilda nichts? Sie scheint nicht gerade der Mensch zu sein, der sich an der Nase herumführen lässt.«

»Tja, zu mir hat sie gesagt: ›Sprich du mal mit den Barbastrìji, ich will net streiten.‹ Stell dir das vor! Mit denen kann man doch nicht diskutieren, das sind Räuber. Reden tu ich mit denen nicht, sonst nimmt's ein böses Ende!«

Nachdem er Dampf abgelassen hatte, hüllte sich Mario wieder in Schweigen. Für den Rest des Tages hat er, abgesehen von ein paar spärlichen Brummeinlagen, keinen Laut von sich gegeben.

Sonntag, 28. Oktober 1984

Don Barba hat heute Morgen angerufen, er wird am Dienstag wieder in San Carlo sein. »Hab mit der Verwandtschaft streiten müssen, habe mich mit den Ärzten und sogar mit dem Bischof angelegt, aber am Ende habe ich es geschafft, ich komm nach Hause!«

Wir sind gleich für Dienstagnachmittag verabredet.

»Bring eine Flasche Rotwein mit, man hat da oben meine Reserven beschlagnahmt«, befahl er. Seine Stimme klang matt, irgendwie sehr weit weg. Fast wie aus dem Jenseits.

Trotzdem hat mich das Telefongespräch in beste Laune versetzt, sodass ich nach dem Mittagessen in der Hoffnung auf Romildas Haus zumarschierte, man würde nicht über das Holz und die Brunellis Barbastrìji sprechen – ich hatte nun wirklich nicht vor, mir den Sonntag verderben zu lassen. Und während ich das alles im Geist aussprach, erschien mir der Kobold! Der werte Professor Dante Silvestri saß am Brunnentrog, die Kleidung zerknittert wie gewohnt, sein Gesichtsausdruck spöttisch wie immer.

»Wie ein Waldgeist tauchst du auf einmal auf!«, rief ich aus.

»Ich komme aber nicht vom Wald, sondern von der Straße. Diesmal bin ich mit dem Bus bis Ponte Capre gefahren, dann den Hang zu Fuß hinauf«, murmelte er, noch außer Atem.

»Komm mit, du kannst dich bei Romilda in der Küche ausruhen. Die Dame steht übrigens noch unter Schock aufgrund deiner großzügigen Blumengabe.«

»Ihr Bergmenschen habt wirklich keine Ahnung, wie man sich gegenüber dem weiblichen Geschlecht zu benehmen hat. Ich wundere mich aber über deine rauen Sitten sehr, wo du doch eigentlich aus der Stadt kommst!«

»Romilda, wir haben Besuch, schau mal, wer heute zu uns gekommen ist«, kündigte ich beim Betreten der Küche an.

»Jesus Maria! Wer kommt denn da! Grüß Gott, Herr Schulrat!« Beim Anblick Dante Silvestris errötete Romilda sichtbar – schließlich ist er der einzige Mann, der ihr jemals einen Blumenstrauß geschenkt hat. »Wohin des Weges? Haben Sie die frische Bergluft bemerkt, die heut aus dem Pasubio runterweht?«

»Und wie! Ich hab gedacht, ich friere unterwegs glatt ein. Ich bin mir vorgekommen wie ein Alpenjäger in der Steppe am Don.«

»So ein Unfug, die Steppe. Alles nur wegen ein paar Windböen!«

Vom Lärm und Geschrei angezogen, die bis zum Salìzo vordrangen, stießen Mario und Ennio zu uns. Kaum erblickte er den schrulligen Lehrer, leuchteten Marios Augen – so begeistert ist er von den Berichten zum Ersten Weltkrieg, die Dante meisterhaft zum Besten gibt.

»Ich bin gekommen, der Hausherrin ein kleines Geschenk zu überreichen, und hoffe sehr, es wird ihr willkommen sein«, sagte unser Gast auf seine üblich schwülstige Art.

»Ein Geschenk? Das war aber net nötig, dass Sie sich solche Umständ machen«, reagierte Romilda sehr verlegen; sie wusste offensichtlich mit so viel Aufmerksamkeit nicht umzugehen.

»Keine Sorge, Romilda, ich hätte mir niemals erlaubt, Sie mit unangebrachten Gaben zu belästigen. Mein Geschenk ist Ergebnis des Zufalls, ein Fund im Rahmen meiner Recherchen; es ist in Wirklichkeit gar kein Geschenk, viel eher eine Rückgabe, sozusagen … Denn was ich Ihnen mitgebracht habe, gehörte Ihnen bereits vor vielen Jahren.«

Alle Anwesenden staunten nicht wenig. Worum ging es überhaupt?

Dante legte eine theatralische Pause ein und sah jedem der Anwesenden tief in die Augen; dann zog er endlich ein Foto aus der Innentasche seines Jacketts.

»Ein Bild, Romilda, ein Bild von Ihnen aus dem Jahr 1919, mit anderen jungen Damen zusammen, die, wie ich annehme, mit Ihnen verwandt sind. Es steckte in einem Band, den man wohl schon längere Zeit nicht mehr aufgeschlagen hatte. Ich habe Sie sofort erkannt, obwohl Sie damals um einiges schlanker waren – an Zunehmen war ja während der Kriegszeit kaum zu denken.«

Wir haben uns eng um Romilda geschlossen und das alte Foto angesehen. Es war ziemlich beeindruckend: Ein steiniges Friedhofsgelände, eine zerbombte Contrada, ein riesiges Holzkreuz; eine Gruppe von Frauen – verhärtete Gesichter, die Haut gegerbt durch die Arbeit in der Sonne; sie alle hielten schaurig langstielige Sicheln im Arm. Nun war Romilda nicht länger rot im Gesicht – sie war blass geworden und wirkte wie versteinert.

»Wahrhaftig ein rares Dokument, ich habe es entwendet, um es der rechtmäßigen Eigentümerin zurückzugeben; auch konnte ich in Erfahrung bringen, wo es abgelichtet wurde: Contrà Molini, nahe Laghi, im Posinatal.«

»Das ist wahr«, hat Romilda geflüstert, »als Mädel habe ich in Contrà Molini gewohnt, dann sind wir aber alle weg, da gab's bloß Elend und Trauer. Wir Brunellis sind zu unseren Verwandten hierhergezogen, ins Leogratal. Im Posinatal hat man's net aushalten können.«

»Das kann ich Ihnen gut nachfühlen, ich weiß genau, wie sehr unsere Berge von Armut gezeichnet waren; habe es vor nicht allzu langer Zeit unserem Doktor hier erklärt, denn er recherchiert auch, obwohl er sich eher für Legenden und alte Dialekte interessiert.«

Sogleich haben sich Romilda, Mario und Ennio nach mir umgedreht, ziemlich erstaunt über meine volkshistorischen Studien.

Nun war ich am Zug, wenn ich die Lage retten wollte. »Aber was denn, was für Recherchen? Der einzige wahre Historiker hier bist du: Ich fahre nur in den Tälern herum, um meine Arztbesuche abzustatten, und höre dabei manch eine Anekdote oder ein Sprichwort, und das macht mich etwas neugierig – typisch Tourist, sozusagen.«

Niemand in der Contrada wusste bisher von meinen Nachforschungen, und sie sollen weiterhin geheim bleiben. Es geht nicht nur um meine eigene, sondern um die Sicherheit aller. Dante muss wohl Lunte gerochen haben, denn er wechselte schnell das Thema und hielt einen längeren Vortrag über die Fotografietechnik um 1918, bei dem es um unterschiedliche Linsen, Platten, Belichtungszeiten ging.

Wir haben bis zum Sonnenuntergang weiter geschwätzt, und wie immer hat Herr Silvestri zu viel getrunken. So habe ich angeboten, ihn nach Schio zu fahren, was Dante gern angenommen hat.

Einmal ins Auto gestiegen, hat er mich – schlagartig wieder nüchtern – angefahren. »Du bist vielleicht ein Idiot, das nächste Mal sprichst du Klartext mit mir und sagst gleich, dass du über etwas oder jemanden im Zusammenhang mit der Contrà Brunelli nachforschst! Ich hab's fast zu spät gemerkt und beinah vermasselt!«

Also sprach Dante. Sodann ist er in den betrunkenen Zustand zurückgefallen und eingedöst.

Wir mussten alle ausgiebig gezecht haben, denn auf dem Nachhauseweg hatte ich große Mühe, den Wagen zu lenken. Und beim Schreiben dieser Zeilen konnte ich die Augen kaum offen halten.

VII Im Haus verbarrikadiert

Das Tagebuch endete am Sonntag, den 28. Oktober 1984. Am darauffolgenden Montag wurde Aldo erhängt aufgefunden, am Dach über dem Brunnen.

Es war Herr Notar Bonato, der von Selbstmord gesprochen hatte, und Carlo hatte eine Weile daran festhalten wollen: Aldo fühlte sich einsam, seine Depression hatte zum Suizid geführt. Das konnte jedoch nicht zutreffen. Aldo Manfredini war in Wirklichkeit das dritte Mordopfer, an die Reihe gekommen nach Piero Ongaro und Bortolo Sterchele – der Täter ein vorerst unbekannter Geisteskranker. Bisher hatte niemand den engen Zusammenhang erkannt, niemand hatte begriffen, dass das Motiv in allen drei Fällen ein und dasselbe war. Carlos Mutmaßungen hatten sich bisher als richtig erwiesen, die nächtliche Tagebuchlektüre hatte ihn erschüttert, dort war der Hergang genau festgehalten.

Höchstwahrscheinlich ein Irrer. Aldo, Bortolo und Don Barba, die das Milieu und die darin verkehrenden Gestalten gut kannten, hatten gleich einen Wahnsinnigen als Mörder vermutet. Sie hatten womöglich recht. Diejenigen, die ihn suchten, waren ums Leben gekommen. Geisteskrank war der Mörder schon, aber nicht dumm. Er hatte gemerkt, man war ihm auf den Fersen, er wusste, man würde ihn früher oder später erwischen. Deshalb hatte er zugeschlagen.

Die Contrada hatte sich in ein gefährliches Pflaster verwandelt. Auch für Carlo Zampieri.

Aldo ist erst vor einem Monat ermordet worden, fasste Carlo in Gedanken zusammen, Bortolo Ende Juni, Ongaro Anfang Mai. Die Taten wurden gnadenlos und rasch durchgeführt, drei perfekte Morde. Als hätte der Täter jeweils den Zeitpunkt und die Umstände exakt geplant, um dann entschlossen vorzugehen. Und der Killer weilt noch unter uns, wacht vor Ort, davon bin ich überzeugt. Er verfolgt wahrscheinlich jeden einzelnen meiner Schritte, fragt sich, ob ich eine Gefahr für ihn darstelle.

Carlo sah sich um und seufzte. »Ein Türschloss, ich brauche ein schönes dickes Türschloss!« Er würde eine große Stange in der Eingangstür einbauen, und Eisengitter in die Fenster. Von wegen Tradition, Sitten und Bräuche, von wegen offene Türen, von wegen Eintreten, indem man ganz schlicht »Permessooo« ruft …

Der Mörder, dachte Carlo, spielt nicht Katz und Maus mit mir – nein, er beobachtet mich aus der Höhe wie ein Bussard. Er starrt auf mich herunter mit seinem Glasauge. Und wartet. Um wieder zuzuschlagen. Mich wird er aber nicht kriegen. Ich werde die Fehler von Aldo und Bortolo nicht wiederholen, ich werde auf keinen Fall als Zielscheibe dastehen.

Aldo hatte dem Kerl einen bösen Streich gespielt, indem er Carlo das Tagebuch hatte zukommen lassen. Aldo hatte den dichten Nebel, der um jene Wälder lag und so viele Missetaten verdeckte, beseitigt. Carlo wusste einiges, er würde daran festhalten. Er würde vor allen Dingen den Oger nicht in seinem eigenen Revier herausfordern.

Ich packe meine Sachen und gehe. Schlag nur zu, du Trottel, wenn du es schaffst! Ich gehe nach Haus und forsche in Padua weiter nach. Ich kann ja jederzeit wieder hierher, unangekündigt, und genauso kann ich jederzeit wieder gehen. Kommen, gehen, bewegen, ermitteln. Erst wenn ich herausfinde, wer der Oger ist, komme ich auf längere Zeit wieder hierher. Um ihn zu schnappen.

Doch die Annahme, der Wahnsinn allein stelle das Motiv zu drei Morden dar, überzeugte ihn nicht hundertprozentig. Carlo war Ingenieur, ein praktisch veranlagter, positiver Mensch, und Geschichten von Affekt, Anfällen, Raptus und Delirium stand er seit eh und je mit Skepsis gegenüber. Nie und nimmer konnte ein Mensch wie er an eine Monstergestalt aus den Wäldern glauben, an einen direkten Nachkommen ungarischer Räuber, der angeblich umging und alte Bergleute totschlug.

Viel überzeugender wirkten auf ihn tragische Ereignisse, die von wirtschaftlichen Interessen herrührten, von umstrittenem Eigentum, Geld, Habsucht. Die Habgier treibt die Menschen wahrhaftig zu allerlei Verbrechen. Irrsinnige Handlungen konnten nach Carlos Meinung durchaus vorkommen, allerdings nur im Zusammenhang mit Geld. Gekoppelt mit Ignoranz. Nur ein Unwissender wehrt sich mit Gewalt und wahnsinnigen Taten.

Somit war das Phantombild des Täters erstellt: Ein ignoranter, habgieriger Geisteskranker, der seine Interessen wahrte. Doch wer war das? Konnte man dahinterkommen? Carlo wurde klar, er durfte nicht die gleichen Fehler wie Aldo und Bortolo machen – weder um Hilfe bitten noch nachfragen, niemanden in der Contrada ansprechen. Der Mörder war offenbar unter ihnen, immer auf der Lauer, dieses Schwein nahm jede kleinste Bewegung wahr.

Aber, aber … je länger er darüber nachdachte, umso stärker drängte sich eine Frage auf: Wenn Aldo und Bortolo getötet worden waren, weil sie dem Mord an Piero Ongaro nachgingen, wieso hatte man Piero Ongaro erschlagen?

Anfänglich wurde Renato Filippi verdächtigt, der das Bergwerk an sich reißen wollte, und dieser war nach kürzester Zeit als möglicher Täter ausgeschieden. Was dann, was konnte hinter dem Mord am ehemaligen Straßenhändler stecken? Die Erbschaft? Wollte jemand sein Hinscheiden beschleunigen, um an die Güter ranzukommen? Dann gab es nur einen Namen, Ennio Ongaro. Der Neffe.

Oder sollte man annehmen, Herr Ongaro habe bewusst oder unbewusst etwas entdeckt, gesehen oder gehört, das jemanden störte. Aber was?

Der »mechanisch Dichtende« bewegte sich gerne fort, hielt sich im Wald auf, im Gebirge, in den Bergwerken, suchte aber auch Freunde und Verwandte im Dorf auf. Er kannte von Berufs wegen Gott und die Welt, denn er war jahrelang mit seinem roten Bus die Hügel auf und ab gefahren, er hatte täglich mit den Berghausfrauen verhandelt.

Apropos Hausfrauen: Ein Eifersuchtsdrama konnte von vornherein ausgeschlossen werden, Carlo war sich sicher. So wie Aldo ihn porträtiert hatte, schien der gute Ongaro nicht gerade ein wilder Schürzenjäger gewesen zu sein, er machte eher so einen Eindruck wie »Sex? Nein, danke, dafür sind wir uns zu fein«. Auch war es keine typische Gegend für Ehrenmorde, dazu musste man weiter nach Süden ziehen. Im Nordosten Italiens war viel eher das nicht ganz so heldenhafte »Verprügeln im Familienkreis« üblich, und kein Talbewohner hätte es fertiggebracht, infolge einer banalen Hörnergeschichte gar drei Morde zu verüben.

Nein, es waren finanzielle Angelegenheiten im Spiel, Güter, Immobilien, Grundstücke, Felder. Nichts in jenen Tälern zählte mehr als Eigentum – weder die eigene Mutter noch die Ehefrau, Kinder, Kühe und sonstiges Vieh, das ohnehin nicht mehr gezüchtet wurde. Dort lebte und starb man wegen Haus und Acker, oder – als gegenwärtige venezianische Variante – wegen der eigenen Kleinfabrik. Betriebe waren überall, selbst in jenem engen Tal. Hügel wurden abgetragen, Flächen wurden hier und da verwüstet, und schon war eine neue Werkshalle errichtet, am Leograufer oder gar zwischen den Bergen eingekeilt. Die Fabriken waren Carlo beim Pendeln zwischen Notar, Bank und Friedhof aufgefallen, Bauten, die höchstwahrscheinlich durch

Zuschüsse der Europäischen Gemeinschaft finanziert wurden, freigegeben zu dem Zweck, das Gebirge wieder aufleben zu lassen. Zubetonieren als Prinzip der Wiedergeburt: Es wurde sichergestellt, dass das Gebirge endgültig einging, bevor es wieder auflebte. Darin gaben sich die Gemeindeverwaltungen die allergrößte Mühe. Wie Herr Ongaro zu sagen pflegte, »häufen sich die Deppen in der Talsohle an«.

Jetzt konzentrierte sich Carlo auf beide Aspekte, die Irren und die Grundstücke. Er wollte zweigleisig vorgehen – einerseits überprüfen, ob Ortsansässige beim öffentlichen Zentrum für psychische Gesundheit in Schio angemeldet waren oder ob welche unter ihnen im Laufe der Jahre in der Psychiatrieabteilung des Städtischen Krankenhauses gelandet waren; parallel dazu würde er eine Katastereinsicht vornehmen lassen, alle Immobilien- oder Landbesitzer in der Nähe der Contrada erfassen. Anschließend würde er die Listen kreuzen, wobei – dazu war allerdings eine gute Portion Glück erforderlich – sich manch eine interessante Verbindung ergeben könnte. Vielleicht ein debiler Eigentümer aus der Contrada. Dann würde Carlo gegebenenfalls die Verbindung zum verstorbenen Piero Ongaro überprüfen.

Gar nicht einfach, dieser Weg, eher holprig. Doch es war durchaus anzunehmen, dass bei einem Irren, der mehrmals und dermaßen brutal zugeschlagen hatte, schon in der Vergangenheit Zeichen geistiger Störung aufgetreten waren. Aber Patientenlisten würde man ihm auf keinen Fall überlassen. Der Datenschutz.

Zum Katasteramt von Vicenza ließ sich dagegen jederzeit ein Mitarbeiter schicken, und binnen weniger Tage würde er Zugang zu allen nötigen Angaben bekommen.

Er musste sich etwas einfallen lassen, um an die Liste der »Verrückten« ranzukommen. Ein gefälliger Arzt musste her oder ein unterbezahlter, bestechlicher Angestellter. Andere Möglichkeiten gab es nicht.

Was den ersten spontanen Gedanken an die Erbschaft und somit Ennio Ongaro betraf – weder Aldo noch Bortolo, die Ennio ja gut kannten, hatten ihn jemals verdächtigt. Und eigentlich hatten sie ja recht. Eigentlich war Carlo der Beweis hierfür am Vortag geliefert worden, als der junge Mann ihm über den Weg gelaufen war. Er ging gerade in Richtung Haus, da hatte er den großen, schlaksigen Burschen erblickt. Ennio wühlte im Abfall auf Aldos Baustelle. Im vermeintlichen Abfall, denn, wie Carlo in der folgenden Nacht aus dem Tagebuch erfuhr, handelte es sich um Ennio Ongaros Materiallager.

»Hallo, was machst du da?«, hatte er den sommersprossigen Jungen freundlich angesprochen.

»Ich bin der Ongaro Ennio, grüß Gott.«

»Bist du Pieros Neffe?«

»Ich hol grad die Fußbodenlatten.«

Es schien unmöglich, ein zusammenhängendes Gespräch mit dem jungen Mann zu führen, er wirkte unruhig, als würde er sich unwohl fühlen in seiner Haut.

Doch bald hatte Carlo erahnt, worum es ging, und prompt reagiert: »Mach dir wegen des Materials aus deiner Baustelle keine Sorgen, du kannst es ruhig hier liegen lassen, mich stört es nicht.«

»Oh ja, vielen Dank, wissen Sie, ich hab schon Angst gehabt, ich muss alles wegräumen.«

»Sag ruhig Carlo zu mir. Und wie läuft die Arbeit am Haus?«

»Leider saumäßig, weil es ein paar Unglücksfälle gegeben hat in der Contrada, und Mario, der mein Helfer ist, der mag nimmer schaffen. Und dann ist mir auch das Geld ausgegangen, weil ich die Schulden vom Onkel gezahlt hab …«

Ennio war ein offenes Buch, man brauchte nur das Lied anzustimmen, und schon legte er los.

»Mein Vater hat's ja gesagt: ›Vergiss das mit der Erbschaft, das gibt nur Theater, und Rechnungen zu zahlen obendrein. Ich hab gemeint, dein Onkel hat den Wald verkauft, um die Schulden zurückzuzahlen, aber der Alte war ein komischer Vogel, der war net nur an sein Land gebunden, der war wie dran gekettet.‹ Aber ich bin zu stolz gewesen, weil der Onkel mich ausgewählt hat, von allen Verwandten mich, also habe ich zum Vater gesagt: ›Das Land der Ongaros muss bei den Ongaros bleiben! Ich übernehm die Schulden vom Onkel, und zahl sie von meinem Ersparten zurück.‹ ›Du Volltrottel!‹, hat mein Vater gesagt. ›Für das Geld hättest unten in der Ebene drei Felder gekriegt, anstelle vom Strauchwald da den Berg hinauf!‹ Jetzt bin ich ganz froh, dass ich mich so entschieden hab, aber mir sind mittlerweile die Schèi ausgegangen – Entschuldigung, ich meine das Geld, und Werkzeug für die Waldbewirtschaftung kann ich jetzt net anschaffen.«

»Das ist aber schade …«

»Na ja, va ben, passt auch so, macht nix!«

Carlo dachte an das Gespräch zurück. Ennio Ongaro scheint von der Erbschaft keinerlei finanziellen Vorteile gehabt zu haben, ganz im Gegenteil, im Moment zahlt er sogar drauf. Sein Name konnte von der Liste der potenziellen Täter gestrichen werden. Doch somit blieb kein einziger Verdächtiger mehr. Carlo hatte nach und nach all die engsten Freunde und Verwandten der Opfer durchgestrichen, die laut Tagebuch unschuldig waren. Nicht mehr infrage kamen Mario Vegnàle, Romilda, Rosetta, AveMaria Brunelli, Caterina Bortoletta Sterchele, Ennio Ongaro und dessen gesamte Familie.

Was die Brunellis Barbastrìji anging, zögerte Carlo noch. Ging man von den Hinweisen aus, die zu Ines und Sonia vorlagen, erschien ihm diese Familie allemal als zwielichtig. Zu sehr verschlossen, zu isoliert. Ob sie etwas zu verbergen hatten? Aneignung fremden Bodens, allerlei Betrug, Inzucht und sonstige Gräueltaten?

Ennio war der Meinung – er hatte sich ja am Vortag länger darüber ausgelassen, wie jemand, der viel zu lange schweigen musste – die Gebrüder Brunelli Barbastrìj seien »anständige Leut'«. Umso weniger mochte er die Frauen: Sonia Brunelli hatte er, aus welchem Grund auch immer, unverblümt als »Schlampe« bezeichnet; Ines, die Mutter, sah ihn immer schief an, behauptete er, und sprach sich stets gegen seine unternehmerischen Ideen aus, die die Brüder jedes Mal begeisterten. Außerdem war Ines »gestört«, so Ennio.

»Wieso gestört?«, hatte Carlo gefragt.

»Weil sie den ganzen Tag allein hockt, und nur sonntags geht die in die Kirche, aber da redet sie auch mit niemand. Und der Alfredo hat mir auch einiges erzählt, was recht komisch ist; zum Beispiel hebt die Ines die Samen der verwelkten Blumen auf, steckt sie in die Tasche und verstreut sie dann im Wald, auf dem Acker und überall, wo sie hinkommt. Einfach so. Der Lino meint, die ist vollkommen verblödet.«

»Na ja«, warf Carlo ein, »vielleicht ist sie nicht verrückt, sondern einfach umweltbewusst.«

Das viel zu gelehrte Wort wurde vom bodenständigen jungen Mann wohl nicht verstanden. »Ja, genau, eine wahre Hexe ist sie, echt. In der Nacht vom heiligen Petrus, da haben wir alle um den armen Bortolo getrauert, der grad von der Brücke geflogen war – dabei hat die alte Ines ganz komisch herumgemacht, hat eine Karaffe voll Wasser genommen und Eiweiß reingetan, dann hat sie die Karaffe die ganze Nacht auf der Wiese stehen gelassen, und am nächsten Tag sind seltsame Figuren im Wasser geschwommen. Und die Alte hat gemeint, es ist das Boot vom Petrus, das er für seine Fahrten im Himmel benutzt. Also, gestörter kann's wirklich net gehen!«

Den ganzen Vormittag dachte Carlo über all das nach, was er nachts im Tagebuch gelesen hatte; er mutmaßte, stellte sich die merkwürdigsten Todesszenarien vor. Auch wanderte er den Weg entlang, an dem Bortolo abgestürzt war, dann ging er zum »Friedhof«, bewegte sich anschließend in Richtung Talsohle, ohne ein bestimmtes Ziel im Auge zu haben, dann stieg er am Hügelhang von San Carlo hinauf.

Der Pfad führte durch einen dichten Kastanienwald, der herbstlich goldgelb strahlte. Das war nicht die in Torrebelvicino als »schräg« bekannte Talseite: Die Sonne kam hier durch, die Umgebung wirkte freundlicher, der Boden war trockener. Hier roch es nicht modrig wie am Waldrand in der finsteren Contrada Brunelli.

Als er die Hügelspitze erreichte, wo die kleine Kirche stand, hatte Carlo das Gefühl, den Ort schon einmal gesehen zu haben, so lebendig hatte ihn sein Freund im Tagebuch beschrieben. Rundherum waren Hügel, Wälder, Berggipfel und Hausdächer zu sehen. Direkt unter ihm lag die Contrà Brunelli. Carlo legte sich auf die Wiese und genoss für den Rest des Nachmittags den Sonnenschein. Dabei schaute er hinunter auf den Weiler, auf die Steinhäuser, die so viele Geschichten in sich bargen …

Als es dämmerte, raffte Carlo sich endlich auf und ging um die Kirche herum, um beim berühmten Don Barba anzuklopfen. An der Tür hing ein Zettel:

Don Giovanni ist bei Verwandten in Posina.
Er kommt vor Weihnachten zurück.
Der heilige Gottesdienst findet am 25. und 31. Dezember (um Mitternacht) statt.

Weniger angenehm und auch nicht besonders heiter gestaltete sich der Rückweg. Es war dunkel geworden, die Luft recht kühl. Der Wald warf Schatten, sie nahmen die Form seltsamer Gestalten an. Die Stille hing im Geäst wie dicker, schwerer Samt. Wenn Carlo innehielt, schien auch im Wald alles zum Stehen zu kommen. Sobald er weiterging, knarzte, krachte, hallte es um ihn, oder eigentlich *hinter* ihm ... Ja, ganz genau, in seinem Rücken. Er blieb immer wieder stehen. Nein, es war gewiss keine Einbildung, jemand bewegte sich hinter ihm.

Carlo beschleunigte seinen Gang. Dann blieb er wieder stehen und rief: »Ist da jemand?«

Stille.

Er ging weiter.

Ja, man folgte ihm.

Er dachte an Giulia, an ihre Befürchtungen, und wurde nervös.

Er dachte an Aldo, an sein tragisches Ende, und war jetzt richtig beunruhigt.

Also rannte er los.

Mit einem Sprung verließ er den Wanderweg und stürzte sich in den Wald. Die Arme vorm Gesicht, um sich vor dem Gestrüpp zu schützen, raste er wie verrückt im Zickzack, jedoch immer auf die Talsohle und die Landstraße zusteuernd. Es war stockdunkel, als er endlich dort ankam. Trotz des spärlichen Verkehrs wirkten der Anblick von Scheinwerfern, das Dröhnen eines Motorrads, die Luftverdrängung durch einen vorbeifahrenden Bus, der ihn beinah überfahren hätte, sehr beruhigend auf ihn. Er schwitzte und fror zugleich. Hoffentlich hole ich mir nichts, dachte er. Wär mir allerdings lieber, als »geholt zu werden«.

Er stand gerade in Ponte Capre und wusste nicht weiter, als ein roter Fiat am Straßenrand anhielt.

»Signor Carlo, soll ich Sie mitnehmen?« Es war Ennio.

Carlo täuschte einen verstauchten Fuß vor und ließ sich bis vor die Haustür fahren.

Im Haus machte er gleich die Holzläden zu und schob den Tisch gegen den Eingang. Er kam sich zwar etwas albern vor, aber so fühlte er sich um einiges sicherer. »Lieber dumm leben, als gescheit sterben«, murmelte er vor sich hin.

Sobald Carlo am Mittwoch, den 28. November, nach einer zweiten Nacht in Aldos Haus aufwachte, packte er hastig die Schmutzwäsche in den Rucksack, verstaute die verderblichen Lebensmittel aus dem Kühlschrank in einer Plastiktüte und drehte die Gasleitung ab.

Da schoss ihm ein Gedanke durch den Kopf.

Aldo hatte einen Gasanschluss.

Rosetta hatte Gas.

AveMaria hatte Gas.

Ennio ebenso.

Alle anderen heizten und kochten mit einem Holzherd.

Es stand in Aldos Tagebuch. Wer weiß, ob das eine Rolle spielte.

Er hatte schon das Haus abgesperrt und war ins Auto gestiegen, als ihm auf einmal etwas klar wurde. Verlasse ich überstürzt den Ort, wird der Oger angesichts meiner Flucht Verdacht schöpfen oder mich gar durchschauen. Ich sollte mich also brav sehen lassen und erzählen, dass ich wegen ein paar Geschäftsterminen wegfahren muss, oder eben aus Langeweile – denn was will denn schon ein Städter hier in der Contrà Brunelli?

Also stieg er wieder aus dem Auto und ging mit gelassener Miene auf Romildas Haus zu. Die alte Schrulle war bestimmt schon seit Stunden auf den Beinen, im Gebirge genoss man es geradezu, in der frostigen Morgenluft Holz zu holen oder Wasser aus dem Brunnen oder Hühner, Katzen, Hunde und sonstige Tiere zu versorgen. Was für Carlo noch als tiefe Nacht galt, war für die Bergbewohner Sonnenaufgang.

Sie hätten ihre ländlichen Arbeiten genauso gut am Abend verrichten können, wo doch nicht einmal der Fernseher funktionierte. Aber nein, sie gingen um zwanzig Uhr ins Bett und standen schon um vier Uhr morgens auf; und ausgerechnet dafür hatte sich Aldo richtig begeistern können – er meinte wohl, das Überdauern früherer Bauernsitten darin zu erkennen. So was konnte Carlo dagegen nur auf die Palme bringen.

Er grübelte noch, als er an der Glastür klopfte und nach dortigem Brauch »Permesssoo?« rief.

»Herein, herein!«, antwortete eine Stimme aus der Küche.

»Guten Morgen, Romilda, ich möchte mich verabschieden, ich muss nämlich weg.«

»Was, Sie gehen schon?«

»Leider, leider, man hat mich aus dem Büro angerufen, ich werde gebraucht.« Altbewährte Lüge.

»Haben S' vielleicht schon genug von der ruhigen Contrada?« Sie wollte sie ihm nicht abnehmen, die Lüge.

»Aber nein doch … obwohl ich eigentlich ja der Typ Mensch bin, der zu einem aktiveren Leben neigt, das gebe ich zu.«

»Sie brauchen nur den Mario fragen, da können Sie mit ihm in den Wald, Holz machen, da werden S' merken, dass man da, bei uns, ganz schön was arbeiten kann.«

»Wunderbar, vielen Dank, Romilda, das merke ich mir ganz bestimmt fürs nächste Mal.«

»Wann kommen S' wieder?«

»So genau weiß ich's noch nicht. Weihnachten kommt bald, und ich möchte bei der Familie bleiben. Aber vielleicht schaffe ich's mal, auch nur kurz vorbeizuschauen. Um nach dem Haus zu sehen.«

»Möchten S' einen Kaffee, einen Rotwein?«

»Besten Dank, nein. Ich habe gerade einen Kaffee getrunken, und früh am Morgen nehme ich keinen Alkohol zu mir.«

«Ach ja, die Leut' von der Stadt sind soooo empfindlich …«, meinte sie ironisch.

VIII Der Baum fällt nicht beim ersten Hieb

Carlo fuhr die gewohnte steile Straße hinunter und fühlte sich erleichtert, ja beinah befreit. Er dachte an die steinige Ansiedlung, an die langen Schatten der Novembertage, an Aldos aufwühlendes Tagebuch … nichts wie weg! Nach Torrebelvicino, in die Ebene, ins Licht!

Als er sich Padua näherte, hatte er sich wieder unter Kontrolle, atmete wieder frei, fühlte sich nüchterner, ruhiger, wieder ganz vernünftig.

Er beschloss, Giulia nichts von Aldos Tagebuch zu erzählen, sie würde sich nur unnötig Sorgen machen, und es gäbe Diskussionen ohne Ende. Auch wollte er mit niemandem besprechen, was zu tun war. Aldo hatte ihm durch Erbschaft und Tagebuch quasi einen Auftrag erteilt, hatte sich auf seinen Freund verlassen und wusste, dieser hätte ihn niemals im Stich gelassen.

Als Erstes beauftragte Carlo einen Mitarbeiter, den Vermessungstechniker De Rossi, alle nur erdenkbaren Katastereinsichten zum Leogra-, Posina- und Agnotal einzuholen. Des Weiteren nahm er sich vor, Informationen zu eventuell psychisch Kranken aus der Umgebung zu bekommen. Die Stützpfeiler meiner Arbeit, dachte Carlo. Sobald ich alle Informationen beisammen habe, kann ich zum allseits bekannten Don Giovanni Barbarena gehen.

Der alte Priester war wohl über Aldos Nachforschungen nicht ganz im Bilde, und genauso wenig hatte Aldo wissen können, was Don Barba in Posina womöglich entdeckt hatte – er war vorher gestorben. Der Faden war abgerissen, Carlo hielt nun beide Enden in der Hand und sollte sie irgendwie zusammenknoten.

Giulia begrüßte Carlos überraschende Rückkehr sehr, und nach seinem Bericht wirkte sie beruhigt.

»Ich hatte es sehr bald satt, so allein zu sein, wie ein Einsiedler kam ich mir da vor«, gestand Carlo.

»Aber du hast doch gesagt, es waren auch andere Leute da.«

»Ach ja, lauter gesellige Zeitgenossen … alte, garstige Brummbären. Ich weiß wirklich nicht, wie Aldo sie so lang ertragen konnte.«

»Und deine Zweifel über seinen Tod? Deine Nachforschungen?«

»Ach, alles Unsinn. Muss am Ort gelegen haben, so abgeschieden, mitten im Wald. Die Sonne ist in der Contrà Brunelli vor einer Woche untergegangen und wird erst Ende Januar wieder aufgehen, stell dir das vor. Schauderhaft!«

»Was willst du dann mit einem Haus dort, warum hast du das Darlehen auf dich genommen?«

»Weil die Hügel im Sommer wunderschön sind, das steht fest! Alle sagen, die grüne Landschaft sei wunderbar, der Blick auf die Berge umwerfend, und angenehm kühl sei es auch. Wir könnten doch immer wieder ein paar Tage dort verbringen, wären dabei nur einen Steinwurf von Padua entfernt. Und wenn es uns nicht mehr gefällt, verkaufen wir's.«

Im Büro wurde Carlo Zampieri mit einem ironischen Lächeln empfangen – er habe doch vierzehn Tage wegbleiben wollen, er habe doch die Nase voll vom Geschäft gehabt, hieß es. Und jetzt war er schon zurück; nach nicht einmal einer Woche: Das erzählten die freundlichen Blicke von Kollegen und Mitarbeitern.

Er tat, als würde er nichts davon merken. Er konnte doch unmöglich erzählen, der Oger persönlich habe ihn belästigt. Oder dass er gerade einer Reihe von Morden nachging, sich zwei Nächte lang im Haus verbarrikadiert hatte, aus Angst, von einem Nachfahren ungarischer Banden abgeschlachtet zu werden. Den Kollegen war wohl nicht bekannt, dass auch Padua in der fernen Vergangenheit von den Ungarn überfallen worden war – hätte man sie davon Kenntnis gesetzt, hätten sie von allen Ereignissen aus Aldos Tagebuch gehört, sie wären bei Weitem nicht so gelassen gewesen.

Hoffentlich kommt es zu keinem weiteren Überfall, seufzte Carlo, denn hier in Padua wäre *ich* die Zielscheibe.

Einen ganzen Nachmittag verbrachte er mit Herrn De Rossi, um diesem alle notwendigen Anweisungen betreffend der anzufordernden Unterlagen zu geben – von den Katastereinsichten bis hin zu den Eigentümernamen in den Immobilienregistern. De Rossi war ein stark gebauter Typ, die Hände groß wie Teller. Auch war er ein methodisch penibler Mitarbeiter, der sich nun alles auf Zettelchen notierte, mit zierlich ordentlicher Handschrift.

»Das wird ein Vermögen kosten!«

»Machen Sie sich mal keine Gedanken darüber, geben Sie das Nötige aus, zahlen Sie ruhig die Dringlichkeitsgebühren an das Katasteramt und die dazugehörigen Trinkgelder. Es muss so schnell wie möglich erledigt werden.«

»Hoffentlich ist es vor Weihnachten noch zu schaffen, sonst muss man bis nächstes Jahr warten; während der Ferienzeit tut sich beim Katasteramt nichts!«

»Ich vertraue Ihnen, versuchen Sie's.«

Der andere Teil der Nachforschungen erforderte eine viel komplexere Vorgehensweise. Es mussten Hinweise zum seelischen Befinden der Contradabewohner und ihrer Verwandten her, der ehemaligen Einwohner und der Immobilienbesitzer. Es handelte sich demnach um eine sozusagen breit gefächerte, gesundheitliche Untersuchung. Früher hätte er Herrn Doktor Manfredini um Hilfe gebeten, jetzt wusste Carlo wirklich nicht, wie er das bewerkstelligen sollte. Er hatte zwar einen Kontakt beim staatlichen Gesundheitsdienst, doch dieser konnte kaum von Nutzen sein, befürchtete Carlo. Dottore Arturo Faccin, Chefarzt an der Augenklinik der Universität Padua, sein Klassenkamerad auf dem Gymnasium. Ein komplexbeladener Esel, der erst an der Uni, nach einigen Jahren pubertär dramatischer Verwirrung, zu äußerster Brillanz erwacht war. Wie das Leben so spielt.

Carlo hatte eigentlich wenig mit Faccin zu tun gehabt. In Wirklichkeit verkehrte er selten mit seinen ehemaligen Klassenfreunden, er konnte die Stimmung jener Treffen nicht ausstehen, jenes Schwelgen in Erinnerungen von ehemaligen Kämpfern, das Vergleichen von Falten und ausfallendem Haar, die Fragen zu Anzahl und Alter der Nachkommen und natürlich zur Ehegattin. Ja, für die ehemaligen Schulkameraden empfand Carlo eine ganz spontane Abneigung. Sie kennen einen als jungen Burschen, dachte er, kennen dein Wesen, sind dir vertraut wie ein Kumpan aus dem Militärdienst oder ein Bettnachbar im Krankenhaus. Es war doch eben wie bei angeheirateter Verwandtschaft – alles Beziehungen, die aus einer sozusagen staatlich vorgeschriebenen Promiskuität hervorgingen.

Wie konnte er denn Kontakt zu Arturo Faccin aufnehmen? Nach zwanzig Jahren nicht so leicht, man konnte sich unmöglich telefonisch melden, einfach so: Entschuldige bitte, könntest du mir einen Gefallen tun? Und was für ein Gefallen! Die Bitte, sich über etliche Verhaltenskodexe, ethische und sonstige Regeln hinwegzusetzen, um an das Verzeichnis der Geisteskranken eines ganzen Tals zu kommen. Nein, so ging es nicht, und Herr Doktor Faccin würde sich weigern, würde Carlo selbst für wahnsinnig halten. Auch konnte er Faccin erst recht nicht erzählen, er sei auf der Suche nach einem Mörder, der vielleicht Zimbrisch sprach.

Tagelang plagte sich Carlo mit diesen Fragen, ohne auf eine Lösung zu kommen. Einige Nachmittage verbrachte er in Buchhandlungen, gebeugt über Psychiatriehandbücher, in dem Versuch, etwas von geistiger Störung, Raserei, Mordinstinkt zu verstehen, als könne er sich eigenständig ein Krankheitsbild zurechtlegen. Ohne Erfolg. Auch erlebte er den merkwürdigsten Heiligabend aller Zeiten, in Gedanken bei Demenz, Schizophrenie, und manisch-depressiver Psychose, während er mit Giulia die letzten Weihnachtseinkäufe tätigte.

Der erste und der zweite Weihnachtstag vergingen, dann stand am 28. Dezember der Vermessungstechniker De Rossi auf der Matte.

»Ich möchte nicht stören«, sagte er zögernd, »aber ich hätte eben schon all das Material beisammen, das Sie brauchen.«

»Na so was! Das ist aber eine erfreuliche Nachricht, dabei dachte ich, ich müsste bis nächstes Jahr warten.«

»Nein, nein. Ich hatte eigentlich schon am 23. alles beisammen, wollte Ihnen aber die Feiertage nicht verderben.«

Wie aufmerksam von ihm … und wie falsch! Carlo fluchte im Geist. Dieser Narr hatte ganze fünf Tage die Unterlagen zurückgehalten.

Die Anfragen beim Kataster durch den zaudernden Techniker hatten einen beträchtlichen Papierberg produziert: drei Kisten, vollgestopft mit Urkunden und Landkarten, die Carlo sogleich in den Kofferraum seines Wagens stellte, bevor Giulia etwas sehen und gleich nachhaken konnte.

»Giulia, Giuliaaa!«, rief er aus dem Hof.

»Was ist?«, meldete sie sich aus dem Fenster.

»Ich fahr mal ins Büro, De Rossi braucht Hilfe.« Schon wieder eine Lüge.

»Na gut, aber komm bald nach Hause, eigentlich hast du Urlaub.«

De Rossis Beisein hatte den ehefraulichen Drang zum Vorwurf wegen Flucht aus den familiären Verpflichtungen vorerst eingedämmt.

Im Büro wurden sie von der eisigen Kälte der zugedrehten Heizkörper begrüßt. Die Stille war vollkommen, alle hatten Urlaub.

»Wunderbar, dann können wir ungestört arbeiten«, freute sich Carlo.

Nachdem sie vergeblich versucht hatten, die Heizung anzuwerfen und bald einsehen mussten, zu diesem Zweck werde ein Diplomingenieursabschluss im Fach Thermohydraulik benötigt – dazu ein Knüppel, der auf dem Schädel des Erfinders programmierbarer Zeitthermostate landen sollte –, machten sie sich an die Arbeit und ließen die Wintermäntel an.

Sie ordneten zunächst das Material nach Gemeinden: Posina, Torrebelvicino, Valli del Pasubio, Recoaro. Anschließend ordneten sie das Eigentum innerhalb der jeweiligen Gemeinde einzelnen Personen oder gleichnamigen Besitzern zu. Dabei war der genaue Verwandtschaftsgrad nicht unmittelbar auszumachen, sodass sie sich bedauerlicherweise auf eine grobe Aufteilung beschränken mussten.

Nach ein paar Stunden hatten sie die erste Datenerfassung beendet, und Hände, Nase und Ohren waren so gut wie eingefroren. Der gute De Rossi war müde geworden und wollte nach Hause, was er auf zunehmend auffällige Weise signalisierte, indem er schnaufte, ständig auf die Uhr schaute, mit den Füßen auf den Boden trat, um sich zu wärmen. Doch er wagte nicht zu sagen: »Ich gehe jetzt.« Und Carlo – richtig gemein – tat so, als ob er nichts davon merkte, und machte im Gegenteil Druck, damit es weiterging.

Jetzt begann die schwierige Arbeitsphase, es ging darum, die Katasterkarten entlang der Grundstücksgrenzen zusammenzulegen und die Grundbuchparzellen farblich hervorzuheben, die derselben Namensgruppe zuzuordnen waren – Brunelli, Smiderle, Sterchele, Filippi, Ongaro und so weiter.

Carlo und De Rossi arbeiteten mit Kleber, Schere und bunten Filzstiften, bildeten damit riesige, farbenfrohe Puzzles. Inzwischen war es Abend geworden, und sie hörten im Radio, dass der kälteste Tag des Jahres 1984 gerade zu Ende ging. »Höchsttemperaturen in Norditalien minus sechs Grad Celsius, voraussichtliche Tiefsttemperatur auf der Hochebene von Asiago minus zwanzig Grad Celsius.«

Asiago … auch Zimbernland.

De Rossi hatte sich mittlerweile mit den Umständen abgefunden und rief zu Hause an, um mitzuteilen, es würde spät werden. Carlo hatte währenddessen im Schränkchen des winzigen Wartezimmers eine Kognakflasche gefunden. Er trank immer wieder, in kleinen, stärkenden Schlucken, und der bibbernde Techniker machte es ihm nach. Knapp eine Stunde war vergangen, und etwa drei Viertel des Flascheninhalts fehlten, als De Rossi summend das erste Berglied anstimmte, während er fleißig die Karten mit den Farben weiterbearbeitete. Carlo fühlte sich seinerseits zunehmend heiter, was nicht dem Alkohol allein zu verdanken war: Er schien irgendwie zu erahnen, dass die Arbeit, die sie gerade verrichteten, Früchte tragen würde. Aus der Recherche ließen sich ganz gewiss einige Schlussfolgerungen ziehen.

Am schwierigsten wurde das Kleben der bunten, mühsam zusammengetragenen Karten auf die im Maßstab 1:2000 gezeichneten Lagepläne, die das Gebiet der vier Gemeinden umfassten. Zahlreiche Unstimmigkeiten waren festzustellen, als seien die beim Katasteramt erfassten Grundstücke großflächiger als die Gebiete, in denen sie sich befanden.

»Na, sicher, klar doch!«, erklärte De Rossi, »die Katasterkarten werden von Vermessungstechnikern gezeichnet, Freiberuflern, bezahlt vom jeweiligen Grundbesitzer. Bekanntermaßen zieht jeder Eigentümer an der Bettdecke und lässt die Grenzen etwas großzügiger abstecken. Sie tun's alle, und so kommt's – zieh mal hier und zieh mal da –, dass Italiens Katasterfläche durch die Jahrzehnte hindurch erheblich gewachsen ist. Wir haben halb Europa erobert, und keiner hat's gemerkt.«

De Rossi fragte sich natürlich, wozu die Sauarbeit gut sein solle, und Carlo brummte etwas von Berggemeinde, Wiederherstellung des Waldgutes, neue Straßen. Aber wozu die Eile, wollte der verdammte Schnüffler wissen, die Wälder würden auf keinen Fall davonlaufen. Weshalb sollte man bis spät in die Nacht hinein arbeiten, hakte der neugierige De Rossi weiter nach.

Als der sichtlich angetrunkene Mitarbeiter zu aufdringlich wurde, servierte ihn Carlo schroff ab: »Sehr schön, das meiste ist vollbracht, Sie können jetzt nach Hause gehen. Besten Dank für die gute Zusammenarbeit.«

De Rossi, der nicht so recht wusste, ob er sich über die wiedergewonnene Freiheit freuen oder aufgrund des unvermittelten Abschieds eher beleidigt sein sollte, gab Carlo die Hand, wünschte ein erfolgreiches neues Jahr und verließ das Büro.

Endlich konnte Carlo sich in aller Ruhe die vier großen Lagepläne ansehen, die nun an der Wand hingen. Die Farbflecke auf den Karten weiteten sich aus und zogen sich zusammen, einer Qualle gleich; sie bedeckten Berghänge, Täler und Wasserläufe, so bunt wie Konfetti. Carlo sah Dörfer, Weiler, Hügel, las die Namen und reimte sich Verbindungen, Verwandtschaften und Vermögen zusammen, teilweise auch den Herkunftsort mancher Familie, den Ursprung der Familiennamen. Die Angaben waren recht mangelhaft und unvollständig, doch … etwas …

etwas trat allmählich zum Vorschein … und dieses *Etwas* irritierte ihn sehr. Carlo ließ sich im Fluss blitzartiger Gedanken, Assoziationen und Vorahnungen treiben, dann fiel ihm auf einmal etwas ganz anderes ein: die Datenbank mit den Geisteskranken im Tal!

Und während er vor den Lageplänen stand und sich die dürftigen Anteile Bortolo Stercheles ansah, ging endlich ein Licht in jenem Hirnbereich auf, der sich wohl durch mehr Fantasie auszeichnet. Er dachte an Bortolo, an sein tragisches Hinscheiden, an jenen Sonntag, den 24. Juni, von dem Aldo in seinem Tagebuch berichtet hatte. Da hatte der alte Sterchele zusehen müssen, wie sich sein Verdacht den Herrn Filippi betreffend infolge der heftigen Diskussion mit Romilda in Nichts auflöste; doch laut Tagebuch wirkte er alles andere als niedergeschlagen; er verließ bestens gelaunt Romildas Küche, erzählte Aldo von der Johannisnacht und den Feuern. Seelenruhig hatte er den einen Satz fallen lassen: »Der Baum fällt nicht beim ersten Hieb.« Am Tag darauf war er noch bestens aufgelegt, fuhr bei Sonnenaufgang los und kam am späten Nachmittag zurück. »Es ist möglich, dass der Baum beim zweiten Hieb fällt.«

Wieso wirkte Bortolo so unbeschwert? War er auf einen Hinweis gestoßen? Was wollte er prüfen? Wohin war er am 25. Juni gefahren? Was hatte er entdeckt? Es musste sich ohne Zweifel um Wichtiges handeln, denn der Mörder hatte sogleich ein weiteres Mal zugeschlagen. Aber woher wusste der Täter, womit Bortolo sich befasste?

Da ging es Carlo auf einmal auf: Vielleicht hatte Bortolo, nachdem Filippi zwangsläufig als Verdächtiger ausgeschieden war, einen weiteren potenziellen Täter ausgemacht, den zweiten Irren auf seiner ganz privaten Liste. Und an jenem Montag hatte er eben diese zweite Möglichkeit überprüfen wollen. Aber wo? Und wenn er ausgerechnet dahin gegangen war, wo Carlo ebenso hinwollte, und zwar zum Zentrum für psychische Gesundheit in Schio? Es war durchaus plausibel, dass Bortolo Sterchele als ehemaliger städtischer Angestellter und alteingesessener Einwohner manch eine Beziehung pflegte und somit auch wusste, wie selbst vertrauliche Daten zu bekommen wären. Und wenn ich mich jetzt ebenfalls an das Zentrum für psychische Gesundheit wende, aber nicht nach irgendwelchen Patienten frage, sondern nach Bortolo? Genau, ich könnte fragen, was er beim Zentrum suchte, dachte Carlo – vorausgesetzt, ich liege richtig in der Annahme, er ist tatsächlich dort gewesen.

Er würde vorgeben, im Auftrag der untröstlichen Witwe zu kommen, die sich sehnlichst wünschte, alles über die letzten Stunden im Leben des geliebten Gatten zu erfahren; die wissen wollte, aus welchem Grund der arme Bortolo die Beratungsstelle aufgesucht hatte – ob er vielleicht unter psychischen Störungen litt oder eben unter Verwirrungszuständen mitsamt Schwindelanfällen, sodass man vermuten könnte, der »Unfall«, der seinem Leben ein Ende gesetzt hatte, sei auf eine plötzliche Schwäche zurückzuführen.

Je länger er darüber nachdachte, umso fester war Carlo überzeugt, er könnte dort ohne Weiteres mit diesem Vorwand vorsprechen. Und sollte Bortolo nie dort erschienen sein, würde man Carlo bestenfalls mitteilen, man wüsste nichts darüber. In diesem Fall würde er sich bedanken und wieder verschwinden.

Lange noch erwog Carlo im eisigen Büro, ob dieser Weg begehbar sei, und kam zu dem Schluss, er würde es wenigstens versuchen. Aber ein Foto von Bortolo musste her, falls dieser seinerzeit unter falschem Namen dort erschienen sein sollte. Wenn Carlo das Foto zeigte und fragte, ob jemand den Mann schon ma gesehen habe, so würden die Angestellten Bortolo vielleicht erkennen. Es waren schließlich nur sechs Monate und keine Jahre vergangen.

Bilder von Bortolo waren vorhanden; dieser hatte – laut Tagebuch – Aldo zeigen wollen, wie die Contrada Jahrzehnte früher aussah. Auf einigen der Fotos war Bortolo im Kreis der Familie oder mit Freunden zu sehen. Sie lagen in Aldos Bücherregal.

So kam es, dass Herr Ingenieur Carlo Zampieri sich am Vormittag des 29. Dezember wieder in der Contrà Brunelli einfand.

Er stieg aus dem Auto und erblickte ein im Eis erstarrtes Dorf. Der fahlgraue Himmel hing niedrig und tauchte die Natursteinhäuser in ein metallisches Licht. Der kahle, ausgetrocknete Wald war von Raureif bedeckt. Nein, lustig war's da wirklich nicht, Carlo fühlte sich unwohl, die Stille der Contrada war ihm unheimlich. Eigentlich hatte er diesen Bergweiler von Anfang an nicht gemocht, er hatte gleich eine feindselige, irgendwie unangenehme Stimmung wahrgenommen. Die verkommenen Häuser, die schotterigen Gassen, der stinkende Rauch, der aus den Schornsteinen stieg, passten kaum zu der Vorstellung einer noch heilen, ländlichen Welt. Viel eher konnte Carlo härteste Lebensumstände darin erkennen, Strenge, Armut, Verzweiflung, Ignoranz. Jene ergrauten Holzbalken, die dem Zahn der Zeit nicht entkommen waren, jene vor Feuchte und Fäulnis geschwärzten Dachziegel ließen Carlo an recht ungemütliche, unglückliche Zeiten denken, als die Bergmenschen auf der Suche nach Arbeit und – warum nicht?– womöglich nach Sonne und Wärme wegzogen.

Darüber sinnierte Carlo, während er die Haustür aufsperrte. In der Küche war alles an seinem Platz, ebenso in den restlichen Zimmern. Es war sehr kalt. Carlo hätte gern den Kamin angeworfen, um die Luft etwas durchzuwärmen und den Räumen einen Anschein von Wohnlichkeit zu geben, doch dazu war er viel zu unruhig. Er suchte hektisch nach dem Briefumschlag, in dem er die über das ganze Haus verstreuten Bilder nach und nach gesammelt hatte, fand ihn, steckte ihn ein.

Da klopfte es an der Tür.

Verdammt noch mal, kaum hat man einen Fuß in die Contrada gesetzt, kommt schon jemand vorbei und drängt dir ein Gespräch auf! Und Aldo wollte hier nicht auffallen? Dass ich nicht lache, dachte Carlo genervt. Er machte die Tür auf: Es war Mario Brunelli, oder eben Vegnàle.

»Hallo, Mario, wie steht's?«

»Buongiorno! Alles bestens, ich wollte Ihnen nur sagen, hier oben ist es zurzeit ganz schön kalt.«

»Ich hab's gemerkt, Mario. Am Nordpol ist es bestimmt gemütlicher!«

»Genau, deswegen ist es besser, wenn Sie das Wasser im Haus laufen lassen, damit die Leitungen nicht platzen. Ein ganz dünner Wasserfaden, das reicht. Ein uralter Trick, ich hab's immer so gemacht und nie Probleme gekriegt.«

»Danke für den Hinweis, ich gehe jetzt wieder hinein und drehe sofort den Wasserhahn auf.«

»Nur ein bisserl, ja?«

»Wird gemacht, Mario, nochmals danke.«

Carlo befolgte Marios Rat; und da er noch den ganzen Tag vor sich hatte, beschloss er, nach Schio zum Zentrum für psychische Gesundheit zu fahren. Mit etwas Glück würde er …

Nichts war's, Pech gehabt: Ein riesengroßes Schild teilte mit, die Einrichtung würde bis Montag, den 14. Januar, geschlossen bleiben (wegen Urlaub) – mit Ausnahme der Notfälle, versteht sich.

Tja, sein Anliegen wäre allemal als Notfall zu betrachten, dachte Carlo, er hatte einen irrsinnigen Mörder schleunigst zu finden, bevor dieser wieder aktiv wurde. Aber wie sollte er es dem dort beschäftigten Personal klarmachen? »Sehen Sie, Herr Doktor, wir haben es mit einem Geisteskranken zu tun, der sich im Wald herumtreibt, auf Mittelhochdeutsch jammert und Menschen tötet.«

Vielleicht war es doch besser, bis zum 14. Januar zu warten.

Erst zwei Monate waren seit Aldos Tod vergangen, doch Carlo empfand es so, als habe ein neues Kapitel in seinem Leben begonnen. Die Trauer um Aldo und die Begegnung mit dem Voralpenland durch die Aufzeichnungen des Freundes hatten Carlo in eine Welt entführt, die ihn faszinierte und ängstigte zugleich. Die Geschichte jener Orte, die überlieferten Legenden hatten ihn zwar sehr beeindruckt, doch andererseits belasteten ihn die dramatischen Ereignisse der letzten Zeit. Angst und Suggestion vermischten sich und rückten die Verbrechen in ein geheimnisvolles, gar unheimliches Licht. »Gräuliche Fratzen«, stand irgendwo bei Lukrez …

Carlo musste endlich reagieren, er war ganz zermürbt von den ständigen Hindernissen, vom Warten. Er wollte zu Taten schreiten, den Weg zurückverfolgen, solang die Spuren noch frisch waren; nur so würde er hoffentlich das Ungeheuer fangen. Deshalb kehrte er um und fuhr anstatt in Richtung Padua wieder ins finstere Tal und bis zur Kirche von San Carlo hinauf, auf der Suche nach Don Barbarena. Dieser wollte ja pünktlich zur Weihnachtsmesse zurück sein. Es war anzunehmen, dass er sich noch in San Carlo aufhielt, oder wenigstens in der Nähe. Carlo war froh, das fotokopierte Tagebuch bei sich zu haben, er würde es Don Barba überreichen – sollte er da sein. Auch wollte er von seinen eigenen Nachforschungen berichten und um Rat bitten: Endlich konnte er sich über diese verfluchte Geschichte mit jemandem austauschen!

Auch San Carlo erreichte man über eine schmale, kurvenreiche und sehr steile Straße, die durch einen unfreundlich schattigen Wald führte. Da oben war ebenfalls alles zugefroren, obwohl die Sonne den ganzen Tag über dem Hügel schien. Es waren schließlich mit die kältesten Tage des Jahres, was insbesondere fürs Gebirge galt – so kahl und leblos beinah. Selbst das Panorama, das ihm beim ersten Besuch in der Gegend so imponiert hatte, wirkte nicht länger auf ihn; auch hüllte sich das darunter liegende Tal in aschgraue Nebelschwaden unter dem bleischweren Himmel, nicht besonders reizvoll.

Carlo stellte das Auto auf der Wiese am Ende der Straße ab und sah hinunter auf die Contrada. Der Rauch stieg aus den Kaminen und legte sich über die Dächer. Der sogenannte Salìzo war gut zu sehen. Da schoss ihm ein Gedanke durch den Kopf: Und wenn man ihn von da unten beobachtete?

Die Stille war hin und wieder von leise widerhallenden Motorgeräuschen durchbrochen, sie stiegen aus der Talsohle herauf. Was macht ein Überneunzigjähriger ganz allein hier? Aldo hatte wohl eine regelrechte Gabe, die sonderbarsten Gestalten ausfindig zu machen, egal, wo er sich aufhielt.

Er hörte eine Stimme und fuhr zusammen.

»Grüß Gott, gelobt sei Jesus Christus!«

Unter dem Vorbau an der kleinen Kirche entdeckte Carlo ein in eine dicke, grüngraue Wolldecke gehülltes Wesen, das ungelenk mit der Hand winkte.

»In Ewigkeit ...«, gab Carlo unwillig und recht leise von sich.

»Habe ich Sie erschreckt?«

»Ach was, keine Sorge«, antwortete Carlo, nachdem er sich geräuspert hatte. »Falls Sie Don Barbarena sind, bin ich Ihretwegen hier.«

»Ja, ich bin es, aber man nennt mich eigentlich Don Barba.«

»Sehr erfreut, mein Name ist Carlo Zampieri, ich komme aus Padua. Bin ein Freund von Aldo Manfredini.«

»Du lieber Gott.« Don Barbarena stand abrupt auf und ließ die Decke fallen, ging auf Carlo zu und umarmte ihn. Dieser erwiderte die Umarmung – wenn auch äußerst verlegen.

»Jesus, Jesus … Ich habe so häufig für den armen Aldo gebetet … und der Herr hat mich erhört. Wieso haben Sie nach mir gesucht?«

»Aldo hat mir von Ihnen erzählt und von ihren gemeinsamen Nachforschungen.«

»Wann denn? Er hat's nie erwähnt!« Don Barba war offensichtlich berührt und überrascht zugleich.

»Aldo war mein bester Freund. Wenige Tage vor seinem tragischen Hinscheiden hat er ein Testament gemacht und mich zum Universalerben ernannt. Er hatte keine engen Verwandten, also hat er sich für mich entschieden.«

»Soll das heißen, Aldo hat damit gerechnet, er würde bald sterben?«

»Bestimmt nicht! Er befürchtete jedoch, ihm könnte Ernstes zustoßen, und hatte anscheinend recht. Vermutlich aus diesem Grund hat er Maßnahmen getroffen, damit das gesammelte Wissen um die Ereignisse in der Contrà Brunelli jemandem zukommen würde.«

»Aber was hat er Ihnen vererbt? Aldo war ein wahrhaft komischer Vogel …«

Na, wer im Glashaus sitzt …, dachte Carlo und antwortete: »Das Haus mit allem Drum und Dran. Und wissen Sie, was ich da – sehr geschickt versteckt – gefunden habe? Sein Tagebuch!«

»O du heilige Mutter Gottes, das Tagebuch! Sie haben es! Und was steht drin? Hat er da etwa den Namen des Mörders festgehalten? Ich glaube nämlich, Aldo ist auch getötet worden, so wie Piero und Bortolo!« Langsam lief dem Priester eine Träne das kreidebleiche Gesicht hinunter. Sein weißes Haar war vom Wind zerzaust, auch das schwarze Gewand hing lose am Körper – er war von der Krankheit sehr gezeichnet.

»Nein, der Name des Täters steht zwar nicht drin, dafür gibt es allerlei Interessantes. Aber sollten wir nicht lieber hineingehen? Es ist sehr kalt, ich möchte nicht, dass Sie sich etwas holen.«

»Ja, recht haben Sie, wenn mein Arzt mich sehen würde! Aber wissen Sie, ich hatte mich zum Beten und Nachsinnen draußen hingesetzt. Dachte gerade nach, wie ich meine bescheidene Recherche fortführen könnte, und da sind Sie aufgetaucht. Dabei behauptet manch einer, die göttliche Vorsehung gebe es gar nicht. Gehen wir rein, im Pfarrhaus brennt das Feuer, da ist es angenehm warm.«

Der Raum befand sich auf der Kirchenrückseite, war sehr gemütlich und blitzblank geputzt – extrem ordentlich.

»Seit ich krank geworden bin, lassen mich die frommen Damen aus der Pfarrei nicht mehr in Ruhe, sie kommen jeden Tag zum Putzen vorbei. Ich werde am Ende an einer Reinigungsmittelvergiftung sterben. Hier stinkt's geradezu nach Sauberkeit! Ich kann Ihnen leider nichts anbieten, man hat mir alles weggenommen: Wein, Grappa, Zigarren. Ärztliche Verordnung. Gott segne sie alle!«

»Macht gar nichts, Don Barba, es ist nicht einmal Mittag, morgens trinke ich nie.«

»Darauf brauchen Sie nicht gerade stolz zu sein.«

Lasterhaft, dieser Greis. Carlo Zampieri zog das fotokopierte Tagebuch samt dem kleinen Zimbrischwörterbuch aus seiner Tasche und überreichte beides dem Priester. Mit zitternden Händen nahm Don Barba die Seiten entgegen und presste sie an die Brust, als würde er Aldo ein letztes Mal in die Arme schließen.

»Lesen Sie bitte alles durch, vor allem die Aufzeichnungen seiner letzten Tage. Ich glaube, Aldo war irgendetwas auf der Spur, und Sie kennen ja Orte und Menschen, vielleicht finden Sie einen Hinweis. Ich habe meinerseits in eine andere Richtung nachgeforscht, Aldos Notizen haben mich auf gewisse Aspekte aufmerksam gemacht, die Sie beide nicht berücksichtigt hatten.«

»Zum Beispiel?«

Knapp und bündig erzählte Carlo von seinen Mutmaßungen, dann von den vorerst fragmentarischen Ergebnissen seiner Arbeit. Auch kam er auf das Zentrum für psychische Gesundheit zu sprechen, und darauf, wie er gedachte, unter einem Vorwand die noch fehlenden Informationen einzuholen.

»Du bist in der Tat ein Freund von Aldo, genauso dickköpfig und fantasievoll!« Don Barba, im Sessel beim Kamin versunken, hatte wieder etwas Farbe bekommen und wirkte insgesamt gestärkt. »Dein Einfall zu den Katasterkarten ist geradezu genial. Ich weiß zwar nicht, welche Schlüsse du daraus ziehst, aber ich glaube, sie führen genau dahin, wo ich auch angelangt bin – so unwahrscheinlich es auch klingen mag.«

»Wieso, haben Sie auch beim Katasteramt nachgeforscht?«

»Nein, nein, damit kann ich überhaupt nichts anfangen. Ich suche in den Sakristeien, den Kirchen, den Oratorien. Du kannst dir gar nicht vorstellen, wie viele Unterlagen und Informationen bei uns Pfaffen aufbewahrt werden.«

»Könnten wir die Unterlagen gemeinsam einsehen? Wenn wir verhindern wollen, dass der Irre wieder zuschlägt, müssen wir eng zusammenarbeiten.«

»Tja, der Irre! Aber ich musste auch Vorkehrungen treffen, die Papiere liegen nicht hier bei mir. Alt und schwach, wie ich bin, reicht ein Schlag auf den Schädel, um mich außer Gefecht zu setzen, dann ist die Dokumentation auf immer verschwunden. Nein, ich habe alle Unterlagen in Posina gelassen, da wo ich sie gefunden habe. Das war vielleicht anstrengend – wochenlang habe ich in staubigen, teilweise verschimmelten Wälzern geblättert.«

»Aber sagen Sie mal, haben sich die Carabinieri nicht um den Fall gekümmert, gab es keine Ermittlung? Warum haben *Sie* nach Aldos Tod nicht um Hilfe gebeten?«

»Lieber Carlo, auf die Ordnungshüter können wir nicht zählen. Nachdem Aldo das Zeitliche gesegnet hatte, habe ich zwar versucht, ihnen einen Floh ins Ohr zu setzen, sie darauf hinzuweisen, dass drei Todesfälle hintereinander in ein und derselben Contrada kein Zufall sein können – alles umsonst.«

»Hat man wenigstens eine Obduktion veranlasst?«

»Das schon, aber es wurde nichts Verdächtiges festgestellt, keine blutunterlaufenen Körperstellen, keine Schädeleindrückung, ›keinerlei Spuren von Medikamenten im Magen‹, so der exakte Wortlaut. Aber was hat das schon zu bedeuten? Wonach haben sie gesucht? Ist eine ordnungsgemäße toxikologische Untersuchung erfolgt? Wir wissen es nicht. Die Ermittlung wurde hastig und, wie mir scheint, sehr oberflächlich durchgeführt, was ja relativ oft vorkommt. Im Fall von Piero und Bortolo war's genauso.«

»Und der Richter? Ist eine Untersuchung im Gange?«

»Ach was! Bei Aldo wurde einfach auf Selbstmord geschlossen, ohne dass seine Freunde oder Bekannten befragt wurden. Sie seien schließlich nicht mit ihm verwandt. Lass uns lieber die Arbeit organisieren: Du sammelst mehr Angaben zu Immobilien und Grundstücken, während ich nach den Feiertagen meine Unterlagen in Posina abhole. Wann hast du vor, bei der Beratungsstelle vorzusprechen?«

»Sie öffnet am 14. Januar wieder. Um Punkt 9 Uhr werde ich auf der Matte stehen.«

»Gut. Am 14. Januar bist du zum Mittagessen hier in San Carlo eingeladen. Bring was zu trinken mit, man gönnt mir keinen Alkohol. Und diesmal wirst du so lang bleiben, bis wir die Lösung zu dieser furchtbaren Geschichte finden, das verspreche ich dir.«

Als er aus dem wohlig warmen Zimmer trat, wurde Carlo von der kalten Luft erfasst, die vom Pasubiomassiv herunterwehte. Er rannte zum Wagen, um nicht auf der Stelle zu erfrieren. Er steckte gerade den Schlüssel ins Schloss, als er ein Rascheln in seinem Rücken vernahm. Er drehte sich um. Eine Frau starrte ihn an, reglos.

Wer ist denn das, dachte er, zögerte einen Augenblick, sprach dann eine flüsternde Begrüßung aus.

»B'ngiorno«, erwiderte die eher düstere Gestalt, bevor sie sich entlang eines Wanderweges wieder entfernte.

Da fielen Carlo Aldos Worte ein – »dunkelhaarig, robust, schöner Busen.« Ja, es musste sich um das Mädchen aus dem nahe liegenden Bauernhof handeln. Na, was für Manieren! Alle in dieser Gegend schienen sich äußerst still fortzubewegen. Du meinst, du bist alleine, und auf einmal tritt jemand hinter der Hecke hervor, oder jemand steht unversehens am Ackerrand oder gar auf der Hügelspitze. Von wegen verlassene Voralpentäler, von wegen Massenmigration! Mir scheint, das Gebiet wird gut bewacht. Den alten Bergfüchsen entgeht nichts!

Carlo fragte sich, ob er sich diese verstärkte ländliche Präsenz der »zimbrischen Warte« nur einbildete, ob es daran liegen konnte, dass er noch stark unter dem Einfluss der jüngsten Geschehnisse stand. Tatsache war: Wann immer er in dieser Hügellandschaft unterwegs gewesen war, hatte er hier und da Menschen wahrgenommen. Es stand außer Zweifel, er wurde beobachtet.

IX Ein roter Stein, ein Kreuz

Noch am selben Abend fuhr Carlo nach Padua zurück. Seine Wahrnehmung einer ungeheuerlichen Kälte wurde allseits in den Medien bestätigt; das Katastrophenspiel hatte schon begonnen, es war von Polartemperaturen in ganz Italien die Rede, die Jagd nach Rekordzahlen setzte ein, jede Stadt nahm die niedrigsten Temperaturwerte für sich in Anspruch. Zur klirrenden Kälte kamen Eisregen, Wind und Schnee hinzu. Die Wettervorhersage für die kommenden Tage hörte sich geradezu verheerend an.

Im Büro löste die Frostwelle den allgemeinen Alarm aus. Alle Tätigkeit auf den Baustellen ruhten, bei solchen Temperaturen konnte man auf keinen Fall mit Beton oder Putz arbeiten. Auch die Installateure legten die Arbeit nieder, die Elektriker konnten keine Kabel verlegen, die Klempner waren nicht in der Lage, die viel zu kalten Stahlrohre einzusetzen, ohne Hautverbrennungen davonzutragen. Der Boden war hart wie Marmor, alle Grabarbeiten wurden eingestellt.

Am Samstag, dem 12. Januar 1985, um zwanzig Uhr, läutete bei Zampieris das Telefon. Ein Anruf aus der Contrà Brunelli. Was wollten sie jetzt von ihm, fragte sich Carlo.

Es war Mario Vegnàle. »Guten Abend, Herr Zampieri, Sie müssen mich entschuldigen, aber es ist sehr kalt, es hat überall geschneit, und auf dem Dach von Aldo liegt jetzt fast ein Meter Schnee.«

»Meinst du, es besteht die Gefahr, dass das Dach unter der Last zusammenbricht?«

»Neeeeee, der Aldo und ich haben saugut gearbeitet damals, aber ich mach mir trotzdem Sorgen. Man müsste aufs Dach und den Schnee wegschippen, weil wenn es weiter schneit, kann auch was Dummes passieren.«

»Was würdest du mir raten, wie sieht die Straße zu euch hinauf aus?«

»Die ist geräumt. Die kommen immer mit dem Schneepflug vorbei, auch jeden Tag, wenn's sein muss. Morgen ist Sonntag, wenn Sie Zeit haben, kommen Sie her.«

»Also gut, ich komm morgen vorbei. Vielen Dank für alles, Mario!«

Mario schien Carlo unter seinen Schutz genommen zu haben, oder besser gesagt, Aldos Haus, er wachte darüber. Und so hatte Carlo einen Vorwand, die Contrà Brunelli wieder aufzusuchen. Mit Giulia hatte er eine mögliche weitere Fahrt in die Berge noch nicht besprochen, er wusste auch nicht, wie er einen erneuten Ausflug ohne triftigen Grund rechtfertigen sollte. Gerade jetzt, da über halb Italien eine extreme Unwetterphase wütete. Die Ausrede kam also sehr gelegen.

»Giulia … ich muss unbedingt nach dem Rechten sehen. Sie haben da oben Alarm geschlagen, ich kann doch das Haus nicht einfach seinem Schicksal überlassen.«

»Du spinnst wohl! Bei diesem Hundewetter willst du wegfahren?«

»Darüber brauchst du dir gar keine Gedanken zu machen, Mario hat mir versichert, die Straßen sind geräumt. Ich fahr da hoch, sehe nach, ob alles in Ordnung ist, und wenn nicht, kümmere ich mich rasch um die Sache, mit Marios Unterstützung, er ist immer so nett und hilfsbereit.«

»Warum gibst du ihm nicht den Schlüssel, dann kann er sich selbst um das Haus kümmern. Wenn du ihn bezahlst, macht er's vielleicht gern.«

»Ja, gute Idee. Aber dazu muss ich eben morgen dahinfahren.«

»Also gut, tu, was du nicht lassen kannst, aber nimm die Schneeketten mit und sei vorsichtig.«

Giulias Ermahnung zur Vorsicht bezog sich nicht allein auf die Fahrgeschwindigkeit. Sie ahnte, es musste da oben im Gebirge etwas Rätselhaftes geben, das Carlo in letzter Zeit sehr beschäftigte. Bisher war er ja auch auf der Hut gewesen.

»Ich fahr hin und komme gleich wieder zurück, stelle keine Fragen, rede mit niemandem …«

Carlo stand in aller Früh auf und war in weniger als einer halben Stunde startbereit. Er packte Hochgebirgskleidung ein, eine Sonnenbrille gegen die Lichtspiegelung im Schnee, legte Schneeketten in den Kofferraum, dazu ein Paar große, seinerzeit im Grödental erstandene Schneeschuhe, einen Rucksack mit Obst (Trocken- und Dosennahrung war ja im Haus noch reichlich vorhanden), Ersatzwäsche, zwei Rotweinflaschen – einmal »Aglianico del Vulture«, tanninhaltig und vollmundig, einmal »Rosso dei Colli Euganei«, leicht und süffig –, eine Flasche Grappa, für den Kaffee. Die Getränke waren Don Barba zugedacht. In den Rucksack steckte Carlo auch den Umschlag mit den Fotos sowie all die mithilfe von Herrn De Rossi zusammengeklebten Katasterkarten, in einer Plastikhülle sorgfältig zusammengelegt.

»Sag mal, wie lange willst du wegbleiben?«, fragte Giulia perplex.

»Ganz kurz, aber in den Bergen muss man doch auf allerlei gefasst sein!«

Er fuhr durch menschenleere Straßen. Die Fahrbahn war nicht besonders rutschig, die Landschaft der Ebene hier und da noch weiß, nach dem Schneefall der letzten Tage. Der Himmel wirkte starr, milchig. Hinter den Wolken schien schwaches Sonnenlicht durch.

Ob das Wetter besser wird? Ob die Eiseskälte bald zu Ende ist? Carlo seufzte.

Im Radio kam gerade der Wetterbericht: »Starke Schneefälle in Norditalien bis hin zur ligurischen Küste. Ein Schneesturm wütet in diesen Stunden über Genua. Rekord-Tiefsttemperatur in der Ebene, bei Bologna: - 29 Grad …«

Nein, vorerst keine Besserung in Sicht, also drehte Carlo am Knopf und hörte Musik, während in der Ferne die schneebedeckten Piccole Dolomiti und Asiagos Hochplateau erschienen.

Das Gebirge unter dem Schneemantel zeigte, während er sich näherte, all seine imposante Schönheit. Die Felder wurden nun zunehmend einheitlich weiß, die Baumstämme sahen umso dunkler aus. In den Voralpen musste der Niederschlag reichlich gewesen sein, denn hinter Schio und Torrebelvicino, am engen Taleingang, tauchte vor Carlos Augen eine völlig veränderte Landschaft auf, ganz weiß. Schneehaufen lagen überall, die Wasserläufe waren zu Eis gefroren.

Die Straße zur Contrà Brunelli war zwar geräumt, dafür mit einer dünnen Glatteisschicht belegt. Carlo musste anhalten und die Schneeketten anlegen. Was ihm in der Regel widerstrebte und ihn sehr nervte, wie im Übrigen alle handwerklichen Arbeiten. Doch an jenem Morgen, getaucht in die sanfte, verzauberte Stille, führte er das Anlegen rasch und behände aus. Nicht ohne eine gewisse Genugtuung.

Zwischen Vicenza und Torrebelvicino waren ihm höchstens vier Autos entgegengekommen. Es war schließlich Sonntagmorgen, auch schien sich der Rest der Welt zu Hause verschanzt zu haben.

Die ganze Welt vielleicht, aber die Contrada Brunelli nicht! Als Carlo Zampieri ankam, fand er am kleinen, von einer meterhohen Schneemauer umsäumten Salìzo die gesamte Einwohnerschaft vor: Romilda, Mario, Rosetta, AveMaria, Ennio, die beiden Brunelli Barbastrìji.

Donnerwetter, was tun sie da? Machen sie sich solche Sorgen um mein Hausdach?

»Buongiorno, allerseits! Habt ihr zufällig auf mich gewartet?«

»Auf die Stromversorgung warten wir«, meldete sich Romilda, »und auf die Telefongesellschaft. Die Mäste sind runtergekommen.«

»Durch den Schnee?«

»Nee, die alte Kastanie. Die ist auf die Kabel gefallen, hat alles mitgerissen.«

»Dann habt ihr weder Strom noch Telefon. Aber unterwegs hierher habe ich niemanden gesehen, ich glaube kaum, dass sie heute noch auftauchen.«

»Das glaub ich auch net«, gab Alfredo Brunelli Barbastrìji von sich. »Fast alle Contrade sind ohne Licht, und gestern hat auch Valli del Pasubio im Dunkeln gestanden, für fast zwei Stunden. So viel Schnee hat bestimmt nix Gutes angerichtet.«

Aus dem Tal zog kein weiteres Motordröhnen herauf, so löste sich das Begrüßungskomitee spontan auf, und Carlo ging in Begleitung von Mario auf das Haus zu. Sie tauchten beide bis zum Knie in den Schnee. Nur auf einer geringen Fläche vor dem Hauseingang war der Schnee platt gedrückt worden.

»Ich hab hier sauber gemacht, bevor die Tür kaputtgeht«, sagte Mario.

»Danke, Mario, ich bin dir sehr dankbar dafür, dass du dich so drum kümmerst.«

»Wär viel zu schad um die Tür, wo sie noch so neu ist«, brummte Mario sehr verlegen.

Auf dem Dach lag eine dicke Schneeschicht, die Dachrinnen waren verstopft und zugefroren.

»Un bel casìn, ein ganz schönes Problem«, sagte Mario, die Schwierigkeit des Abtragens einer solchen Schneemasse betonend.

»Die einzige Möglichkeit, da hochzukommen, ist übers Dachfenster, das Aldo und du glücklicherweise an der Nordseite eingebaut habt.«

»Aber wenn wir's aufmachen, fällt der Schneeberg ins Haus«, wandte Mario ein.

»Und wir schaufeln ihn übers Fenster wieder hinaus.«

Ohne weiter zu palavern, machten sie sich an die Arbeit. Sie ließen wie geplant den zugefrorenen Schnee in die letzte Etage hineinfallen und schaufelten ihn sogleich durch das Fenster hinaus. Anschließend stiegen sie aufs Dach, banden sich mit einem starken Seil am Kamin fest und gingen dazu über, das Dach zu räumen.

Es war tatsächlich notwendig, die Drucklast zu verringern, die feste Schneedecke hatte längst einen Meter Höhe überschritten, und das Dach hätte bei weiteren Schneefällen jederzeit zusammenbrechen können.

Sie schufteten seit etwa einer Stunde, als jemand aus dem Erdgeschoss rief: »Soll ich euch helfen?«

Ennio Ongaro.

»Ja, Ennio, bitte!«, brüllte Carlo zurück. »Geh in die Küche, da steht mein Rucksack, hol bitte die Flasche Grappa raus und bring sie hoch. Der war eigentlich zum Espresso gedacht, aber Kaffee können wir später trinken. Wir brauchen jetzt dringend eine Stärkung.«

Sie hievten Ennio samt Grappa aufs Dach, setzten sich und tranken in kleinen Schlucken direkt aus der Flasche.

Gerade kündigte sich eine erneute Wetterverschlechterung an, der Himmel wechselte allmählich von weiß zu grau, das Sonnenlicht verschwand hinter den Wolken, die Luft wurde merklich schwerer, der Wind blies in heftigen Böen.

»Und da sollen sich die von der Stromgesellschaft blicken lassen? Wirklich net!«, meinte Ennio.

»Man müsste einen Generator anschaffen, für den Notfall«, riet Carlo.

»Es gab einen, hier in der Contrada«, maulte Mario.

»Und was ist draus geworden?«

»Der ist für die Tombola draufgegangen, es hat ja kaum geschneit in den letzten zehn Jahren, man hat den kaum gebraucht«, gestand Ennio mit einem Seufzen.

Schon vor der Mittagszeit war das Dach geräumt. Als Mario und Ennio sich verabschiedeten, warf Carlo endlich den Kamin in der Küche sowie die zwei Holzöfen im Schlaf- und im Arbeitszimmer an. Carlo konnte es nicht leiden, in der Kälte zu essen.

Ab und an sah er zum Fenster hinaus. Draußen rührte sich nichts, alles war weiß und zugefroren.

Als Carlo nach einer spärlichen Dosenmahlzeit den Blick auf San Carlo richtete, fiel ihm Aldos Fernglas ein, und er holte es gleich. Jetzt konnte er im schneebedeckten Tal die Umrisse der Kirche ausmachen. Der Wind hüllte sie in eine Wolke von Schneeregen, ein dünner Rauchfaden stieg in wilden, von den Windstößen verwehten Ringen aus dem Kamin des Pfarrhauses auf.

Rauch ... War da oben jemand? Don Barba? Carlo hatte nicht fest damit gerechnet, bei dem Sauwetter wäre eher anzunehmen gewesen, der Alte würde bei den fürsorglichen Verwandten in Posina bleiben. Aber nein, dieser Teufel weilte in den Bergen, mitten im Sturm, und wartete auf ihn!

Er soll nicht bis morgen warten, dachte Carlo und holte die Schneeschuhe aus dem Wagen. Mit Entenschritt ging er in Richtung Straße, verfolgt von Rosettas Blick, die in der Haustür stand und mit weit aufgerissenen Augen zusah.

»Das sind Schneeschuhe!«

»Guten Abend!«, erwiderte sie.

Der Gang den Talhang hinunter war leicht, die Schneedecke hatte den Boden beinah geebnet. Er konnte fast immer geradlinig talabwärts schreiten, an den steileren zugefrorenen Stellen mühelos nach unten gleiten. Das Hochsteigen an der gegenüberliegenden Talseite war um einiges anstrengender, doch die Schneeschuhe ließen zu, dass er gleichmäßig quer zum Hügelhang schritt.

Katasterunterlagen und die von Don Barba angeforderte, alkoholische Erste Hilfe hatte Carlo im Rucksack. Die Luft war schneidig, der Atem kondensierte, er spürte die Nase nicht mehr. Als wäre man am Nordpol. Wahrscheinlich lag die Temperatur bei minus 30 Grad.

Als er den Hügel erreichte, sah er sich um. Kam sich vor wie in einem gigantischen Kühlhaus. Der einzige Vorteil dieser unglaublichen Kälte war, dass weitere Schneefälle ausbleiben würden. Überrascht stellte er fest, der Weg zur Kirche war geräumt worden. Am Boden waren Schuhabdrücke zu sehen. Wahrscheinlich hatte die Dunkelhaarige aus dem nahen Bauernhof den Schnee weggeschaufelt. Ich erfreue mich neuerdings besonderen Scharfsinnes, dachte Carlo. Sherlock Holmes' kleiner Bruder.

Er wollte gerade am Pfarrhaus anklopfen, als er doch kurz innehielt: Und wenn Don Barba nicht da ist? Könnte jemand anderes da sein? Der böse Oger vielleicht? Oder gar die Hexen?

Er raffte sich endlich auf, klopfte und rief laut: »Don Barba! Ich bin's, Carlo Zampieri!«

»Ja, jaa, ich komm gleich …« Die Tür ging auf. »Wollt ihr alle ein für allemal kapieren, dass ich nicht taub bin? Bortolo hat immer losgebrüllt, da war er noch auf dem Marktplatz von Torrebelvicin. Und bei dir ist es nicht anders!«

»Guten Tag, Don Barba, was machen Sie hier, ganz allein im Sturm? Hier hüpfen ansonsten nur noch die Eisbären herum.«

»Ich hab auf dich gewartet. Hättest du dich verspätet, man hätte mich erst im Frühling aufgefunden.«

»Was für Memmen aber auch, diese Bergleute! So ein Theater wegen ein paar Schneeflocken!« Seit er den beheizten Raum betreten hatte, war Carlo wieder übermutig. »Hier, hab zwei Flaschen Wein und Grappa mitgebracht, also – was davon übrig geblieben ist. Nach der anderen Hälfte können Sie Mario Vegnàle und Ennio Ongaro fragen.«

»Sehr gut, ich setze gleich einen starken Kaffee auf, wir trinken ihn corretto, das baut auf. Den Wein heben wir fürs Mittagessen morgen auf. Du bist eingeladen, weißt du es noch?«

»Natürlich! Aber, Don Barba, bitte, übertreiben Sie es nicht, mit dem Trinken, sonst werde ich am Ende der fahrlässigen Körperverletzung beschuldigt.«

»Ach was, hör auf! Setz dich und erzähl mir in Ruhe, was du so gemacht hast. Hast du die Karten dabei? Ich hab das Tagebuch durchgelesen. Und viel dabei geweint. Auch geht mir diesbezüglich so einiges durch den Kopf.«

Ausgehend von seinem ersten Denkansatz, schilderte Carlo die getane Arbeit und fasste die Schlussfolgerungen zusammen, die er beim Durchsehen von Katasterkarten, Namenslisten, Eigentumsüberschreibungen und Hinterlassenschaften gezogen hatte. »Der nutzbare Grund wurde in diesen Tälern seit jeher in kleinflächigere Flurstücke unterteilt«, setzte er an. »Im Laufe der Jahrzehnte und der Generationswechsel wurde der Grundbesitz immerfort aufgeteilt. Nur selten waren die Bauern in der Lage, ihr Vermögen beisammenzuhalten.«

Es sei relativ einfach gewesen, führte er weiter aus, die einzelnen Eigentumsübertragungen in dieser Big-Bang-Phase der Landwirtschaft zurückzuverfolgen, denn Nachfolge und käufliche Übernahme fanden in der Regel im Kreis der Familie statt, sodass der Eigentümername unverändert blieb. Ferner waren die Familiennamen immer bestimmten Ortschaften zuzuordnen, die Grundstücke befanden sich gewöhnlich in der Nähe der jeweiligen Ansiedlung. Nur selten besaßen die jeweiligen Talbewohner Land in einem anderen Tal. Eigentümer von Grund, Immobilien oder Waldstücken in allen drei untersuchten Tälern kamen so gut wie nicht vor. Mit einer augenfälligen, sehr merkwürdigen Ausnahme: Familie Brunelli. Die Brunellis Brunelli, nicht die Brunellis Vegnàle oder die Brunellis Barbastriji. Romildas Familie besaß nämlich Land im Posina-, Leogra- und auch Agnotal – Land, das nie geteilt worden war; es waren sich weit erstreckende Flächen, die im gesamten Voralpengebiet einen einzigartigen Fall darstellten.

»Wie ist das alles zu deuten, deiner Meinung nach?«, fragte Don Barba.

»So genau weiß ich es nicht, ich habe mich lediglich auf ein paar Mutmaßungen beschränkt, die keinen Sinn ergeben, wie mir scheint.«

»Sag's mir ruhig«, hakte Don Barba nach. Der Ton erinnerte an den Beichtstuhl.

»Die Brunellis könnten von einer Vogtfamilie abstammen – Gutsverwaltern im Auftrag von Großgrundbesitzern, die irgendwann in den Besitz adligen Vermögens kamen. Oder sie könnten als Halsabschneider reich geworden sein. In vergangenen Zeiten war der Wucher ja eine regelrechte Plage, den verschuldeten Kleineigentümern kam dadurch nicht wenig Grund abhanden. Was ich aber nicht ganz verstehe: Wie konnte dieser Grundbesitz – wie immer er auch zustande kam – bis zur heutigen Zeit gänzlich erhalten bleiben, ohne unter den Nachfolgern aufgeteilt zu werden? Es ist, als hätte es in der Familie einen alle Mitglieder einbindenden Pakt gegeben, sodass das Eigentum über die Jahrzehnte beim Oberhaupt des ursprünglichen Familienkerns blieb.«

Don Barba hörte zu, versunken in seinem Sessel neben dem Kamin. Er nippte an seinem großzügig mit Grappa versetzten Kaffee und sah aus wie ein alter, zerrupfter Kater, der am Feuer schnurrt. »Hast du Aldos Tagebuch wirklich aufmerksam gelesen?«, fragte er unvermittelt.

»Ich hab's verschlungen.«

»Hast du es auch angeschaut?«

»Was soll das jetzt? Meinen Sie etwa, mir ist etwas entgangen?«

»Das Glossar«, flüsterte Don Barba – das Gesicht rot erleuchtet von der Flamme, »das kleine Wörterbuch, das Aldo angelegt hat. Es weist eindeutig darauf hin, dass Aldo zum selben Schluss gekommen wäre – obwohl er nicht ganz so systematisch vorging. Denn was dich angeht, würde ich behaupten, dass … ja, du hast wissenschaftlich gearbeitet.«

Hatte ihm der Grappa zu sehr zugesetzt? War Don Barba noch bei Verstand? Carlo nahm das Tagebuch entgegen und sah auf das Wörterverzeichnis.

»Acheni«, von Eiche … »Anghebeni«, von lang und eben … »Bintekkele«, von Wind und Hügel … »Bis«, von Wiese … »Eccheles«, kleiner Hügel … »Esental«, Tal und Eschen … »Galaita«: Hang… »Gamoan«, Gemeinde …

»Gamoan« war unterstrichen. Daneben hatte Aldo notiert: »Gamonda?! Camonda? Gemeinde- oder ehemaliger Großgrundbesitz? Nachfragen! Siehe auch ähnlichen Namen, Hoamonder Beg in Val die Mochèni, Fersental, Region Trentino-Südtirol (Mochèni = Zimbern?).«

Still starrte Don Barba Carlo an. Im Zimmer war es ziemlich dunkel geworden, einzig das Kaminfeuer leuchtete. Draußen heulte der Wind. Auch schneite es erneut.

»Ohne dass ich jetzt mein Hirn groß anstrenge: Können Sie mir verraten, was diese Anmerkung von Aldo soll?«

»Mir ist erst ein Licht aufgegangen, als du mir die Karten gezeigt hast. Du hast vorhin gesagt, das Land der Brunelli-Familie fällt als einziger großflächiger Privatbesitz im Posina- und Agnotal auf. Das hast du doch gesagt, oder?«

»Genau, man braucht nur einen Blick auf die Lagepläne zu werfen, und schon stechen die zwei rot angestrichenen Teile ins Auge.«

»Eben. Und jetzt sieh dir mal die Ortsbezeichnungen an. Im Posinatal liegen die Grundstücke zwischen den Dörfern Fusine und Laghi, sie umfassen beinah den gesamten Berg Gamonda. Im Agnotal liegt der Grund in den Hügeln, die an das Leogratal angrenzen, und von dort aus geht es hinunter zur Contrà Brunelli. Und in der Mitte, direkt oberhalb von Rovegliana, liegt der Camondapass, woran das Camondatal anschließt.«

Ja, es lag auf der Hand. Nur Carlo, der Möchtegerndetektiv, war nicht draufgekommen.

»Was das alles bedeuten soll, ist mir noch nicht klar, ich müsste in den Unterlagen nachlesen, die ich meinerseits gesammelt habe, aber ich glaube, wir sind auf dem richtigen Weg. Laut Aldo bedeutet ›Gamoan‹ auf Zimbrisch Gemeinde, und es ist durchaus anzunehmen, dass die Wörter ›gamonda‹ und ›camonda‹ davon abgeleitet sind. Also vielleicht Gemeindebesitz oder Volksgut. Letzteres bezieht sich allerdings auf einen recht verworrenen Themenkomplex hiesiger Regionalgeschichte. Es handelte sich häufig um ehemaliges, adliges Lehngut, das von der Gemeinde übernommen wurde und in Volkseigentum überging. Jahrhundertelang kämpften die Gebirgseinwohner um die Erhaltung des Besitzes gegen etwaige Übergriffe durch Einzelne, gegen die Versuche der unrechtmäßigen Aneignung.«

»Gehe ich richtig in der Annahme, Sie haben den Verdacht, die Grundstücke der Brunellis wurden dem ursprünglichen Volkseigentum entwendet?«

»Wenn wir ›Gamoan‹, ›Gamonda‹ und ›Camonda‹ richtig interpretiert haben, dann ist es wohl möglich.«

»Dazu würden wir Urkunden benötigen, die den Grenzverlauf des ehemaligen Gemeindebesitzes belegen.«

»Genau, und eigentlich bin ich in dieser Hinsicht schon fündig geworden.«

»Was? Und Sie sagen's mir erst jetzt?«

»Nur mit der Ruhe! Ich habe ein merkwürdiges Dokument gefunden, das in irgendeinem Bezug zu dem bisher Gesagten steht. Es datiert zurück auf das Jahr 1329 und legt offiziell die Grenzen zwischen den Gemeinden aus unseren Tälern fest. Es war die Zeit, als die Scalas aus Verona herrschten. Das Dokument war verschwunden oder wurde kurz nach der Niederschrift aus dem Verkehr gezogen, aber ich konnte im Pfarreiarchiv von Posina eine Abschrift ausfindig machen.«

»Aber warum sollte es verschwinden?«

»Der Auslöser war wahrscheinlich ein Streit zwischen Torrebelvicino und Rovegliana um den Besitz der Grundstücke, die heutzutage den Brunellis gehören. Sie schienen ursprünglich Kollektivvermögen der Gemeinden Torrebelvicino und Valli zu sein. Aber die Zimberngemeinschaft von Rovegliana riss sie an sich, und niemand konnte nachweisen, dass jener Wald und die Wiesen vormals zum Gebiet der angrenzenden Gemeinden gehörten.« Don Barba klappte eine Mappe auf und entnahm einige Blätter. »Hier hast du es. Ich hab's aus dem Lateinischen übersetzt. Obwohl: Du warst doch auf dem Gymnasium, eigentlich müsstest du die Originalfassung lesen können.«

»Vergessen Sie's, Don Barba, geben Sie mir ruhig die Übersetzung!«

Da stand es schwarz auf weiß: Die Grenzen, die zwischen den Berggemeinden verliefen, standen eindeutig fest; die von der Abgrenzung betroffenen Orte und Menschen wurden sorgfältig beschrieben. Auf den für jene Zeit üblichen geschwollenen, ehrerbietigen Ton hatte Don Barba in seiner Übersetzung weitgehend verzichtet:

In nomine Christi, amen.

Am Donnerstag, den 19. Tag im März, zu Verona, Contrada Santa Maria Antica, in seinem Palast saß der mächtige Mastino Grande della Scala, Herr von Verona, Vicenza, Treviso, Feltre, Cividale und Belluno, am Kaminfeuer im Hauptsaal …

Mastino Grande della Scala! Sogar er war in die Ereignisse um die Contrà Brunelli verwickelt. Neben ihm wurden weitere Adlige erwähnt. Warum saßen alle bei Mastino am Kamin? Was hatte dieser Feldherr – damals Alleinherrscher des Vicentiner Voralpenlandes – eigentlich vor?

… Da befahl Mastino, […] die Grenzen zwischen […] den Gemeinden von Valle dei Signori und Valle dei Conti zu ziehen, und die Anwesenden knieten zu seinen Füßen […]

Carlo war schwer beeindruckt: Die damaligen Bewohner der Siedlungen gingen vor dem Herrscher in die Knie, so lief es auf der Welt seinerzeit. Infolge von Mastinos Befehl veranlasste der Beauftragte Adlige Bailardino de Nogarola sechs Monate später die Grenzziehung. Ab dieser Stelle wurde der Bericht zu einer Art Bordtagebuch, das eine merkwürdige Landerfassung und Grenzfestlegung im Leogratal beschrieb, durch eine Mannschaft, die Felsen an kritischen Stellen gravierte, weiterzog, wieder innehielt, um sich auszuruhen, und weiterwanderte:

Und am Mittwoch, dem vierten Tag im September, gingen der Dekan und die Männer aus Valle dei Signori und Valle dei Conti mit dem ehrenvol-

len Bailardino zu dem Ort, der Gorgo dalla Volta genannt, und trafen dort auf den Bürgermeister und die Männer aus Torre, welche befragt wurden und bejahten, dass die Grenze dort verlief. Was von dem Herren Notar sogleich festgelegt wurde. Dann gingen sie zum Zoco dalla Nogara und legten einen roten Stein, auf dem ein Kreuz eingemeißelt war [...]. Und von dort stiegen sie den Berg hinauf bis zum Gipfel, und dieser Berg war der höchste von allen [...], und dort trafen sie auf den Dekan mit zahlreichen Männern der Gemeinde Rovegliana, und legten einvernehmlich den Berggipfel als Grenze fest [...]. Und sie stiegen weiter an einer steilen und krummen Felswand entlang bis zum Ort, der Terra Rossa genannt, und dort trafen sie auf den Dekan aus der Gemeinde Recoaro, und wieder viele Männer waren zugegen [...] Dort legten sie erneut einen roten Stein, der mit dem darauf eingravierten Kreuz auf die Grenze zeigte. Und da es spät geworden, gelangten sie nach Badazenochio, wo sie über Nacht blieben in einem bestimmten Gasthaus.

Der Bericht des ersten Tages endete mit einem erquickenden Schlaf. Aber die Grenzziehung wurde tags darauf ebenso gewissenhaft fortgesetzt, es ging immer weiter die Hügel und die Berge, die Wiesen und die Täler rauf und runter. Das Dokument endete mit den üblichen Notarfloskeln und einer Erklärung der abgeschlossenen Grenzfestlegung.

Carlo waren zwar nicht alle Ortsbezeichnungen des Leogratals geläufig, doch er meinte, der ursprüngliche Grenzverlauf zwischen den jeweiligen Voralpengemeinden ließe sich dank der Urkunde ohne Weiteres rekonstruieren; somit könnten unrechtmäßige Aneignungen der Nachfolgezeit aufgedeckt werden.

Doch nicht die Grenzfrage allein erweckte Carlos Aufmerksamkeit. Zwei Sätze hatte Don Barba mit dem Bleistift unterstrichen: »Sie legten einen roten Stein, auf dem ein Kreuz eingemeißelt war.« Ein Stein, ein Kreuz. Carlo griff nach Aldos Tagebuch, blätterte hastig und fand endlich, was er suchte.

»›Sonntag, 6. Mai‹«, las Carlo vor, »Piero Ongaro spricht hier«, merkte er an. »›Ob du es glaubst oder nicht, beim Camondapass, unter einem mit reichlich Gestrüpp überwucherten Steinhaufen hat zum Beispiel ein riesiger Felsblock aus dem Boden herausgeschaut; komische Zeichen waren drauf eingemeißelt, Zahlen, Kreuze, Buchstaben …‹ Don Barba! Sie haben es auch gelesen, Piero hatte einen dieser Steine entdeckt, die den Grenzverlauf zwischen Rovegliana, Valli und Torrebelvicino hervorhoben, bevor der Übergriff auf die volkseigenen Wälder stattfand!«

»Genau, ich hab das Gleiche gedacht. Aber ich bin ein Stück weitergegangen und hab mir ein Foto von einem Stein besorgt, der laut Dokument in Terra Rossa lag. Hier hast du es, mit allem Drum und Dran, wie schon vom armen Piero beschrieben – Gott habe ihn selig!«

Da reichte Don Barba Carlo einen vom Verkehrsverein Valli veröffentlichten Prospekt, in dem ein Stein abgebildet war – mit einem grob gemeißelten Kreuz darauf –, der die Buchstaben V (für Valli) und R (für Recoaro) zeigte, dazu eine Jahreszahl: 1329.

»Gut, das betrifft den Grund der Brunellis in Camonda, aber was ist mit dem Besitz am Gamondaberghang im Posinatal? Dazu könnten wir ebenfalls ein paar Belege gut gebrauchen, wenn wir beweisen wollen, dass es sich ebenso um Volkseigentum handelte.«

»Du bist recht ungeduldig, wie ich sehe. Deine Neugier soll gleich befriedigt werden.« Don Barba nahm ein großes, dicht beschriftetes Blatt aus dem Papierstapel: »Das ist ein Vertrag vom 17. Januar 1392, in dem die Pacht einer Hütte am Gamondaberghang erwähnt wird. Errichtet durch Graf Velo Brenzileo. Sie lag an einem ›Weiler, der vom Bach Tamazzolo, der Gastaldihütte, dem öffentlichen Weg und dem später Volkseigentum gewordenen Landgut abgegrenzt wurde‹. Ist dir klar, was hier gemeint ist?«

»Und wie! Daraus geht hervor, dass 1392 der Berg Gamonda Lehngut der Grafen Velo war, das später in Volksbesitz überging. Und jetzt gehören diese Grundstücke den Brunellis. Mir scheint, hier zeichnet sich Ähnliches wie für die Grundstücke am Camondapass im Leogratal ab.«

»Ganz genau, und deswegen habe ich diesen Pachtvertrag aufgehoben. Und hier habe ich noch etwas, eine Aufstellung der Gemeinde Posina, die alle Pächter von volkseigenem Land mit dem jeweiligen Pachtbetrag verzeichnet, darunter einen Giovanni Caprin, ›Grund am Ghemonda = Troni 1,10‹. Also gut, habe ich gedacht, das ist nichts anderes als ein weiterer Beweis dafür, dass das Volkseigentum am Berg Gamonda ordnungsgemäß von der Gemeinde verpachtet wurde.«

»Haben wir diese uralten Unterlagen richtig interpretiert«, führe Carlo weiter aus, »so hätten wir endlich einen Zusammenhang zwischen dem Tod von Piero Ongaro und dem Streit um die Vereinnahmung von Volkseigentum. Piero hatte wohl zufällig einen Grenzstein auf dem zwischen Torri und Rovegliana einst umstrittenen Gebiet entdeckt, das nun Teil des Brunelli-Vermögens ist. Aber ich frage mich noch, wieso all die tragische Unfälle ausgelöst wurden. Immerhin liegt jetzt wenigstens ein Indiz vor, ein schwaches Lichtlein …«

Als das Wort »Licht« fiel, erhob sich Don Barba wie auf Befehl vom Sessel, eilte durchs Zimmer und betätigte den Schalter. Die Deckenlampe ging an.

»Was, Sie haben hier Strom?«

»Na klar, ich war nur zu faul, um aufzustehen …«

»Aber die Contrà Brunelli hat seit gestern weder Strom noch Telefon!«

»Na, ich hatte schon gemerkt, dass da unten kein Licht brennt.«

»Haben Sie einen Telefonanschluss?«

»Nein, hier im Pfarrhaus nicht, aber die Arduina schon, wenn du sie fragst, lässt sie dich bestimmt telefonieren.«

»Dann bitte ich um Verzeihung, Don Barba, ich sollte mal zu Hause anrufen, nicht dass sie sich Sorgen um mich machen. Können wir morgen unser Gespräch fortführen?«

»Ja, sicher, mein Sohn, geh ruhig zur Arduina und dann schnellstens in die Contrada zurück. Es schneit schon wieder, bald wird's richtig dunkel, du sollst dich nicht im Wald verirren. Wir sind ohnehin ein ganz schönes Stück weitergekommen. Wenn wir die historischen Unterlagen, Aldos Tagebuch und deine Daten kreuzen, zeichnet sich allmählich als Hintergrund der Verbrechen ein Vorhaben ab. Wir haben den Täter noch nicht, aber der Kreis könnte sich bald schließen.«

»Ich sehe es genauso. Und apropos Tagebuch: Wir sollten uns in den nächsten Tagen mit den Aufzeichnungen zu den komischen Brunelli Barbastrìji befassen. Wie steht es mit dem Verwandtschaftsverhältnis zwischen ihnen und Romilda? Wieso nimmt Romilda ihre Diebstähle einfach hin? Wie sind Aldos Notizen vom 25. September zu deuten? Hier: ›Ines, das garstige Familienoberhaupt der Brunelli Barbastrìji, macht mir Sorgen [...]. Heute habe ich sie wieder um mein Haus herumlaufen sehen [...] Aber etwas hat mich stutzig gemacht, als ich kurzzeitig in ihrer Nähe war: der Geruch. Ja, die alte Ines riecht ... nach einer Mischung aus Schweiß und brennendem Holz. Der Geruch, den ich neulich am Abend in meiner Küche wahrgenommen habe!‹ Diese Stelle geht mir nicht mehr aus dem Kopf, seit ich's zum ersten Mal gelesen habe. Was bringt diese Leute in Verbindung mit den Grundstücken am Camondapass und am Berg Gamonda?«

»Vielleicht gibt es doch einen roten Faden, wie dünn er auch immer sein mag, aber dazu brauchen wir mehr Zeit, weitere Belege. Wir nehmen morgen die Arbeit an dieser Stelle wieder auf, nach deinem Besuch beim Psychiatriezentrum. Ich hoffe sehr, wir bekommen endlich alle Teile dieses fürchterlichen Mosaiks zusammen. Geh jetzt! Ich erwarte dich wieder zum Mittagessen.«

»Dann bis morgen!«

»Ja, bis morgen.«

Carlo trat aus dem Pfarrhaus und stellte fest, das Tal wurde gerade von einem heftigen Schneesturm heimgesucht. Die Temperatur war leicht gestiegen. Der Fußweg zum Bauernhof war noch einigermaßen frei, er kam ohne Schneeschuhe durch.

Arduina, dachte Carlo vor sich hin, welch ein altertümlicher Name für eine Dame, die sich jung und modern gibt.

Er klopfte und sagte laut: »Buongiorno, Arduina! Mich schickt Don Barba. Darf ich Ihren Telefonapparat benutzen?«

»Wer ist da?«, antwortete eine weibliche Stimme aus dem Hausinneren.

»Ich komm von Don Barba! Mein Name ist Zampieri.«

Die Tür ging endlich auf, die Bergjungfrau erschien. Mit einem strafendem Blick rief sie: »Es ist weder die passende Zeit noch der richtige Tag, um hier herumzulungern und bei den Leuten anzuklopfen. Mich hat fast der Schlag getroffen! Bei dem Sauwetter rechnet man da oben nie mit einem Fremden. Sind S' vom närrischen Don Barbarena zu mir geschickt worden?«

»So ist es. Bitte verzeihen Sie mir, ich wollte Ihnen keinen Schreck einjagen. Aber in der Contrà Brunelli ist der Telefonmast runtergekommen.«

»Und Sie sind von da unten bis hierher gekommen? Zum Telefonieren?«

»Na ja, eigentlich …«

»Das nächste Mal laufen S' besser ins Dorf, nach Torrebelvicino, erst recht bei so 'nem Wetter.«

Nach dieser herzlichen Begrüßung zeigte sie ihm den Telefonapparat, er hing an der Wand neben dem Eingang.

Das Gespräch mit Giulia war Carlo höchst peinlich, denn die Hausherrin rührte sich keinen Millimeter vom Fleck und hörte ganz offensichtlich zu. Und als er erzählte, er sitze wegen des Schnees in der Contrà Brunelli fest und dass der Schneepflug erst am kommenden Tag vorbeifahren würde, war Arduinas spöttischer Gesichtsausdruck nicht zu übersehen.

Er legte eilig wieder auf und bedankte sich: »Ich bin Ihnen sehr dankbar und bitte nochmals um Entschuldigung für die Umstände.«

»Wer ist diese Giulia, Ihre Frau?«, fragte Arduina unverschämt.

»Ja.«

»Na dann … alles klar.«

»Was?«

»Theater vom Feinsten!«

Nett, diese Arduina, eine erstklassige Nervensäge, dachte Carlo verärgert. Er dankte ein weiteres Mal und ging hinaus. Er spürte noch, wie seine Wangen glühten. Dann sorgte der eisige Wind für eine rasche Ernüchterung, während er im Schnee taumelte und sich auf den Weg zur Contrà Brunelli machte.

In Gedanken noch bei der Szene, die sich bei Arduina abgespielt hatte, nahm er nichts anderes wahr – weder hörte er Schritte in seinem Rücken, noch sah er Schatten, noch vernahm er unheimliches Knistern. Der frierende Schnee, vom Wind verweht, schlug ihm ins Gesicht. Carlo massierte sich hin und wieder die Nase, damit sie nicht vereiste. Endlich ließ er den Wald hinter sich und war kurz darauf am Salìzo. Es war stockfinster. Nur aus Romildas Küchenfenstern flimmerte Kerzenlicht.

Er machte den eigenen Wagen aus, der unter einer dünnen Schneeschicht lag und ganz verlassen aussah.

»Permessooo?«, rief er, während er an Romildas Tür klopfte.

»Avanti, avanti, herein!«

Carlo betrat die gemütlich warme Küche. An den Wänden tanzten die Schatten Romildas und ihrer Gäste, Ennio und Mario. Es lag auf der Hand, dass die beiden nach der kleinen morgendlichen Erfrischung oben auf dem Dach für den Rest des Tages weitergetrunken hatten – vielleicht, um gegen die Langeweile einer wetterbedingten Zwangspause zu kämpfen.

»Wo sind Sie nur bei dem elenden Wetter hingegangen? Da springen doch nur noch die verhungernden Reh' herum«, sprach ihn Mario an.

»Es ist ewig her, dass ich solche Schneemassen gesehen habe. Bin im Wald herumgewandert.« Carlo zeigte auf die Geräte, die er vor dem Eintreten ausgezogen hatte.

»Ach so, *das* hat also die Rosetta gesehen!«, rief Ennio aus. »Die hat erzählt, Sie tragen Entenschuhe, und wir haben uns die ganze Zeit gefragt, was sie meint.«

Alle lachten.

»Wir sind die einzige Contrada, die noch ohne Strom und Telefon ist. Ich war vorhin in San Carlo, also am Ar… ich meine, am Ende der Welt, und selbst da funktioniert alles bestens.«

Leise nuschelnd, was gewiss auf die ausgiebigen Umtrünke zurückzuführen war, meldete sich Mario zu Wort: »Es ist immer das alte Lied, die von der Stromgesellschaft scheißen auf uns, weil hier kein Pfarrer wohnt. Don Barba ist ein herzensguter, frommer Mensch, aber wenn er sich verarscht vorkommt, wird er richtig grantig, dann setzt er Himmel und Erde in Bewegung, um an sein Recht zu kommen. Wenn der Aldo noch da wäre, hätten wir auch jemand, der sich drum kümmert.«

Jetzt wollte es Romilda genau wissen: »Was haben S' in San Carlo gemacht? Ist der Don Barba am End da, wo's doch so viel Schnee gibt?«

Nun ertönte aber bei Carlo die Alarmglocke: Da war ihm gerade ein Wort zu viel rausgerutscht, niemand sollte doch erfahren, dass er in San Carlo gewesen war!

»Ich hab keine Ahnung, ich glaube kaum, dass der Pfarrer da ist. Ich bin jedenfalls nicht zur Kirche, ich war dort in der Nähe und bin einer jungen Frau namens Arduina begegnet. Sie hat mir gesagt, dass ihr Telefonanschluss funktioniert, also habe ich zu Hause in Padua angerufen und Bescheid gesagt, dass ich morgen zurückkomme.«

»Schönes Weib, die Arduina, der Spaziergang bis da oben lohnt sich schon, die muss man gesehen haben«, stöhnte Ennio, ebenfalls angetrunken.

»Also verlassen Sie uns morgen?«, fragte Romilda. »Man kann's Ihnen net verdenken, hier hat man eben ein hartes Leben.«

»Ja, schon, und ich hoffe sehr, dass morgen früh die Straße geräumt wird, damit ich mit dem Wagen ins Tal komme. Es wäre wirklich schade, ihn bis zum Frühling hier stehen zu lassen.« Dann verabschiedete er sich und ging.

Es hatte aufgehört zu schneien, aber die Windböen wirbelten den festgefrorenen Schnee auf. In der Finsternis konnte Carlo sein Haus gar nicht ausmachen.

Er fragte sich, ob es ihm gelungen sei, den Eindruck eines doofen Städters zu erwecken, der sich kaum um diese Orte schert? War er als naiver Tourist durchgegangen? Vielleicht schon. Selbst den Fauxpas mit San Carlo hatte er brillant umgangen. Er würde sich nichtsdestotrotz im Haus verbarrikadieren – für den Fall, dass jemand ihn eines Besseren belehren wollte …

Er schleppte sich weiter und versank immer wieder bis zum Knie im Schnee. Die Schneeschuhe hielt er in der einen Hand, in der anderen die Taschenlampe, die er aus dem Rucksack gezogen hatte. Auf der weiß leuchtenden Decke waren Fußspuren zu erkennen, sie führten zum Haus. Frisch waren sie nicht, eher von weiterem Niederschlag und vom Wind teilweise verwischt.

Carlo blieb unentschlossen stehen. Es war dermaßen dunkel, dass er nicht einmal eine ganze Horde auflauernder Ungarn hätte erblicken können. Dann riss er sich zusammen, fasste Mut und eilte ungestüm zur Haustür.

Mist, er hatte sie offen gelassen! Er zögerte noch eine Sekunde lang, dann ging er hinein.

»Ist da jemand?« Ich bin ein Volltrottel, dachte er, immer wieder diese idiotische Frage, wenn ich Schwierigkeiten hab.

Er fand schnell die zwei Kerzen, die er für den Notfall in Türnähe liegen gelassen hatte, und zündete sie an. Das Licht beruhigte ihn.

Im Haus war niemand, alles stand am gewohnten Platz. Doch etwas stimmte nicht – was genau, konnte er nicht sagen, aber … Ja, in der Küche hing der unverwechselbare, scharfe Geruch von Menschenschweiß und Holzrauch.

X Der unglaubliche Schneefall von 1985

Die Nacht verlief ruhig. Trotz der Anspannung konnte Carlo schlafen, erschöpft wie er war und von Stille umhüllt. Doch schon um sechs Uhr riss ihn der Räumungsdienst aus dem Schlaf.

Ich bin noch am Leben!, war sein erster, konfuser Gedanke. Es war viel zu früh, und er hatte nichts zu tun, denn das Zentrum für psychische Gesundheit würde erst um neun Uhr öffnen. Also legte er sich auf die andere Seite und sinnierte unter der gemütlich warmen Decke, bis er wieder eindöste.

Um Punkt acht Uhr dreißig schreckte er hoch und rannte aus dem Haus – ohne Morgenwäsche, ohne Frühstück.

Der Schneepflug hatte gute Arbeit geleistet, und das sehr geschickt; die Straße und selbst der Salìzo waren freigeräumt. Dafür lag der geräumte Schnee um und auf seinem Wagen, und dieser war unter einem riesigen Schneehaufen begraben. Zum Glück konnte sein Fluchen nicht bis San Carlo gehört werden, Don Barba hätte ihn sonst nie mehr ins Pfarrhaus hineingelassen. Schnaufend und stöhnend schaufelte Carlo das Auto frei, und schon nach zwanzig Minuten steuerte er die Talsohle an.

In der Ebene hatte es nicht geschneit, die Straßen waren sauber. Um neun Uhr morgens war kaum jemand unterwegs, alle hatten den Arbeitsplatz schon erreicht. Carlo kam deshalb zügig durch, stellte den Wagen ab und betrat entschlossenen Schrittes das triste, ockerfarbene Gebäude mit Aluminiumfenstern und Kunststoffrollläden.

»Guten Morgen, mein Name ist Carlo Zampieri , ich möchte den Leiter sprechen.« Er gab sich bestimmt und ein wenig arrogant gegenüber der Tante, die am Eingang hinter dem Glas der Portierloge saß.

»Haben Sie einen Termin vereinbart?«

»Dies war leider nicht möglich, da die Büros bis heute Morgen geschlossen waren«, lautete seine implizit kritische Antwort bezüglich der Einrichtung. »Es handelt sich jedoch um eine dringende und ziemlich heikle Angelegenheit, ich wurde von Professor Girolamo Fumagalli, Chefarzt der Psychiatrischen Klinik am Städtischen Krankenhaus von Padua, auf das hiesige Zentrum verwiesen.«

»Ich frage Dottore Greselin, ob er Sie empfangen kann.«

Carlo hoffte nun sehr, diesen Dottore Greselin gebe es wirklich – ganz im Gegensatz zu dem soeben erfundenen Girolamo Fumagalli.

Ein Dottore Greselin war tatsächlich vorhanden, und er hatte Zeit. Auf dem birnenförmigen Schädel des medizinischen Leiters wuchs mittig ein Schopf roter Haare; er trug runde, goldumrandete Brillengläser. Typisch Narrenarzt, irgendwie.

»Guten Morgen, Dottore! Ich bin Ingenieur Carlo Zampieri und komme aus Padua«, begrüßte ihn Carlo, der gerne mit akademischen Titeln und großstädtischer Herkunft prahlte, um bei etlichen öffentlichen Einrichtungen durchzukommen. »Vielen Dank, dass Sie mich empfangen.«

»Keine Ursache, dazu bin ich doch da. Was kann ich für Sie tun?«

»Es geht nicht um mich, sondern um eine leider verwitwete ältere Dame, die Hilfe braucht. Ich war mit ihrem verstorbenen Ehemann eng befreundet, der seinerseits der beste Freund des Bürgermeisters von Torrebelvicino war, im Übrigen ein entfernter Verwandter.« All diese Lügen hatte sich Carlo noch am Morgen ausgedacht, als er im Bett faulenzte. »Sie müssen wissen, dass Herr Sterchele, so hieß mein lieber Freund, vor wenigen Monaten von uns gegangen ist. Er ist in eine Schlucht gestürzt … ein schreckliches Unglück!«

»Und die ältere Dame ist wahrscheinlich in eine Depression verfallen«, deutete der Arzt eine Diagnose an.

»Nein, Frau Sterchele geht es gut, soweit es das nun mal fortgeschrittene Alter zulässt. Aber sie quält etwas ganz anderes. Laut Angaben soll Herr Sterchele am Morgen des Unglückstags Ihr Zentrum aufgesucht haben. Wissen Sie, Herr Doktor, Frau Sterchele kann sich nicht erklären, was ihr Mann hier gesucht haben soll. Sie fragt sich, ob er vielleicht krank gewesen ist, ob er unter Störungen gelitten hat, ob er vielleicht durcheinander gewesen ist. Ob gar ein plötzliches, seinem eventuell prekären Geisteszustand zuzuschreibendes Unwohlsein ihn in den Abgrund gestürzt hat. Seit Tagen schon quält sie sich mit solchen Gedanken und hat Schuldgefühle, da sie vielleicht nicht rechtzeitig erkannt hat, dass ihr lieber Ehegatte ernsthaft krank war und sie ihm nicht hat helfen können.«

»Sterchele … Sterchele … Patienten mit diesem Namen hatte ich bisher nicht, aber ich könnte mich täuschen. Schließlich gehen hier Leute ein und aus, wir sind ja keine Klinik, sondern eine öffentliche Beratungsstelle.«

»Eben deswegen habe ich mir ein Foto des Herrn Sterchele geben lassen«, fiel Carlo dem Arzt schroff ins Wort, aus Angst, er würde den Aufbau des staatlichen Gesundheitsdienstes, Abteilung Nr. 4, Provinz von Vicenza, Unterbereich Nord, im Detail schildern. »Hier ist es. Sind Sie diesem Herrn jemals begegnet?«

»Hmm … ich weiß es wirklich nicht. Warten Sie, ich lasse Frau Fontana kommen, die Dame am Empfang. Sie hat ein ausgezeichnetes Gedächtnis und behält den Überblick über alle, die kommen und gehen. Wenn Herr Sterchele bei uns war, weiß sie es noch, ganz bestimmt.«

Dottore Greselin ging aus dem Büro und erschien sogleich in Begleitung der mürrischen Signorina Fontana wieder.

»Also schauen wir mal … na klar, das ist Herr Bortolo Sterchele, der ehemalige Angestellte der Gemeinde Torre!«, rief sie und verließ den Raum.

»Ach ja, jetzt weiß ich's wieder, Bortolo Sterchele, ja, jetzt erinnere ich mich«, sagte Greselin recht fröhlich.

Carlo hätte ihn am liebsten erwürgt.

»Nun gut, auf dem Foto sieht er irgendwie anders aus«, versuchte der unschlüssige Arzt sich zu rechtfertigen, »aber er ist es, ganz gewiss. Er ist – er *war* Mitglied zahlreicher katholischer Wohltätigkeitsvereine, bei denen ich auch verkehre. Ich wusste nicht, dass er gestorben ist. Er war ein sehr anständiger Mensch.«

»Haben Sie am 25. Juni vormittags mit ihm gesprochen?«

»Ja, ganz bestimmt! Oder doch nicht, ich habe nicht mit ihm gesprochen.«

Carlo unterdrückte den Drang, diesem Idioten eins auf die Mütze zu geben.

»Sehen Sie, Bortolo Sterchele ist in der Tat hier gewesen und hat nach mir gefragt, aber ich war außer Haus, so ist er wieder weggegangen.«

»Dann wissen Sie wohl nicht, was er von Ihnen wollte?«

»So genau nicht. Aber es ging auf gar keinen Fall um seinen eigenen Seelenzustand. Herr Sterchele war kerngesund. Frau Fontana hat mir berichtet, er war wegen einer Nachbarin gekommen, die zu unseren Patienten zählt.«

»Dürfte ich fragen, wieso?«

»Wahrscheinlich, um Hilfe zu leisten, Herr Sterchele war ja, wie schon gesagt, ehrenamtlich tätig.«

»Ach so, verstehe … In der Tat lebt die Contrà Brunelli in Armut.«

»Und dies nicht nur materiell.« Der Dummkopf biss gleich an. »Da herrscht ein *moralisches* Elend, und, noch schlimmer, ein *geistiges* dazu. Gerade in der Contrada Brunelli wohnen zum Beispiel zwei merkwürdige Damen, Mutter und Tochter, wenn ich nicht irre, die meiner Meinung nach dringend Hilfe benötigen würden … oder am besten gleich einzuweisen wären … hätte man in Italien die Irrenanstalten nicht geschlossen!«

»Sie meinen wohl nicht Frau Ines Brunelli und deren Tochter Sonia?«, half Carlo nach.

»Namen darf ich eigentlich nicht nennen, aber Sie sind ein gebildeter Mensch und wissen ganz bestimmt diskret zu sein. Außerdem sind Sie hier fremd … Jedenfalls ja, ich kann mich an den Familiennamen erinnern, es handelt sich um jene zwei Damen. Eigentlich wird die ältere, die Mutter also, nicht von uns betreut – wieder ein Mangel unseres nationalen Gesundheitsdienstes –, dafür ist die Jüngere ein klassischer Fall geistiger Zurückgebliebenheit, was wahrscheinlich auf eine Oligophrenie zurückzuführen ist, ausgelöst von einem intrauterinen Hirnleiden. Ursache hierfür sind höchstwahrscheinlich vererbliche, degenerative Faktoren wie zum Beispiel Syphiliserkrankungen oder Alkoholismus bei den Vorfahren. In den hiesigen Dörfern haben Alkoholabhängigkeit und notgedrungene Unsittlichkeit eine traurig lange Tradition.«

»Ich hatte nicht gemerkt, dass die zwei Brunelli-Damen …«

»Es ist durchaus verständlich, das Krankheitsbild ist vielförmig und tritt oft zusammen mit Schizophrenie in Erscheinung, die zuweilen über den tatsächlichen Geisteszustand des Patienten hinwegtäuscht.«

»Und Sie sagten soeben, dass auch Ines Brunelli …«

»Na ja, das ist lediglich eine Vermutung, ich habe sie nur einmal gesehen, als sie nicht umhinkam, ihre Tochter hierher zu begleiten, weil sie während der heiligen Messe mehrmals durchgedreht war, die Ärmste; die Sozialarbeiter der Gemeinde Torrebelvicino hatten angedroht, der Mutter die Aufsicht zu entziehen, falls sie die Tochter nicht ärztlich untersuchen ließe. Man warf Ines Brunelli nämlich vor, dass sie die Tochter vernachlässige. Es war mir nicht möglich, die Mutter psychiatrisch zu untersuchen, doch es liegt meines Erachtens auf der Hand, dass Frau Ines Brunelli unter Verfolgungswahn leidet – ein psychotisches Syndrom, das heißt systematische, strukturierte Wahnvorstellungen bei vollem Bewusstsein. Die Paranoia tritt als degenerierende Entwicklung gewisser Charakterzüge auf, darunter sind Misstrauen, Unsicherheit, extremer Stolz, fanatische Anwandlungen, Vorurteile und einiges mehr …«

Dottore Greselin war nicht mehr zu bremsen.

»Das systematische, paranoide Delirium stellt sich allmählich ein, ausgehend von endogenen Faktoren, die sich gelegentlich mit externen Konflikten oder Ereignissen überschneiden. Die Paranoia tritt in der Regel im mittleren oder fortgeschrittenen Alter und in den verschiedensten Formen auf, als Verfolgungs-, Größen- oder zuweilen Eifersuchtswahn. Als ich den Ursachen der Krankheit bei der Tochter nachgehen wollte und daher Frau Brunelli bat, von ihrer Familie zu erzählen, kamen mir ihre Gedankengänge recht wirr vor, und ja, in diesem Fall kann man ohne Weiteres von Wahnvorstellungen reden. Und obwohl die Mutter sich sehr zurückhielt, konnte ich auch bei ihr typische Symptome feststellen. Die ältere Dame weist allemal eine starke Persönlichkeit auf; ich meine, noch ist sie in der Lage, Verhaltensweisen und Hirngespinste zu vertuschen.«

Carlo war sprachlos. Und erregt. Er hatte ins Schwarze getroffen. Bortolo hatte also irgendetwas gewittert, nachdem der Filippi-Ansatz sich als falsch erwiesen hatte, er hatte erahnt, dass der Irre in der Contrada steckte, und sodann die Beratungsstelle aufgesucht.

»Als ich am 25. Juni hörte, dass Herr Sterchele hier gewesen war«, nun schien der Arzt auf einmal wieder klar zu denken, »habe ich Frau Brunelli angerufen und gefragt, ob es ihrer Tochter gut gehe und ob sie den Grund wisse, warum Bortolo Sterchele mich sprechen wollte.«

»Was, Sie haben Frau Ines Brunelli von Herrn Sterchеles Besuch informiert?«, rief Carlo und verdrehte die Augen.

»War doch nichts Schlimmes dabei, Herr Sterchele selbst hatte gesagt, er komme im Auftrag von Frau Brunelli. Die Bergleute sind ja eher introvertiert, wie Sie wissen, drücken sich nur mangelhaft aus und ziehen es oft vor, einen gebildeteren Menschen bei Ämtern und sonstigen Stellen im eigenen Namen vorsprechen zu lassen. Sie sind schließlich auch auf Verlangen der Witwe von Herrn Sterchele hier.«

Ganz klar. Bortolo Sterchele hatte mit einem Vorwand um Informationen gebeten, und Dottore Greselin hatte das fröhlich ausgeplaudert. Dies war also der Grund für Bortolos Ermordung! Ines und Sonia Brunelli hatten von seinen Erkundungen erfahren und blitzartig reagiert, noch am selben Tag gehandelt, in der Dämmerung. Barbastrìji … Fledermäuse … sehr bezeichnend!

Beim Abschied bat Dottore Greselin Carlo um seine Telefonnummer. »Damit ich Sie erreichen kann, falls mir Wichtiges einfällt.«

Um weiteren riskanten Begebenheiten oder gar unangebrachten Anrufen vorzubeugen, gab Carlo Arduinas Nummer an. Er hatte sie am Vorabend vom Apparat abgelesen.

»Für die kommenden acht Stunden bin ich unter dieser Nummer zu erreichen. In den nächsten Tagen bin ich dann hier anzutreffen.« Er überreichte Dottore Greselin seine Visitenkarte, die vor akademischen Titeln, Steuernummern und Firmenlogos nur so strotzte.

Als Carlo hinaustrat, fand er eine veränderte Welt vor: Ein gewaltiger Schneesturm wütete über Schio, so was hatte er noch nie erlebt. Er hatte sogar Mühe, den eigenen Wagen auf dem Parkplatz auszumachen. Die reichlich fallenden, dicken Schneeflocken ließen nichts Gutes erahnen. Trotz Eiszeitstimmung war Carlo zufrieden, die Begegnung mit Greselin war doch sehr fruchtbar gewesen. Er wusste jetzt mehr.

Er wusste, wo Bortolo am Vormittag des 25. Juni gewesen war.

Er wusste um dessen Verdacht.

Er hatte verstanden, warum Bortolo umgebracht worden war.

Auch wusste er, wer der Täter war – oder besser, er besaß diesbezüglich fundierte Hinweise. Über *die* Täter, nein, *Täterinnen.* Er vermutete, dass die Frauen zusammen gehandelt hatten – die eine der Kopf, die andere der verlängerte Arm. Aber warum? Was hatte diese mörderische Wut ausgelöst? Darüber würde er sich mit Don Barba zusammen Gedanken machen, nahm sich Carlo vor – sie würden alle Unterlagen nochmals durchsehen müssen, um endlich Beweise zu bringen.

Er wollte gleich wie vereinbart zur kleinen Kirche hochfahren, doch die widrigen Wetterumstände waren dabei, ihm einen Strich durch die Rechnung zu machen.

Im Radio wurde berichtet, über ganz Norditalien ereignete sich im Augenblick der wohl heftigste Schneefall der Jahrhunderts – er würde später als der große Schneefall von 1985 in die Geschichte eingehen. Der Wagen quälte sich entlang der verlassenen, weiß leuchtenden Straßen hinauf, und sehr bald musste Carlo anhalten, um Schneeketten anzulegen. Mit eiskalten Händen hantierte er an den Autoreifen, während der frostige Wind ihm ins Gesicht peitschte. Wieder kam er sich vor wie ein echter Bergwolf: Ich hab das zimbrische Ungetüm besiegt, vor nichts sonst werde ich haltmachen!

Da fuhr ein Kleinbus der Carabinieri zur Seite und hielt.

»Wo wollen Sie eigentlich hin?«, fragte der Carabiniere.

»Nach Torrebelvicino.«

»Bis Torre geht's noch, weiter hinauf aber nicht. Die Landstraße ist gesperrt. Fahren Sie vorsichtig!«

»Vielen Dank!«

Kruzifix, jetzt musste sich der Bergwolf sputen, oder er würde in der vicentinischen Tundra stecken bleiben. Er kam noch an Torrebelvicino vorbei, dann wurde er von einem Streifenwagen der Lokalpolizei angehalten.

»Haben Sie die Schilder nicht gelesen? Die Straße ist gesperrt. Viel zu riskant, es droht Lawinengefahr.«

»Ich bitte um Verzeihung, aber ich muss nach San Carlo.«

»Nach San Carlo? Mit dem Wagen? Sind Sie verrückt? Lassen Sie den Wagen hier stehen, gehen Sie zu Fuß weiter. Oder Sie fahren eben zurück, was viel vernünftiger wäre.«

»Keine Sorge, ich bin entsprechend ausgerüstet. Ich stelle das Auto ab.«

Carlo ließ den Wagen neben einem mindestens zwei Meter hohen Schneehaufen stehen, holte Schneeschuhe, Windjacke und eine kanadische Fellmütze aus dem Kofferraum und wanderte los.

»Auf Wiedersehen!«, verabschiedete er sich von den Polizisten, die ihn entgeistert anstarrten.

»Viel Glück!«, rief ihm schließlich einer der beiden nach.

Er lief in Richtung der Contrà Scapini und nahm dann entschlossen den Kirchenhügel in Angriff. Nichts würde ihn aufhalten, gar nichts – nicht einmal der Jahrhundertschneefall. Die Wut, die sich während der zweimonatigen Erkundungen in ihm aufgestaut hatte, trieb ihn zum Ziel. Er würde die Wahrheit herausfinden, er war sich sicher.

XI Eine ganz lange Spur

So kam es, dass Carlo, als er an jenem Tag die Hügelspitze erreichte, das Paradies erblickte. Die kleine Kirche, eine Traumerscheinung mitten im Sturm – und drum herum nichts als Schnee und Stille, vollkommene Stille, intensiv, geradezu ohrenbetäubend. Carlo hörte seinen eigenen Atem. Und sein Herz, das heftig schlug.

Er nahm die Schneeschuhe ab, klopfte an der Tür und betrat das winzige Pfarrhaus, ohne die Antwort abzuwarten.

»Ich hab auf dich gewartet!«, grüßte Don Barba und umarmte ihn. »Ich wusste, dass das bisschen Schnee dich nicht davon abhalten würde.«

»Na ja, eigentlich ist es ein Rekordschneefall, heißt es im Radio …«

»Nichts als leeres Geschwätz! Die Leute vom Rundfunk leben in Rom, unter den Palmen, und fangen gleich das Schnattern an, sobald sie die erste Schneeflocke erblicken.«

»Ich muss gestehen, bis hierher zu kommen, war kein Zuckerschlecken. Ich hab das Auto in Ressalto stehen lassen.«

»Richtig so, an der Landstraße bist du bestens aufgehoben, früher oder später kommt der Schneepflug vorbei. Jetzt aber Schluss mit dem Gewäsch, ich warte schon seit heute Morgen, sechs Uhr. Was gibt's Neues?«

»Großartiges!«, antwortete Carlo und lächelte dabei geheimnisvoll.

»Wie lang willst du mich noch zappeln lassen? Oder willst du am Ende noch essen, bevor du was erzählst? Es ist doch erst zwölf. Du sagst mir sofort, was du weißt, dann setzen wir uns an den Tisch, es ist schon fertig.«

»Haben *Sie* gekocht?«

»Aber nein doch! Die Nachbarin war's, die Arduina. Es gibt gebratenes Huhn aus dem Backofen und Gemüse aus dem Garten, Gott weiß, wie sie es gepflückt hat, bei dieser Wetterkatastrophe! Dazu gibt's deinen Wein, also haben wir ein richtig feines Mittagessen. Das habe ich mir verdient, nachdem ich monatelang nur Brühe hinunterwürgen musste.«

»Sehr schön, dann sage ich's Ihnen gleich: Volltreffer!«

»Und das wäre?«

»Unsere Vermutungen. Der Täter. Ein Wahnsinniger, der wahrscheinlich aus finanziellen Gründen getötet hat. Oder genauer gesagt, Mehrzahl, *die Mörder*, denn es scheint zwei Irre zu geben, die unter einer Decke stecken.«

»Gleich zwei? Du lieber Himmel! Ich hatte mir schon was zusammengedichtet, wagte es aber nicht, Namen zu nennen. Bist du ganz sicher?«

Carlo berichtete ausführlich von dem Gespräch mit dem streckenweise geistesabwesenden Dottore Greselin und achtete darauf, keine Einzelheiten auszulassen.

Don Barba war bestürzt.

»Die Ines und die Sonia Brunelli! Darauf wäre ich niemals gekommen.«

»Wieso denn nicht? Ich habe Ihnen schon oft gesagt, dass die Brunellis Barbastrìji zwielichtige Gestalten sind. Auch Aldo in seinem Tagebuch und selbst Mario Vegnàle hatten schwere Vorbehalte zum Ausdruck gebracht, was deren Verhalten angeht. Ich habe darüber hinaus den Verdacht, dass die verwandtschaftlichen Beziehungen zu Romildas Familie nicht gerade sonnenklar sind; da ist Inzucht im Spiel. Romildas entgegenkommende Haltung gegenüber den Barbastrìji trotz der wiederholten Diebstähle gibt mir sehr zu denken. Wieso halten Sie die beiden nicht für fähig …«

»Von wegen Inzucht, was redest du da? Lass dich nicht vom Tratsch und von den paar Merkwürdigkeiten irreführen! Ich hab niemals an die beiden gedacht, weil all das Gerede über die Barbastrìji durch die Streitereien in der Contrada entstanden ist. Sie mögen zuweilen unmoralisch handeln, und ihre Ehrlichkeit lässt vielleicht zu wünschen übrig, doch mir scheinen sie im Großen und Ganzen ganz normale Menschen zu sein. Die alte Ines liebt die hiesigen Hügel und Äcker über alles und schwärmt für die Blumen, die sie überallhin verstreut. Was ist denn schon dabei?«

»Was Ihnen als völlig harmlos erscheint, könnte nach Ansicht eines Experten, sagen wir eines Psychiaters, auf verdeckte Pathologien hinweisen, auf eine schwere Geistesstörung.«

»Kann sein … Vielleicht habe ich mich von den Unterlagen ablenken lassen, die ich in Posina gefunden hatte. Und von meiner Fantasie. Ich hatte mir nämlich ein ganz anderes Bild zusammengereimt.«

»…das Sie mir jetzt beim Essen schildern werden, wenn es recht ist. Ich habe seit gestern nichts gegessen.«

Don Barba holte sogleich einen großen, zugedeckten Topf hervor und stellte ihn auf den heißen Holzherd. Carlo entkorkte die Flasche »Rosso dei Colli Euganei« und freute sich auf das Hähnchen.

»Wir können in aller Ruhe essen, heute wird uns ganz bestimmt niemand stören,« sagte Don Barba.

Als sei sie gerufen worden, betrat genau in dem Augenblick Arduina geräuschvoll den Raum, begleitet von einem schneeträchtigen Windstoß.

»Arduina, was machst du denn hier! Wir haben nicht einmal angefangen zu essen«, rief Don Barba aus.

»Buongiorno, Signorina, mein Kompliment für das vorzügliche Essen«, fügte Carlo unterwürfig hinzu.

»Benne dar stecko ha in hut, an ilchar ding is gut!«, erwiderte Arduina prompt.

Carlo gaffte. Don Barba kicherte, und übersetzte: »Es ist Zimbrisch: ›Wenn der Stecken hat den Hut, ein jedes Ding schmeckt gut‹.«

»Also handelt es sich bei der jungen Dame ebenfalls um eine Zimbrin?«

»Was denn sonst! Ich hab's dir schon gesagt, hier gibt es lauter Zimbern, und außerdem kommt sie aus Lusern. Was führt dich hierher, Arduina?«

»Ein Anruf für den Gast. Sie sind doch der Herr Ingenieur Zampieri, oder?«

Carlo meinte eine Nuance Sarkasmus in ihrem Ton herauszuhören, aber es konnte auch an seinem schlechten Gewissen liegen, das von der Szene am Vorabend herrührte.

»Ein Anruf für mich? Wer ist das, meine Frau?«

»Nein, nein, keine Angst, es ist nicht Ihre Frau«, das war nun eindeutig ironisch, »es ist ein Dottore, vom Spi… Psichischen Zentrum, so hab ich's jedenfalls verstanden. Es ist dringend, hat er gesagt, sehr wichtig.«

»Dottore Greselin!«, rief Carlo laut. »Che caz … was will er von mir?«

»Rasch, geh hin, ich halte derweilen das Hähnchen warm.«

Carlo zog Windjacke und Fellmütze an und folgte der flinken Arduina in den Schneesturm hinaus. Sie tauchten bis zu den Waden in den Schnee, nach jedem Schritt mussten sie das Bein mühsam aus der weißen Masse herausziehen. So ein Gang erinnerte irgendwie an springende Rehe. Arduina war robust und gut trainiert, so kam Carlo kaum nach. Dann hielt sie unversehens inne, wandte sich nach ihm und brüllte: »Aber Sie, was machen Sie da oben, auf San Carlo?«

»Ich muss Don Giovanni meine Fleischessünden beichten!«

Arduinas Augen weiteten sich. Sie wurde ganz rot, drehte sich wieder um und lief tänzelnd – einem Reh ähnlich – weiter.

Als Carlo zum Bauernhof gelangte, war er außer Atem. Er musste kurz verschnaufen, bevor er den Hörer in die Hand nahm und auch nur ein Wort von sich geben konnte.

»Pronto? Hier ist Carlo Zampieri.«

»Buongiorno Ingegnere, Greselin am Apparat. Ich bitte um Verzeihung für die Uhrzeit, aber es geht um etwas Wichtiges.«

»Ist was passiert?«, fragte Carlo leise.

»Nein, nein, eigentlich nicht.« Da war er wieder, der faselnde Narr. »Aber vorhin, als wir uns unterhalten haben … da hat es eine Verwechslung gegeben. Also … das heißt … in der Tat habe ich Sie teilweise nicht ganz korrekt informiert. Ich hoffe sehr, niemanden beleidigt zu haben, obwohl es sich ja um vertrauliche Angaben handelt, die auf keinen Fall weitergegeben werden sollten … Nun, Sie werden es schon erraten haben … die Personen, von denen wir gesprochen haben, sind nicht diejenigen … nicht die Brunellis … oder doch, es sind die Brunellis, aber nicht die …«

Dieser Kerl war gefährlicher als die Patienten, die er behandelte, davon war Carlo überzeugt.

»Wir haben etwas durcheinandergebracht, ich habe im Archiv nachgesehen, der Name der Signora, die wir in Behandlung haben, ist Rosetta Brunelli. Und die ältere Frau, die Mutter, die in Wirklichkeit eine Tante ist, heißt Romilda.«

»Cazzo!«, stieß Carlo aus, dankte hastig und legte auf.

Arduina, die in der Nähe lauschte, war von Carlos knapper Antwort sichtbar beeindruckt. Er bedankte sich artig auch bei ihr, ging hinaus in die verschneite Landschaft und sprang zur Kirche, versank mit jedem Schritt wieder im Schnee, war dazu völlig verstört. Er stürmte in das Zimmer und schloss mühsam die Tür gegen den Wind.

»Don Barba, schenken Sie gleich Wein nach, wir können's gut gebrauchen.«

Don Barba gehorchte gern: »Was wollte der Arzt?«

»Dottore Greselin ist ganz offensichtlich eine Flasche, ich meine eine Niete«, schickte Carlo voraus. »Er sagt, er habe sich getäuscht. Er hat seine Datei überprüft und festgestellt, Ines und Sonia Brunelli haben nichts damit zu tun. Dafür hat er zwei weitere Personen genannt: Rosetta und Romilda Brunelli.«

»Jawohl! Es passt, jetzt fügt sich alles zusammen!«, sagte der Pfarrer.

Sie setzten sich wieder an den Tisch: Nachdem er sein Glas in einem Zug geleert und zwei großzügige Portionen Fleisch auf die Teller gelegt hatte, begann der Greis zu erzählen. Es wurde eine endlose, verblüffende Betrachtung.

»Schon vor einigen Monaten richtete sich meine Aufmerksamkeit auf Familie Brunelli, die *eigentliche*; denn laut den Akten, die ich eingesehen habe, gehört sie mit zu den ältesten aus unseren Tälern. Die Brunellis sind direkte Nachkommen der zimbrischen Kolonen, die sich anfänglich auf Asiagos Hochplateau niederließen, genauer gesagt in Rotzo. In den darauffolgenden Jahrhunderten verließen die Brunellis den Ort und zogen von einem Tal ins andere, sie führten sozusagen die zimbrische Kolonisation der Vicentiner Voralpen an.«

»Und was ist mit den zwei weiteren Brunelli-Familien, die in der Contrada leben?«, hakte Carlo nach.

»Die Brunellis Barbastrìji und die Brunellis Vegnàle sind nur mittellose Familien ohne ruhmreiche Geschichte, die schon immer in der Gegend ansässig waren und den Namen der Contrada übernahmen, denn sie hatten keinen eigenen.« Don Barba legte eine Pause ein und kaute. »Die ursprüngliche Familie, aus der Romilda entspringt, war zunächst in drei Stämme untergliedert. Derjenige aus dem Posinatal wurde im Ersten Weltkrieg dezimiert, und die Überlebenden zogen in die Contrà Brunelli, wo der Stamm aus dem Leogratal kurz vorm Aussterben stand. Den einzigen noch aktiven Familienzweig stellen die Brunellis aus Rovegliana, die in einigen Jahren all die Besitztümer erben werden. In den älteren Urkunden wurde der Name in der zimbrischen Urform eingetragen – und zwar *Brunèle*, von *brun*, Brunnen.«

»Und Sie haben sämtliche Umsiedlungen der Familie zurückverfolgen können? Wie haben Sie das nur fertiggebracht?«

»Die Brunellis werden in alten Notarakten und öffentlichen Mitteilungen erwähnt. Auch habe ich Einträge in den Registern gefunden, die die Pfarrer nach dem Konzil von Trient vorschriftsmäßig zu führen hatten. Und eben auf die Pfarreibücher ist die endgültige, italienisierte Namensvariante zurückzuführen, die etwa zu Beginn des siebzehnten Jahrhunderts erscheint.«

»Wer weiß, wie viele verstaubte Wälzer Sie durchgesehen haben, um all diese Angaben zusammenzutragen!«

»Ich habe seit jeher eine Vorliebe für Archive und liebe es, darin zu stöbern. Doch ich war schon sehr verblüfft, als ich entdeckte, dass zum Zeitpunkt des Streites zwischen Torrebelvicino und Rovegliana um das Land am Camondapass ausgerechnet ein Brunelli den Bürgermeister von Rovegliana stellte. Und ebenso aus Rovegliana stammt die Akte, in der ein weiterer Brunelli als Saltario erwähnt wird, also eine Art Landaufseher, der über das Volkseigentum zu wachen hat, um unrechtmäßige Aneignungen oder Unterschlagungen zu verhindern.«

»Wollen Sie etwa den Brunellis aus Rovegliana unterstellen, sie hätten von ihrem öffentlichen Amt profitiert, um den Grund der Gemeinde Torrebelvicino an sich zu reißen, anstatt im Auftrag der Gemeinde Rovegliana darüber zu wachen? Somit hätten wir den Beweis für die dubiose Herkunft der Brunelli-Besitztümer!«

»Die Vermutung ist durchaus interessant. In jedem Fall waren die Brunèles – was die Geschichte der Zimbernkolonien im hiesigen Voralpenland angeht – eine der skrupellosesten Familien überhaupt. Mehrere Familienmitglieder werden nämlich in den alten Unterlagen erwähnt, und – welch ein Zufall! – immer im Zusammenhang mit Abgrenzungen, Waldnutzung und volkseigenen Weiden. Hier, schau mal …« Don Barba stand auf und holte einige Blätter aus dem Bücherregal; dann setzte er sich wieder. »Aus einem Bericht der Gemeinde Valli dei Signori aus dem sechzehnten Jahrhundert geht hervor, die Mitglieder der Familie Brunelli seien ›überheblich und streitsüchtig‹; auch sollen sie Holz entwendet haben. Jahre danach werden weitere Brunellis und deren gaunerhafte Taten erwähnt; es ist unter anderem von Raub, Dreistigkeit und Beschädigungen auf Gemeindeboden die Rede.«

»Dieser Drang der Brunellis, Volkseigentum an sich zu reißen, scheint vererblich zu sein …«

Während Don Barba weitererzählte, wurden Hähnchen und Gemüse verzehrt, und Carlo musste den Alten streng anblicken, damit er sich nicht ein drittes Glas Wein einschenkte. Es herrschte eine vollkommene Stille ums Haus. Es schneite wieder heftig, und ein milchig trübes Winterlicht durchflutete das Zimmer. Carlo stand auf, um Kaffee zu kochen, während Don Barba mit seinem Bericht fortfuhr.

»Mitte des siebzehnten Jahrhunderts legen sich dann die Streitigkeiten wie durch ein Wunder wieder.«

»Ach! Hatten die Brunellis auf einmal Angst vor einer Gerichtsverhandlung? Oder vor Geldstrafen?«

»Etwas Unerwartetes ereignete sich, was die Brunellis als sehr geschickte, skrupellose Leute ganz ohne Bedenken zu nutzen wussten. 1631 verbreitete sich die Pestseuche im Tal. Und zu dem Zeitpunkt, das ist meine Schlussfolgerung, konsolidierte sich der Grundbesitz der Familie. Sie profitierten vom gesellschaftlichen Zerfall und von der allgemeinen Desorientierung und nahmen das ehemalige Volkseigentum in Beschlag, umzäunten es und gaben es als ihr Eigentum aus.«

Die Kaffeekanne fing langsam an zu gurgeln, der wunderbare Duft erfüllte den Raum.

»Aber besteht irgendeine konkrete Verbindung zwischen diesen Vorgängen und den zwei Frauen aus der Contrada?«, wollte Carlo wissen. »Denn ich glaube, wenn wir nur weiter nachforschen würden, könnten wir Hinweise auf weitere Sippen aus dem Tal finden, die sich um die Äcker zankten.«

»Du hast recht«, antwortete der Greis. »Die Unterlagen, die wir eingesehen haben, betrafen allein das Brunelli-Vermögen. Aber ich habe mich auch mit anderen, viel schlimmeren Familienangelegenheiten befasst. Nach der anfänglichen Verdächtigung des Herrn Filippi wurde ich – ganz wie der arme Bortolo – auf die Brunelli-Damen aufmerksam. Ich kannte auch teilweise schon Geschichten, die einige Schlussfolgerungen zuließen, wenn man sie aus einem bestimmten Blickwinkel betrachtete.«

»Was denn? Hören Sie auf, mich hinzuhalten!«

»Zum Beispiel, dass Romilda Brunelli im Posinatal geboren ist und dass sie ihre Jugend dort verbrachte, wo auch Rosetta und AdaMaria aufwuchsen. Alle drei wohnten bei Romildas Großmutter, Maddalena, von allen ›die alte Lena‹ genannt. Ein richtig boshaftes, tückisches Biest, sie war in der Contrada Molini di Laghi sehr verhasst, weil sie für eine Hexe gehalten wurde.«

»Eine Hexe hat uns gerade noch gefehlt, neben den bereits vorhandenen Ogermonstern und Anguàne«, kommentierte Carlo ironisch.

»Damit ist nicht zu spaßen«, dämpfte ihn Don Barba. »Über die alte Lena wurden zwar allerlei Geschichten erzählt, doch in Wahrheit war Maddalena Brunelli eine ›mammana‹, eine Engelmacherin. Manch eine junge Frau ist auf ihrem Küchentisch ausgeblutet. Und gerade deswegen, nehme ich an, mussten die drei Frauen irgendwann ihren Wohnort verlassen – um sich Racheakten zu entziehen. So kamen sie in den Fünfzigerjahren ins Leogratal. Kurze Zeit, nachdem sie sich in der Contrà Brunelli niedergelassen hatten, starb die Lena.«

»Sie kann dann wohl kaum diejenige sein, die sich in der Nacht herumtreibt und einen wunderlichen Duft von Schweiß und Rauch zurücklässt.«

»Ach was, ich persönlich habe sie begraben, auf dem Friedhof von Torri. Romilda, Rosetta und AdaMaria Brunelli sind daher die einzigen Überlebenden des Brunelli-Stammes aus dem Posinatal. Die Männer kamen dagegen während des Ersten Weltkriegs abhanden, in den finsteren Tagen der sogenannten ›Strafexpedition‹ durch die Österreicher.«

»Kamen sie an die Front?«

»Genau das Gegenteil, die Front kam zu ihnen. Im Mai 1916 durchbrachen die österreichisch-ungarischen Truppen kurzzeitig die italienische Frontlinie, die hier oben in den Bergen verlief, und manche Patrouillen fielen in die Contrà Molini ein, wo die Brunellis allein zurückgeblieben waren. Sie verachteten nämlich die Italiener und betrachteten die Habsburger als Befreier. Viel zu spät merkten sie, wie sehr sie sich getäuscht hatten. Die Männer wurden mit dem Bajonett abgeschlachtet, die Häuser angezündet, und – was allerdings nicht exakt nachgewiesen ist – die Frauen vergewaltigt, einschließlich der alten

Lena, die damals siebzig war, und der sechzehnjährigen Romilda.«

»Eine grausame Geschichte!«

»Krieg ist immer furchtbar.« Don Barba goss den Kaffee ein und gab, als Trost für das Unglück anderer, reichlich Grappa hinzu. Nach all dem verheizten Holz war es inzwischen viel zu warm im Kämmerlein geworden, was allerdings Carlo nicht störte; er fühlte sich wohl in dieser überheizten, über dem Tal hängenden Höhle mitten im Schneesturm.

»Aber weißt du«, redete Don Barba munter weiter, »ein Licht ist mir erst aufgegangen, als ich über die zimbrischen Litaneien nachgedacht habe. Schon die allererste, ›Wer ist tot? Piero Idiot …‹, hatte mich stutzig gemacht, aber ich kam nicht gleich dahinter. Dann aber, beim düsteren Klang von ›In orke ist gasprungat u'z prukala tantzine‹ kam mir die Assoziation mit der letzten Frau im Tal, die noch fließend Zimbrisch sprach, was sie den ›uralten Dialekt‹ nannte: Lena! Ich musste daran denken, dass sie mit Hilfe von Romilda die Waisen Rosetta und AdaMaria großgezogen hatte. Und dass sie ihnen all jene merkwürdigen Reime als Wiegenlieder vorgesungen haben musste. So bin ich der Kinderliederfährte nach Posina gefolgt, derselben Fährte, die Aldo verfolgte. Er hat es ja in seinem Tagebuch festgehalten … hier, lies mal: ›Der Mörder kennt das Ogerlied und muss es wohl von den alten Talbewohnern gelernt haben.‹ Ach, hätte mich die Krankheit nicht daran gehindert – ich hätte womöglich Aldo rechtzeitig warnen können!«

»Aber Sie, was haben Sie entdeckt, wie sind Sie zu dem Schluss gekommen, dass es sich bei den Brunelli-Frauen um Mörderinnen handeln könnte?«, drängte Carlo den Priester, dem die unablässigen Abschweifungen unter der Einwirkung des Kaffees, oder eher des Grappas, zunehmend Spaß machten.

»Davor sollten wir lieber alle Angaben zusammenfassen – deine, meine und Aldos Aufzeichnungen dazu. Mittlerweile steht fest, in der Contrà Brunelli befinden sich zwei Menschen, die zweifelsohne unter ernsthafter geistiger Störung leiden, und sie heißen Romilda und Rosetta Brunelli. Wir wissen ferner, dass Romilda und Rosetta bei einer älteren Verwandten aufwuchsen, die perfekt Zimbrisch sprach und allerlei Reime jener Leute auswendig konnte. Des Weiteren haben wir erfahren, dass Familie Brunelli sowohl im Posina- als auch im Leogratal mehrere große Grundstücke gehören, wobei der Ursprung solcher Besitztümer auf die skrupellose Aneignung von Volkseigentum zurückzuführen ist.«

»Und wir wissen ferner«, meldete sich jetzt Carlo, »dass Piero Ongaro einige Tage, nachdem er einen Grenzstein entdeckt hatte, ermordet wurde. Ein Grenzstein, der mit den früheren Zwistigkeiten zusammenhängt. Außerdem scheint mir der von Dottore Greselin beschriebene Umstand von Bedeutung – und zwar dass er Romilda in Kenntnis gesetzt hatte, dass Bortolo gerade Informationen zu Rosettas Geisteszustand eingeholt hatte.«

»Aber Romilda hat mit niemandem darüber geredet, was einem stillschweigenden Schuldeingeständnis gleichkommt!«, rief Don Barba. »Der letzte Aspekt, den wir festhalten sollten, ist das Todesdatum«, fügte er dann hinzu.

»Todesdatum? Von wem?«

»Von Piero, Bortolo und Aldo, von allen drei. Immer ein Montag, falls es dir noch nicht aufgefallen sein sollte.«

»Zufall?«

»Na, wer weiß. Ich habe mir jedenfalls auch über solche Gemeinsamkeiten Gedanken gemacht.«

»Und was hätten jene drei Montage gemeinsam?«

»Nun ja, es ist einfach. Alle drei Montage folgen auf einen Sonntag.«

»Verzeihen Sie, Don Barba, aber ich glaube, wir haben's mit dem Grappa doch etwas übertrieben …«

»Nein, nein, ich bin doch nicht betrunken! Überleg mal, der Montag kommt *nach* dem Sonntag, und was passiert sonntags in der Contrada Brunelli, *immer*?«

»Was denn, was soll schon groß los sein in der Contrada Brunelli, es ist ein derart trostloses Nest, in dem die Bewohner, nur um die Zeit irgendwie totzuschlagen, sich sonntags bei Rom… bei Romilda treffen!«

»Es freut mich, dass du es endlich begriffen hast. Bei Romilda. Der jeweilige Mord geschah montags, nach den sonntäglichen Gesprächen in Romildas Küche. Es steht ganz deutlich in Aldos Tagebuch. Aber ich bin sogar einen Schritt weitergegangen …«

»Sie hören nicht auf, mich mit Ihrem scharfen Verstand zu überraschen – Sie sind besser als jeder Ingenieur!«

»Ich habe die Tagebuchstellen nochmals gelesen, die jeweils vom Sonntag vor der Tat handeln.«

»Haben Sie dabei Interessantes entdeckt?«

»Urteile selbst«, antwortete Don Barba, während er nach dem Tagebuch griff und darin blätterte. »Piero Ongaro ist am Montag, dem 7. Mai, ums Leben gekommen. Am Sonntag davor hatte er behauptet: ›Beim Camondapass, unter einem mit reichlich Gestrüpp überwucherten Steinhaufen, hat zum Beispiel ein riesiger Felsblock aus dem Boden herausgeschaut; komische Zeichen waren drauf eingemeißelt, Zahlen, Kreuze, Buchstaben.‹ Bortolo Sterchele ist am Montag, dem 25. Juni, gestorben; am Sonntag, dem 24. Juni, hatte Romilda heftig mit ihm diskutiert und sich entsprechend geäußert: ›Wenn du in diese Richtung denkst, mein lieber Bortolo, lass es gleich wieder bleiben, das rate ich dir, das mit dem Verdacht und so. Das ist echt gefährlich …‹ Aldo Manfredini wurde am Montag, dem

29. Oktober, tot aufgefunden. Am Vortag hatten sie sich wieder einmal in Romildas Küche versammelt. Im Tagebuch bemerkt Aldo besorgt: ›Sogleich haben sich Romilda, Mario und Ennio nach mir umgedreht, ziemlich erstaunt über meine volkshistorischen Nachforschungen‹.«

»So viele Hinweise! Erst jetzt, da sie geordnet vorliegen, merke ich … Es ist doch schauderhaft!«

Don Barbas nüchterne Analyse rückte die Kette der verbrecherischen Ereignisse in ein noch dramatischeres Licht.

»Ja, es handelt sich um bedeutende Tatsachen«, fuhr er fort, »doch erst in Posina vermehren sich die Spuren und fügen sich zu einer regelrechten Piste zusammen … einer richtig langen Blutbahn. Ich habe in Posinas Pfarreiarchiv unendlich viel Material gefunden, doch weitere Einzelheiten hierzu werde ich dir ersparen. Es lohnt sich jedoch, kurz auf die Akte aus dem Jahr 1329 zurückzukommen, die ich dir gestern gezeigt habe.«

»Wir haben uns schon ausführlich darüber unterhalten«, fiel ihm Carlo ins Wort.

»Genau. Aber weißt du, woher ich sie habe? Sie steckte im Hochzeitsregister aus dem Jahr 1745, und auf der Rückseite waren einige nunmehr verblichene Worte vermerkt: ›Quivi occultato/ verborgen a servando da …lli‹. Ich fragte mich sogleich, aus welchem Grund die Akte versteckt worden sei. Doch die historische Tragweite meines Fundes lenkte mich bald vom Rätseln ab. Erst einige Wochen später befasste ich mich wieder damit, als aus den eingesehenen Dokumenten weitere, unheimliche Schwerverbrechen hervorgingen. Da drängte es mich geradezu, die Lösung zu finden.«

»Wovon reden Sie eigentlich?«

»Von einer Mordserie, die Jahrhunderte hindurch das Posinatal mit Blut besudelte – eine bis dahin nicht erkannte Spur, Fakten, die mir zu rekonstruieren gelang.«

Don Barba legte eine längere Pause ein, als müsse er seine Kräfte sammeln. Dann nahm er die Erzählung wieder auf: »Alles begann mit dem Berg Gamonda und einer zufälligen Namensentsprechung. Erinnerst du dich an die Aufstellung von Posinas Einwohnern, bei der neben den Namen die jeweilige Pachthöhe für die ihnen zugewiesenen Gemeindegrundstücke vermerkt war?«

»Sicher.«

»Gut, da erscheint ein gewisser Giovanni Caprin, mit: ›am Ghemonda = Troni 1,10‹. Giovanni Caprin – da hat es bei mir geklingelt, und ich habe wieder im Todesfallregister der Pfarrei geblättert. Und siehe da – Giovanni Caprin, 37 Jahre alt, gestorben am 21. Mai 1783. Es konnte sich um dieselbe Person handeln oder um einen Gleichnamigen. Aber der Name Caprin kam im Register immer wieder vor, und es handelte sich stets um Menschen, die unter tragischen Umständen verstorben waren.«

»Nach so langer Zeit … wie haben Sie die Todesursache herausgefunden?«

»Seinerzeit wurde sie von den Pfarrern neben dem Namen festgehalten. Giovanni Caprin war beispielsweise ›von einem Felsen gestürzt‹. Und nicht als Einziger! Ganze sieben Mitglieder der Familie Caprin hatten im Laufe der Jahre das Leben verloren – alle von einem Fels gestürzt.«

»Im Bergland können solche Unglücksfälle durchaus vorkommen, ist doch nichts Abartiges, meine ich.«

»Sieht man sich die Auflistung genauer an, so stellt man fest, es handelt sich stets um Menschen in jungem Alter, vorwiegend Frauen, was recht merkwürdig ist, wenn man bedenkt, dass die Caprins seit jeher Schäfer waren – also Leute, die sich im Gebirge gut auskennen und entsprechend vorsichtig sind. Wie kommt es, dass so viele unter ihnen in eine Schlucht gefallen sind?«

»Eine erbliche Veranlagung fürs Stolpern?«

»Wer weiß … Ich selbst hätte es als Merkwürdigkeit aus einer fernen Vergangenheit abgetan, wenn sich nicht eine weitere, allemal tragischere Liste von Caprins aus dem Todesfallregister ergeben hätte – denjenigen, die getötet wurden, und zwar regelmäßig durch einen Hakenbüchsenschuss.«

»Was keineswegs als Zufall bezeichnet werden kann!«, warf Carlo ein.

»Rechnet man alle Opfer zusammen, so kommt man auf siebzehn Unglücksfälle innerhalb der Caprin-Sippe. Im Verhältnis dazu sind drei rätselhafte Todesfälle, die sich im vergangenen Jahr in deiner Contrada zugetragen haben, eine Lappalie!«

»Aber was haben die Brunellis mit dem Schäfergemetzel zu tun?«

»Es waren nicht nur Schäfer. Manche unter ihnen waren Forstwächter, zuständig für die Aufsicht der volkseigenen Wälder und Weiden. Diesbezüglich scheinen die Brunellis richtig schwarze Schafe gewesen zu sein. In Posina sind unzählige Nachweise über Bußgeldverfahren, Beschlagnahmen, Klagen gegen Familie Brunelli zu finden. Man kann durchaus behaupten, Caprins und Brunellis waren nicht gut aufeinander zu sprechen. In dieser Hinsicht wirkt die endlose Folge der tragischen Todesfälle innerhalb der Caprin-Familie unheimlich.«

»Soll das heißen, Kinder und Frauen wurden wörtlich in den Abgrund gestoßen, während die jungen Männer, die stärker und somit gefährlicher waren, mit einem wirksamen Hakenbüchsenschuss kaltgemacht wurden?«

»Alternativ dazu könnte man einen Fluch in Erwägung ziehen, nach dem sie eines gewaltvollen Todes starben, einer nach dem anderen. Doch als Geistlicher habe ich für solchen Aberglauben nichts übrig.«

»Und ich genauso wenig. Von Anfang an habe ich Trübes hinter dem Ableben unserer Freunde vermutet.«

»Es ist erst recht nicht dran zu glauben, wenn man bedenkt, dass einer der erschossenen Caprin Priester war. Also habe ich weiter im Totenbuch nach meinem armen Kollegen geblättert und festgestellt, dass im Laufe der Jahre etliche Geistliche im besten Alter unversehens in Posina starben und in aller Eile unterhalb des Kirchenbodens beerdigt wurden – ohne weitere Erklärungen. Schrecklich! Sieh dir diese Liste an.«

Don Barba hielt Carlo ein Blatt vor die Nase mit unzähligen Namen und Daten.

»Ich muss zugeben, die Anzahl der plötzlich hingeschiedenen Kirchendiener ist, gemessen am kleinen Dorf, beträchtlich!«

»Und ihr Alter? Sie waren alle blutjung! Sieh da, 1676 sind drei gestorben, jeweils 24, 26 und 36 Jahre alt«, bemerkte Don Barba.

»Drei Tote innerhalb eines Jahres, wie in der Contrà Brunelli!«

»Fassen wir zusammen: die Männer der Familie wurden erschossen, die Frauen vom Fels geschubst, und gleichzeitig starben Priester en masse. Sehr abartig, nicht wahr, zumal im Register keine Todesursache angegeben wird. Na ja, zu der Zeit wäre eine eingehende Untersuchung kaum möglich gewesen …«

»Gift?«

»Wer kann es schon sagen? Andererseits hatten die Damen in der Brunelli-Familie ja den Ruf, Heilerinnen zu sein, sich mit Kräutern, Heil- und Zaubertränken bestens auszukennen. Es wäre für sie ein Leichtes gewesen, eine tödliche Zubereitung zusammenzumischen.«

»Aber wozu? Bei den Priestern ist kein Motiv nachvollziehbar.«

»Doch, doch, Carlo, die Kirche ist irgendwie immer im Spiel. Erinnerst du dich an die Worte auf der Rückseite des Schriftstücks zur Grenzfestlegung im Leogratal? ›Quivi ocultato a servando da …lli.‹ Ein unvollständiger Satz; da es jedoch verborgen wurde, ist er eindeutig zu interpretieren: ›Hier verborgen, um es zu retten vor den … lli‹.«

»Vor wem?« Carlo wurde ungeduldig.

»Vor den Brune…lli! Vor wem sonst? Das Pergament von 1329 belegt, dass das Land am Camondapass Eigentum der Gemeinden Torrebelvicino und Valli del Pasubio war. Es besagt ferner, dass die Grenze zwischen den Gemeinden vorsätzlich verlegt wurde, was der Aneignung von Allgemeingut gleichkommt. Die letzte übrig gebliebene Abschrift des besagten Dokumentes wurde von Posinas Pfarrer aufbewahrt, und die Brunellis versuchten jahrelang, an sie ranzukommen. Gäbe es eine Aufstellung der Köchinnen und Haushälterinnen, die bei der Pfarrei Sankt Margarethe zu Posina tätig waren, so könnte ich mir vorstellen, wir wären über den Anteil der frommen Frauen aus der Brunelli-Familie sehr erstaunt. Gutmütige, religiöse Damen … auf die Zubereitung tödlich wirkender Suppen spezialisiert.«

»So verfuhr man mit den Schwerverbrechen im Posinatal sozusagen zweigleisig – gegen Familie Caprin einerseits, die über den volkseigenen Grund wachte, und gegen die Gottesdiener, um sie daran zu hindern, die im Dokument aus dem Jahr 1329 enthaltene Grenzfestlegung am Camondapass bekannt zu geben.«

»Angesichts solcher Begebenheiten habe ich mir die Meinung gebildet, unsere drei verstorbenen Freunde aus der Contrada hatten Pech, denn sie sorgten unbewusst dafür, dass die blutrünstige Gier einer ohnehin durch die psychische Erbkrankheit belasteten Sippe wieder aufflammte. Die Entdeckung des Grenzsteins, das Gespräch über das mögliche Vorhandensein eines Irren, der sich in den Wäldern herumtreibt, die Recherchen eines kultivierten, gescheiten und noch dazu fremden Arztes haben die Fantasie, ja die Hysterie einiger an sich bereits gestörter Menschen angeregt und den Wahn erneut ausgelöst. Die alte Lena muss Rosetta und Romilda von Kindheit an Angst eingejagt haben, indem sie von den alten Grenzsteinen erzählte, die zum Verlust ihres Eigentums führen würden, falls man sie entdeckte. Sie muss ihnen wohl auch beigebracht haben, wie man sich für den Fall wehrt, wie man die Besitztümer der Familie schützt … wie man den Feind packt!«

»Aber die Litaneien? Was haben die Litaneien damit zu tun?«

»Tja … Weißt du, was ich glaube? Romilda hat sich der Rosetta als Handlangerin bedient, ihre Krankheit und ihre körperliche Kraft ausgenutzt. Und Rosetta, aufgewühlt durch die Erinnerung an die seltsamen Erzählungen von früher, hat geglaubt, bei einem Spiel mitzumachen. Ich könnte mir sogar vorstellen, es hat ihr richtig Spaß gemacht, zuzuschlagen. Sie hat auf Romilda gehört, wie immer, und gespielt … gespielt und die Lieder von der Lena dabei gesungen. Ich weiß nicht, was sie dem armen Aldo vorgesungen hat, aber eines steht fest: Wenn es ihnen gelungen ist, ihn über dem Brunnentrog zu hängen, müssen sie ihn vorher mit irgendeinem Gebräu aus Kräutern betäubt haben, das keine Spuren hinterlässt, wohl nach einem uralten Rezept zubereitet. Und dieses Zeug wurde am letzten Sonntagnachmittag vor dem Mord an Aldo in die Weingläser gegossen. Nur so lässt sich die Schläfrigkeit erklären, die sowohl Aldo als auch Dante Silvestri nach dem Umtrunk befallen hat, sowie das Ergebnis einer nicht ganz akkuraten Obduktion, die keinerlei giftige Stoffe im Magen des Opfers feststellen konnte.«

»Aber wovor fürchteten sich diese verfluchten Weiber noch? Wer würde ihnen nun die Familienbesitztümer wegnehmen wollen, nachdem Jahrhunderte vergangen sind?«

»Von Rechtsangelegenheiten habe ich zwar keine Ahnung«, sagte Don Barba, »aber ich wäre mir nicht so sicher. Könnten die betroffenen Gemeinden noch Anspruch auf das Land erheben?«

»Da müsste ich ein paar meiner Mitarbeiter zurate ziehen, die sich mit der Rechtslage auskennen.«

»Nicht nötig, ich habe mich bereits mit einem Rechtsanwalt aus meiner ehemaligen Pfarrei beraten, und er verweist auf Paragraf 1163 des ›Codice Civile‹, der vom Begriff der Ersitzung handelt, eine recht komplexe Geschichte, die ich dir erspare. Daraus lässt sich schließen, dass Romilda vielleicht doch nicht vollkommen irre ist. Womöglich erklärt sich damit auch ihre Duldsamkeit gegenüber den unablässigen Diebstählen seitens der Brunelli Barbastrìji. Romilda will, dass Ruhe herrscht, damit die ehemaligen Geschichten nicht aufgewärmt werden, und somit die Wahrheit nicht ans Licht tritt. Da zahlt sie lieber ein wenig drauf, verzichtet auf einen Teil des Holzes, bloß damit ihr Landbesitz nicht infrage gestellt wird.«

Don Barbas Ausführungen waren zu Ende. Er machte einen müden, erschöpften und erleichterten Eindruck zugleich: Endlich hatte er die ihm unerträglich gewordene Last mit jemandem teilen können. In der Dämmerung sah er gealtert aus, das Gesicht fahl, die Haut hängend, als würden all die Jahre seines langen Lebens auf einmal sehr schwer wiegen.

Carlo ahnte, es konnte sich nur noch um Tage wenn nicht um Stunden handeln, und auch der Priester würde das Zeitliche segnen. »Und was tun wir jetzt?«, fragte er.

»Jetzt kommt der schwierige Teil, wie müssen die Behörden davon überzeugen.«

»Und wird es Ihnen gelingen?«

»Mir ganz gewiss nicht! Du musst es übernehmen, mir bleibt nicht viel Zeit. Ich kann dich dabei unterstützen, solange es noch geht, und deine Aussage bestätigen. Doch gegen die Brunellis musst du Anklage erheben. Der Prozess wird ewig dauern.«

»Verklagen? Wir verfügen über keine konkreten Beweise, nur Schlussfolgerungen, Mutmaßungen, logische Zusammenhänge …«

»Du musst genau schildern, wie wir vorgegangen sind, und all das gesammelte Material abgeben, insbesondere Aldos Tagebuch, deine Lagekarten, das Archivmaterial. Du musst darauf bestehen, dass man sich um den Fall kümmert, zu diesem Zweck eventuell auch die Presse involvieren. Ob unsere Toten ihr Recht bekommen, bleibt dahingestellt, aber du wirst wenigstens jene Wahnsinnige stoppen, vielleicht bewirken, dass sie eingeliefert wird oder zumindest betreut. Keine Unschuldigen dürfen mehr ums Leben kommen. Denk an Mario, Ennio, die Barbastrìji, sie alle befinden sich in ihrer Nähe, und wenn du nichts unternimmst, geschwind, laufen sie alle Gefahr, dem Wahn jener zwei unseligen Frauen zum Opfer zu fallen.«

»Ich werde mir niemals all die Daten und Namen merken können«, bemerkte Carlo; er war von Don Barbas historisch-kriminellem Exkurs regelrecht überrumpelt worden.

»Was? Das kommt überhaupt nicht infrage, du hast dich an jede Einzelheit zu erinnern. Nimm die Tasche, da sind alle Originale, die ich in Posina entwendet habe. Schau nicht so, ich hab sie geklaut, weil niemand mir Fotokopien machen wollte.«

»Sie spinnen wohl! Man könnte Sie anzeigen!«

»Der Verrückte bin nicht ich, man lässt das Archiv in Posina verkommen, es gibt niemanden, der sich drum kümmert oder auch nur eine Vorstellung von dem hat, was in den Papierstapeln dort zu finden ist.«

»Und Sie gedenken nun, die Unterlagen hier in San Carlo aufzubewahren?«

»Ich hab dir doch gerade gesagt, dass ich nicht verrückt bin. Wie könnte ich das kostbare Material beschützen? Und vor allem, wie lange noch? Mir bleibt bestimmt kein ganzes Jahr mehr zu leben.«

»Ach was, Don Barba, reden Sie keinen Unsinn, Sie sind doch in Hochform, haben Appetit und würden jeden Alpenjäger unter den Tisch trinken!«

»Die Tage, die der Herr mir gewährt, sind gezählt. Du musst die Beweise aufheben und sie zur gegebenen Zeit der Behörde übergeben, sofern du erreichst, dass eine Untersuchung eingeleitet wird.«

Don Barba hatte langsam gesprochen, der Ton war ernst. Carlo stand auf und sah zum Fenster hinaus. Es hatte aufgehört zu schneien, der Wind hatte sich gelegt. Die Sonne würde sehr bald untergehen. »Wann soll ich die Unterlagen mitnehmen?«

»Heute noch. Du steckst sie in den Rucksack, gleich.«

»Haben Sie Angst?«

»Wenn all das, was wir herausbekommen haben, der Wahrheit entspricht, darf das Beweismaterial auf keinen Fall in der Nähe der Contrada Brunelli aufbewahrt werden, das wäre nun wirklich verantwortungslos. Unsere Damen scheinen mir aufgrund ihrer Geisteskrankheit ziemlich gefährlich geworden zu sein – schlimmer als Raubtiere. Der Auslöser kann nur der Grenzstein gewesen sein, den Piero Ongaro entdeckte. Wer weiß, was sich in so einem gestörten Hirn abspielt, wie und worauf es reagiert!«

Carlo stellte entsetzt fest, er steckte bis zum Hals in der … Falle. Es sah so aus, als müsse er sich nun jahrelang mit dieser üblen Angelegenheit herumschlagen. Don Barba hatte recht, das war seine eigene Aufgabe, er musste sich an die Ermittler wenden, der alte Pfarrer hätte das Ende der trüben Geschichte nicht mehr erlebt.

Na, Aldo, du bist mir ein Freund, kaum lässt man dich alleine, schon führst du ein teuflisches Theater auf, mit wahnsinnigen Holzfällerinnen, altertümlichen Teutonen und Pestseuchen. Ein Chaot bist du schon immer gewesen! Und diesmal hast du mich hineingezogen. Das waren Carlos trübe Gedanken.

Er war ratlos. Er dachte an Giulia. An seine Kollegen. An die Kunden. Was könnte er schon erzählen, sobald die Presse loslegen würde, von ihm als Hexenjäger und Sonntagsermittler in Sachen zimbrische Morde zu berichten? Würde er das Ganze noch als Hobby rechtfertigen können?

Don Barba nahm Carlos Verunsicherung wahr. »Du hast keine Wahl, Carlo. Du *weißt* alles. Du kannst nicht die Augen vor der Wahrheit verschließen, du würdest keine Ruhe finden.

Gerade ließen die Bürger in Padua eine Steinplatte legen am Torricelle-Stadttor, auf der eingemeißelt steht: ›Arboreis frustra petitur sub frondibus umbra / Interius morbus si viscera torret acutus.‹ Der Spruch passt auch zu dir: Deine Aufgabe ist es, die Krankheit, die dich – und dieses Tal – befallen hat, auszukurieren. Aldos, Bortolos und Pieros Tod sollen wenigstens dazu dienen, diese sich über ganze Jahrhunderte hindurchziehende Blutspur zu unterbrechen. Du darfst dabei keine Zeit verlieren, denn Romilda und Rosetta leben hier, sie laufen frei herum. Jetzt solltest du aber weg, solang noch etwas Licht ist, solang es nicht schneit. Ich bleibe noch ein paar Tage und warte auf deine Nachricht. Sei vorsichtig, und tapfer!«

Carlo packte seine Sachen, steckte die Unterlagen in den Rucksack und umarmte Don Barba innig. Dann machte er sich auf den Weg.

Er spürte, wie ihm der Schädel vor lauter Überlegen im überheizten Kämmerchen beinah platzte. Auch hatten sie zu viel getrunken. Doch einmal ins Freie gelangt, wirkte die Kälte stärkend auf ihn. Während er mühsam im Schnee vorankam, fühlte er sich besser. Die körperliche Anstrengung lenkte ihn von den finsteren Themen des gerade zu Ende gehenden, ewig langen Tages ab.

Nein, er wollte sich nicht weiter den Kopf zerbrechen. Nicht mehr an Aldo denken. Genauso wenig an Romilda und Rosetta. Und an die Contrà Brunelli. Und an Aldos Haus …

Das Haus! Er musste Mario den Schlüssel geben, ihn bitten, sich drum zu kümmern, denn er selber hatte keine Zeit dafür. Vor allem wenn er in den nächsten Tagen bei den Carabinieri oder gar der Staatsanwaltschaft vorsprechen würde. Er konnte kaum die zwei Damen am Vormittag anklagen und sich nachmittags fröhlich in die Contrada begeben, als wäre nichts geschehen. Es war vielmehr angebracht, sich eine ganze Weile von jener zugeschneiten Gegend fernzuhalten.

Die Landschaft leuchtete im Schnee, es war noch nicht richtig dunkel. Er würde gleich Mario aufsuchen. Also wechselte er die Richtung und begann hinaufzusteigen. Um ihn war Stille, jegliche Geräusche kamen gedämpft an. Es knarzte im Wald, die Äste gaben unter dem schweren Schnee nach. Da huschten auf einmal weiter vorne, im Halbdunkel, schwarze Gestalten vorbei. Die Rehe. Der Schneefall hatte sie von den Bergen ins Tal hinuntergetrieben, sie waren hungrig und verängstigt. Immer wieder kreuzten sie in einem gewissen Abstand Carlos Weg, er sah sie aus der Ferne springen.

Begleitet vom Tanz der hungernden Rehe gelangte Carlo ans Ziel, als es Nacht wurde. Der Weiler lag zwar im Dunkeln, sah jedoch durch den glitzernden Schnee weniger düster aus als sonst. Wenn man von den hohlen Fenstern der verlassenen Häuser absah. Sie wirkten nämlich um einiges gespenstischer. Hier und da brannte in den Häusern Kerzenlicht. Die Stromgesellschaft hatte also die Versorgung noch nicht wiederhergestellt. Zwei Tage Blackout: Es lag wohl auf der Hand, dass niemand in der Ebene sich darum scherte, was in diesem entlegenen Bergwinkel geschah.

Bevor er zu Mario ging, wollte Carlo kurz zum Haus, das Geschirr vom Vorabend spülen, schnell aufräumen, die Fensterläden zusperren, den Wasserhahn leicht aufdrehen. Aus dem Rucksack holte er Taschenlampe und Hausschlüssel hervor. Als er versuchte, aufzusperren, stellte er fest, dies war gar nicht mehr nötig. Er drehte am Türgriff, und die Tür ging auf. Hatte er wieder nicht abgesperrt? Vorsichtig ging er hinein.

Der Geruch.

Der Geruch von Schweiß und Holz, sehr stark.

Diesmal um einiges heftiger, intensiver.

Gar keine Frage, jemand war da gewesen. Oder besser gesagt, es war noch jemand da. Der Lichtkegel der Taschenlampe wanderte durch den Raum. Romilda stand neben dem Tisch und starrte ihn an. Mit einer Kerze in der Hand. Sie hatte Carlo offensichtlich kommen hören und sich nicht rechtzeitig davonschleichen können. Also hatte sie wohl die Kerze ausgelöscht und stand nun wie angewurzelt mitten im Raum. Verlegen sah sie sich um, die schwarzen Augen weit aufgerissen.

»Soso«, flüsterte Carlo. Er fühlte sich nicht in der Lage, auch nur ein einziges Wort auszusprechen, war unfähig, einen klaren Gedanken zu fassen. Er war sehr erschrocken.

»Sie müssen mich entschuldigen, ich wollt nachsehen …«, stammelte Romilda.

Was, was hast du gesucht, du verdammte alte Hexe?, schoss es Carlo durch den Kopf. Nun spürte er allmählich eine unkontrollierbare Wut in sich aufsteigen.

»Was machen Sie hier in meinem Haus?«, fauchte er sie an. Er konnte seine Empörung kaum verbergen.

»Ich hab net gewusst, ob Sie weg sind oder net … hab nach dem Rechten schauen wollen, ob alles in Ordnung ist.«

»Ich danke Ihnen herzlich für die Aufmerksamkeit, doch ich muss gestehen, es bereitet mir keine Freude, zu wissen, dass Sie mein Haus betreten, ohne vorher Bescheid zu sagen.«

Seine nach außen hin vorgetäuschte Ruhe, seine wiedergefundene Höflichkeit schienen die Bäuerin zu beruhigen. Romilda fasste sich und setzte wieder ihre übliche strenge Miene auf. Doch der Blick war anders, in ihren Augen las Carlo Verstörung. Die alte Romilda war nicht ganz bei Sinnen, ihre Stimme klang metallisch und bebte.

»Ich geh wieder«, murmelte sie, »aber Sie brauchen net beleidigt sein, nur weil ich gekommen bin zum Schauen. Sie haben wirklich keine Ahnung, wie schwer das Leben heroben ist, und dass man aufpassen muss …«

»Ich mag kein Bergprofi sein, aber Sie sollten verstehen, das ist nicht mehr Aldos Haus, sondern mein eigenes. Ich verfüge beliebig darüber, und sollte ich Hilfe brauchen, kann ich mich eventuell vertrauensvoll an Sie wenden, falls Sie dazu bereit sind, oder eben an sonst jemanden.«

Die sture Haltung der alten Frau, die den offensichtlichen Einbruch noch verneinte, also unverschämt log, ärgerte Carlo ungemein.

Aber Romilda schien es nicht zu merken, gab sich ihrerseits eingeschnappt, als hätte Carlo sie grob behandelt. »Schauen S', vor Ihnen hab ich keine Angst, aber wirklich net,« erwiderte sie abfällig, der Blick zunehmend getrübt. »Und passen Sie bloß auf, Sie feiner Herr aus der Stadt, weil ›de schratta vluart umme 'z licht vonza se prennetsich‹, der Schmetterling fliegt solang ums Licht herum, bis er sich verbrennt.«

Da konnte sich Carlo nicht mehr zurückhalten: »Und Sie, Sie sollten mir nicht drohen, nicht im Scherz. Sagen Sie mir stattdessen, was Sie hier gesucht haben. Vielleicht das Tagebuch, das Aldo Nacht für Nacht geschrieben hat und das Sie nie gefunden haben? Dieses Haus hat man auf den Kopf gestellt nach seinem Tod. Und Sie waren die Einzige, die die Schlüssel hatte. Er hatte auch schon gemerkt, dass jemand hier ein und aus ging. Wahrscheinlich waren *Sie* das!«

Er musste ins Schwarze getroffen haben, denn Romilda wirkte kurzzeitig wieder ratlos. »Sie wissen net, was Sie sagen und mit wem Sie sprechen!« Romilda hatte sich wieder gefangen. »Wir haben heroben keine Lust, die Foresti wie Sie zu ertragen, Fremde, die kommen und sagen wollen, wo's lang geht. Wir haben ein ganzes Leben geschuftet …«

»Jetzt kommen Sie mir nicht mit Ihrem Leid daher! Sie sind nur ein gieriger Mensch, der sich an seinen Besitz klammert und …«, und der auch zum Töten bereit ist, hätte Carlo gerne hinzugefügt, doch glücklicherweise nahm ihm Romilda das Wort: »Da liegen's falsch, bei mir, ich bin net gierig, und das Land gehört net mir, ich hab's von den Vorfahren nur geliehen gekriegt, muss es an die Nachkommen weitergeben, so wie's ist. Es ist meine Aufgabe, so wie's für die anderen Leute aus der Familie vor mir war. Ich tu meine Pflicht, so wie ich's gelernt hab. In Posina, wo wir in Armut gelebt haben. Und Angst gehabt! Wir waren alle verzweifelt, ich auch, da war ich noch a junges Mädel, aber ich hab schon lang keine Angst mehr, vor den Lebenden und vor den Toten nicht. Und ich soll mich vor Ihnen fürchten? Oder vor anderen Leuten, die die Nase in meine Familiengeschichten stecken wollen? Ach wo, nie und niemals!«

So sprach Romilda, dann ging sie um den Tisch – die Kerze in der Hand schwingend wie ein Messer – und an Carlo vorbei, ohne ihn eines Blickes zu würdigen. Und weg war sie.

Jetzt war Carlo erschüttert. Er hätte niemals gedacht, es könnte zu einem direkten Zusammenstoß mit Romilda kommen. Da oben in den Bergen, vom Rest der Welt abgeschnitten durch den Schneesturm, mitten in einer eiskalten Nacht. Er hatte die Beherrschung verloren, seine Nerven hatten nachgegeben, er hatte eindeutig zu viel geredet! Was zum Teufel war in ihn gefahren? Warum hatte er bloß das Tagebuch erwähnt? Wie hatte er nur Romilda beschimpfen können? Nur weil sie ihn einen »feinen Herrn aus der Stadt« genannt hatte? Er war ein Volltrottel, wie gehabt! Und jetzt war es zu spät. Jetzt wurde die Lage brenzlig, er musste auf der Hut sein, konnte sich keine weiteren Fehltritte leisten. Jenes teuflische Weib war nicht zu unterschätzen. Carlo wusste zwar nicht, wie viele Morde sie auf dem Gewissen hatte, aber er wollte keinesfalls dazu beitragen, deren Zahl zu erhöhen.

Eigentlich waren nur Anspielungen gefallen, nichts Konkretes. Doch Romilda wusste genau, was Carlo meinte, und Carlo hatte sie ebenso verstanden. *Ich weiß, dass sie weiß, dass ich weiß …*

Er wartete nicht länger, schloss ab (obwohl es kaum Sinn hatte, da die Alte jederzeit hineinkonnte) und lief auf Marios Haus zu.

Aber was, was tat er da, wo wollte er überhaupt hin? Carlo blieb mitten auf dem Weg stehen. Zögerte. Weg, nichts wie weg, sofort weg! Er musste verschwinden, er befand sich auf Romildas Revier, hatte da nichts verloren. Bortolo und Aldo waren getroffen worden, weil sie geblieben waren und auf weitere Entwicklungen warteten!

Jede Sekunde, die er verplemperte, bedeutete einen Vorteil für die Hexe, die über das Gesagte und vor allem das, was er verschwiegen hatte, nachdenken würde. Romilda wirkte wahrhaftig konfus, ja umnachtet. Je mehr Zeit verging, umso leichter würde die grässliche Alte Mittel und Wege finden, ihn beiseitezuschaffen.

Also ließ er Mario sein, zog die Schneeschuhe an und stürzte ins Tal hinunter. Er musste schnell bis zur Landstraße gelangen, ins Auto steigen und rasch wegkommen.

Der Wald war pechschwarz und finster, der Himmel bedeckt, der Mond war nicht zu sehen. Es fing schon wieder an zu schneien, Carlo keuchte und ging weiter. Der Wind wehte erneut, ließ hin und wieder kleinere Schneelawinen von den höheren Baumwipfeln fallen. Carlo bemühte sich, nüchtern und vernünftig zu bleiben, die Ruhe zu bewahren, während der frostige Schnee ihm ins Gesicht klatschte und sich auf seine Kleider legte. Er lief und lief und lief, außer Atem.

Dann tauchte eine schwarze Gestalt vor ihm auf. Schreck! Ein Schatten. Oder vielleicht ein Reh, wieder so ein blödes Reh.

Er versuchte sich zu beruhigen, während er weiterlief, so schnell es der Schnee zuließ, talabwärts. Er hielt hin und wieder inne, um Luft zu holen, und hörte die Waldgeräusche im Hintergrund. Er konnte sogar hören, wie die Schneeflocken, vom Wind aufgewirbelt, sich auf den Boden legten. Er blickte ins dunkle Gehölz hinein, und es kam ihm kurzzeitig vor, als würden die Baumstämme auf ihn zukommen. Er war erschöpft, und verschwitzt, nahm aber den Weg wieder auf, stolperte immer wieder, rutschte aus, taumelte wie betrunken.

Zur Landstraße konnte es nicht mehr weit sein, aber sie war nicht zu sehen, und es gab keine Geräusche des Autoverkehrs, die ihn leiten könnten.

Wieder sah er Schatten vor sich, sie bewegten sich: Bäume? Tiere? Menschen?

Die Windstärke nahm zu und hinderte ihn am Weitergehen. Seine Beine wurden schwer, die Muskeln steif vor Anstrengung. Er blieb wieder stehen, schaute in Richtung des Waldes, die Augen vor Angst geweitet. Es war der eisige Wind, der in den Felsen heulte und durch den Wald sauste, der ihn zu Tode erschreckte. Jenes Flüstern, das sich zuweilen in Brüllen verwandelte, hörte sich beinah menschlich an.

Carlo wusste, dass er schneller vorankommen sollte. Er lief und lief.

»Jetzt höre ich sie, die Schritte!«, sagte er auf einmal laut.

Er vernahm ein Röcheln, das Rascheln festgetretenen Schnees. Und da kamen ihm, aus welchem Grund auch immer, die Anguàne in den Sinn. Aus dem Augenwinkel sah er eine Gestalt, sie kam auf ihn zu. Der Oger, dachte Carlo, wie ein erschrockenes Kind. Seine Beine wollten sich weiterbewegen, doch der Schrecken lähmte ihn. Panik schnürte ihm die Kehle zu.

Er hatte inzwischen den Wald hinter sich gelassen und lief eine Wiese entlang. Weiter vorne, nahe den schwarzen Konturen eines Hügels, sah er Licht. Also sind dort Häuser, und sie haben Strom. Zur Landstraße muss es nicht mehr weit sein, dachte Carlo.

Da hörte er eine Stimme. Vollkommen erschöpft und ausgelaugt blieb er stehen. Dann drehte er sich um und erblickte wieder die dunkle Gestalt. Sie war hinter ihm hergelaufen, auf knapp einem Meter Entfernung. Er brauchte nur den Arm auszustrecken und hätte sie berührt. Der Schatten zog sich aber nicht zurück. Es war kein Tier.

Regungslos stand sie da. Dann sprang sie auf einmal nach vorne. Sie roch nicht nach Wild, sprang auch nicht wie ein Reh. Carlo hörte eine Stimme und spürte darauf einen Hieb, in Halshöhe. Kein Stock. Einen heftigen Hieb. Kaltes, wie eine Klinge.

Benommen und völlig kraftlos fiel er in den Schnee. Eine Eiseskälte durchströmte seinen Körper. Noch immer vernahm er merkwürdige Laute. Jetzt spürte er Warmes unter sich, eine dickflüssige Masse, die in Strahlen aus dem Hals herausströmte. Carlo konnte nicht mehr klar denken, tausend unzusammenhängende Fetzen schossen ihm durch den Kopf, während ein Schleier sich über seine Augen legte. Kalt, ihm war sehr kalt.

Jetzt flüsterte ihm jemand ins Ohr. Worte, die er nun ganz deutlich hörte:

Tin, tan nona, tin, tan nona,
lichte machet üs dar maano,
un de katza sraighet miau
un de katza sraighet miau
zeght de maus un springhet drau
zeght de maus un springhet drau.

Aber den Sinn verstand er nicht … er verstand nicht … Carlo verstand nichts mehr …